ダ・ヴィンチの翼

上田朔也

村外れに一人で住む少年コルネーリオは、森で瀕死の男を見つける。男はフィレンツェ共和国政府の要人でもある芸術家ミケランジェロの密偵だった。教皇と神聖ローマ皇帝の軍勢から故国を救おうと、レオナルド・ダ・ヴィンチが隠した兵器の設計図を、密かに探していたのだ。だが手がかりは謎めいた詩だけ。治癒の力をもつコルネーリオと、かつてかれが命を助けた少女フランチェスカ、そしてヴェネツィアの魔術師も加わった一行は、敵の追っ手が迫るなか、万能の天才が残した手がかりを追う。『ヴェネツィアの陰の末裔』の著者が16世紀イタリアを舞台に描く、歴史ファンタジイの決定版。

登場人物

コルネーリオ……………………森で暮らす少年。治癒の力をもつ
アルフォンソ……………………フィレンツェ共和国政府の密偵
グリエルモ………………………フィレンツェ共和国政府の密偵
エミーリオ………………………フィレンツェ共和国政府の密偵
セヴラン・リュファス…………フランス王フランソワ一世の密偵
シャサール………………………リュファスの従者
ミケランジェロ・ブオナローティ……芸術家。フィレンツェ共和国の軍事九人委員会の委員
オリヴィエーロ・ラニエリ……農園主
フランチェスカ…………………オリヴィエーロの娘
ヴィオレッタ……………………ヴェネツィアの魔術師
フェルディナンド………………ヴィオレッタの護衛剣士
グスタフ・ヴァイデンフェラー……神聖ローマ皇帝カール五世直属の臣下
サリエル…………………………教皇クレメンス七世の暗殺者

ダ・ヴィンチの翼

上　田　朔　也

創元推理文庫

LEONARDO DA VINCI'S LEGACY

by

Sakuya Ueda

2023

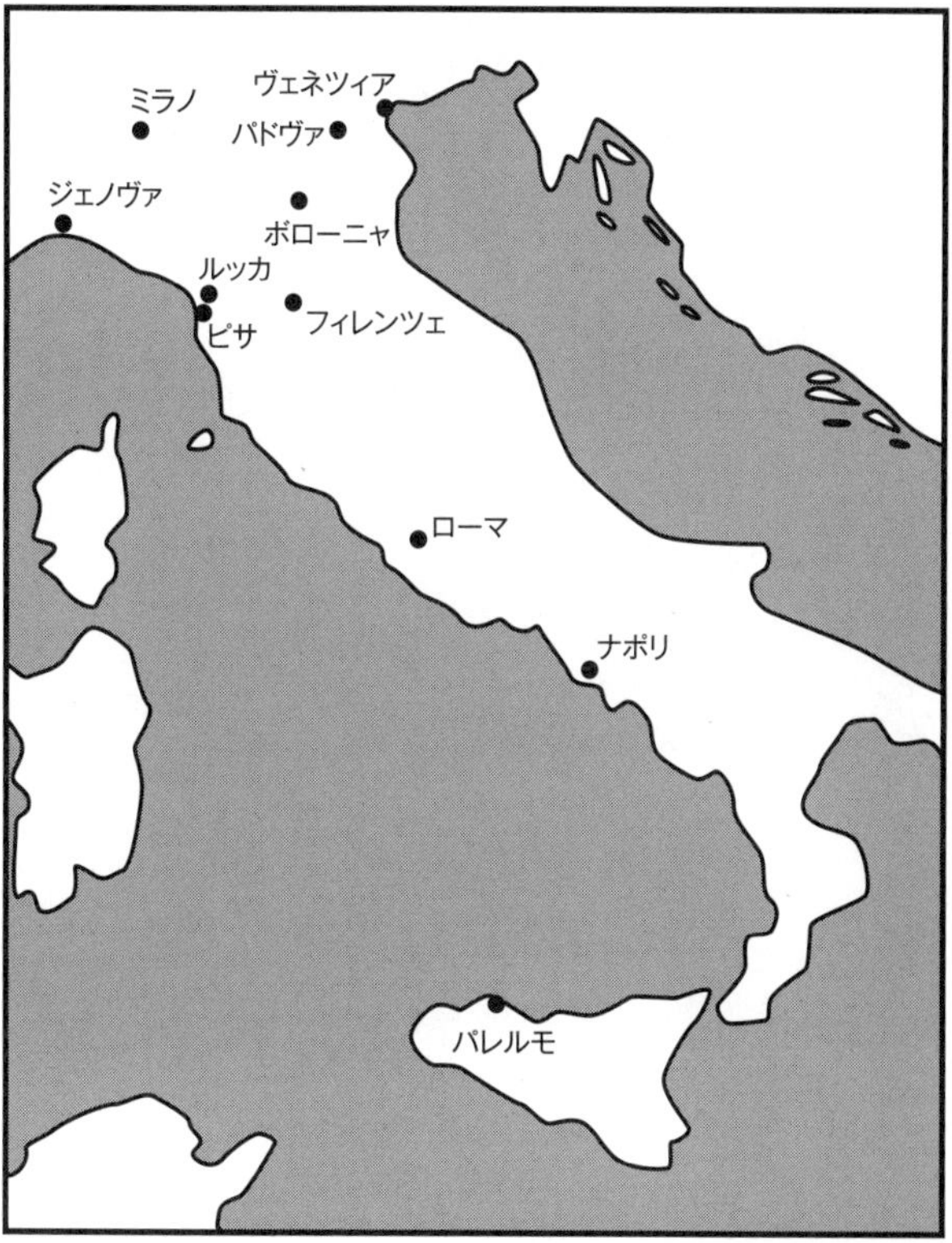

ミラノ
ヴェネツィア
パドヴァ
ジェノヴァ
ボローニャ
ルッカ
ピサ
フィレンツェ
ローマ
ナポリ
パレルモ

ダ・ヴィンチの翼

一五二九年三月　トスカーナ、フィレンツェ近郊

森の色合いにかすかな不協和音を感じて、コルネーリオはふと足を止めた。

何だろう、と目を細めて、耳を澄ます。早春の日射しがヒノキの森に降り注いで、濃い緑色の葉をつけて広がる枝や、かすかに赤色を帯びた褐色の太い幹や、苔《こけ》むした切り株や下草の茂みを明るく輝かせていた。あと少しすれば、エニシダとアイリスが鮮やかな黄色と青紫色の花をつけ、ツバメが飛び交う季節になるだろう。

コルネーリオは、立ち止まったまま、薬草採りの籠《かご》を背負い直した。十三歳の少年のまだ筋肉のつききっていないほっそりとした身体には、少し大きくて重い。コルネーリオは肩紐に手をかけたまま、もう一度、じっと耳を澄ました。

森は力強く、生命力に満ちている。まるで光と音のステンドグラスのようだ。トスカーナの丘を渡る淡い青色の風が、さらさらと木々の葉を洗って、コルネーリオの楓葉《ふうよう》色の髪を揺らした。小鳥や虫たちの声が、薄緑や金色や銀色の小さな花びらを散らしたような光のきらめきを躍らせる。まだ少しひんやりとした空気と、かすかに露に濡れた草と土の匂いが心地良い。

このときだった。再び不協和音が森の色合いをざわつかせた。

はっとして気配のした方向へと顔を向けると、陽光に映える木々の葉の緑色に、一瞬、何か

を警告するかのような赤色が一筋、尾を引いて走った。近い、渓谷の方角だ。ウサギやキツネが罠《わな》にかかったときのような感覚だったが、それよりも色が鮮やかで濃い。

コルネーリオはだっと駆け出した。木漏れ日の戯《たわむ》れる木々の間を縫うようにして、下草の絨《じゅう》毯《たん》を踏んで走る。驚いた鳥が梢《こずえ》の間から羽音を立てて飛び立った。なだらかに起伏した斜面を下り、渓流のほうへと向かっていく。

急な傾斜の下の少し開けた細い川沿いに、男が倒れていた。慎重に足元を確かめながら沢へと下りていくと、岩間の花を濡らして音を立てるせせらぎが、透き通った薄紫色の霞《かすみ》のように視界を流れていた。コルネーリオはそばに駆け寄ると、片膝をついて様子を見た。

短い黒髪に、日焼けした肌の精悍《せいかん》な男だった。年齢は三十歳を少し超えたくらいだろうか。筋肉質の引き締まった身体に、簡素なチュニックとベストを着て、暗褐色のマントを羽織っている。少し離れたところに血のついた剣が転がっていた。

一目見て、大怪我をしていると分かった。右肩のすぐ下に矢が刺さっている。ほかにも、左の腕と脇腹に斬られた傷があり、溢れた血が衣服を濡らしていた。負傷して敵から逃げているところで、斜面を滑り落ちたに違いなかった。先ほど感じた不協和音と鮮やかな赤色の筋は、そのときの男の声のせいだろう。

コルネーリオは振り向いて、男が落ちてきた方向を見上げた。今まで気づかなかったが、五感を研ぎ澄ますと、追っ手の気配が感じられた。複数の足音や息遣いが、暗い褐色や灰色がかった紫色のモザイクのように風景と重なって見えた。木々の枝や蔦《つた》を払いながら、灌木《かんぼく》の茂みを踏み越えて、急な斜面を迂回するように安全な道を探して近づいてくる。

コルネーリオは、再び男を見下ろした。その手を取って、脈を診る。まだ生きている。息は弱々しいが、今すぐに傷を癒《いや》せば、助かるかも知れない。

莫迦《ばか》なことを考えるな、とコルネーリオは首を振った。血のついた剣を見て、それから、男の手を見る。ざらついて硬い皮膚は、武人の手だ。たくさんの人の生命を奪ってきたに違いない。こうして何者かに追われて殺されようとしているのも、自業自得だ。助ける必要なんてない。

けれども、立ち上がろうとしたときだった。男の手がコルネーリオの腕をつかんだ。

「頼む——」熱っぽいうわごとのような声で、男はささやいた。「頼む、やつらから秘密を守ってくれ——」

コルネーリオはぎょっとした。死に瀕して、味方の誰かと勘違いしているのだろうか。真っすぐにこちらを見つめる男の青灰色《せいかいしょく》の瞳に、強い光が浮かんでいた。何だろう、憂《うれ》いか、怒りか、悲しみか、渇望か、あるいは、そのすべてを含んだような深い感情を帯びた目の中に、思わず引き込まれそうになる。

けれども、コルネーリオを驚かせたのは、その目だけではなかった。コルネーリオは、不意に男の全身から放たれる強い光に気づいた。自然に存在するどんな色とも違う、混じりけのない白い色が、瀕死ですがりつく男の身体を取り巻くように包んでいる。コルネーリオは思わず息を止めた。

このような色を見たのは、本当に久しぶりだった。ほとんど忘れかけていた。コルネーリオが出会った人たちの中で、このような混じりけのない色に包まれて見えたのは、二人しかいない。一人はコルネーリオの母親で、もう一人は、重い病気のために力なく寝台に横たわっていた少女だった。

駄目だ、考えるな。この前に力を使ったとき、何が起こったかを思い出せ。

コルネーリオは、男の手を振り払って立ち上がろうとした。けれども、できなかった。どうしても、男の全身が発する混じりけのない色に目が引き寄せられてしまう。意識を集中させて五感のすべてを男に向けると、光がより強く感じられ、脈打つ生命が音となって聞こえた。

懐《なつ》かしい響きだった。けれども、そうしているうちにも、傷口から溢れる血とともに、光は赤黒い影に侵食されて暗くなり、脈打つ生命の音もまた調律のされていない鐘のように乱れて、弱まっていく。死が近いしるしだった。

男はすでに目を閉じて、苦しげに表情を歪《ゆが》めている。息は弱く、額や首筋に汗がにじみ、全身が震え始めていた。コルネーリオは血のついた剣を、それから、男の硬い武人の手を見つめて、つぶやいた。

「ああ、ちくしょう、放っておけない」

背後を振り返って、追っ手の気配を探る。先ほどより近づいている。力を使うには、ぎりぎりの時間しかなかった。どうか間に合ってくれ、と願いながら、コルネーリオは覚悟を決めて男に向き直った。渓流の澄んだ空気を吸い込んでから、脈打つ音に和して重なるように音階を決め、歌うように声を響かせる。

声に呼応して、色が現れた。清冽な泉を思わせる青色の光が、生命を侵食する赤黒い影を覆い、重なり合う。歌声がリュートやリラを調律するように、脈打つ音の乱れが調和を取り戻していく。わずかに音階を上げて声を強めると、それに合わせて色合いが微妙に変わり、明るさを増した。さらに音階を調整して、色彩が完璧に溶け込むように合わせると、かすかにだが、男の胸を上下させる呼吸が強く、深くなり、安定するのが分かった。

さらに音律を変えて声を響かせる。太古の歌のように、節をつけて強弱を試しながら、色の調和を整えていく。男の全身の震えが和らいだ。コルネーリオは色合いの微妙な変化を見ながら、なだらかに音階と声の強弱を起伏させていった。男の眉間《みけん》から深いしわが消え、死の影が遠ざかっていくのが見えた。

「目を開けて」コルネーリオは男に呼びかけた。「早く、ここを離れないと」

男の傷が完全に癒《い》えたわけでないのは分かっていた。あくまで生命の火が消えるのを、かろうじて喰い止めただけだ。なのに、コルネーリオは力をほとんど使い果たしてしまっていた。泥のような重い疲労がのしかかる。

男がうめき声を洩らして、目を開けた。青灰色の瞳が、焦点の定まらない目でコルネーリオを見る。男は痛みに顔をしかめて、再びうめき声を上げた。コルネーリオは周囲を見回して追っ手の気配を探りながら、ささやいた。

「早く、肩につかまって」

ちゃんと聞こえたかどうかは分からない。けれども、男は何とか起き上がって手を伸ばそうとした。コルネーリオは背中に担いでいた薬草採りの籠を下ろすと、一瞬、ためらってから沢の流れへと投げ込んだ。追っ手がいる以上、ここに残しておくわけにはいかなかった。それから、血のついた剣を拾い、男の腕を取ると、肩に担いで立ち上がらせた。

〝ああ、おれは何をしてしまったんだろう――〟

自分のしたことを、今さらながらに思ったが、この肩に生命を預けてつかまっている男の身体の重みを、なかったことにはできなかった。コルネーリオは素早く息を吐き、ためらいを振り払うと、痕跡をたどられないよう沢の浅瀬を利用する道筋を思い描きながら、男を支えて急いで歩き始めた。

第一部

1

アルフォンソは、執拗《しつよう》な追っ手をかわして森の中を走っていた。

すでにどのくらい走ったかは分からない。任務からの帰りを急ぐ街道で、待ち伏せに遭遇した。突然、糸杉の並木の陰から男たちの声が響いたかと思うと、降り注いだ矢で仲間の一人が倒された。剣を抜いて応戦したが、敵が多すぎた。手傷を負い、街道から森へと跳び込んで逃げるうちに、ほかの仲間ともはぐれてしまっていた。

アルフォンソは剣を手にして走った。枝葉を透かして陽光のきらめく木々の間を抜け、下草の茂みと岩場を踏み越えて、なだらかな傾斜を駆け上がる。このとき、不意に背後に殺気を感じて、振り向きざまに剣を払った。

飛来した矢を、刃が一閃《いっせん》して弾き返した。安堵する間もなく、追っ手の足音が聞こえた。油断なく剣を構えた瞬間、敵が姿を現した。

一瞬、アルフォンソは木々の向こうから現れた男を見て、目の前に巨大な影が実体化したのかと思った。最初に見えたのは、漆黒《しっこく》のマントと革鎧《かわよろい》に身を包んだ身体と、岩のような肩だった。その上に、冷たい大理石の彫像のような顔が乗っている。アルフォンソと同じ短い黒髪で、灰色の瞳が値踏みするように見下ろしていた。唇が冷笑を浮かべた。

「貴様は狩りの獲物だ。逃げられぬぞ」

黒衣の騎士は弓を捨て、長剣を抜き放った。動作は素早く滑らかで、一切の無駄がない。アルフォンソが姿勢を低くたわめて身構えたときには、すでに漆黒の暴風のように、頭上から襲いかかった刃が迫っていた。

アルフォンソは素早く退いて刃に空を切らせた。うなりを上げる風圧が頬にかかる。恐るべき速さだった。黒衣の騎士が、その巨軀からは想像もつかない敏捷《びんしょう》さで再び斬撃を放つ。咄嗟《とっさ》に受け流した瞬間、重い衝撃が腕に伝わった。剣を弾き飛ばされそうになり、アルフォンソは思わずもう一歩、後退した。

このときには、すでに次の一撃が目の前に迫っていた。鋭い突きだった。アルフォンソは手首をひねって刃を跳ね上げた。そのまま体勢を落として相手の懐《ふところ》に潜り込み、胴を薙《な》ごうとする。下段から剣を斬り上げようとして、黒衣の騎士を見上げた。

そして——そのままの姿勢で凍りついた。

男の顔が、つい先ほどまでと変わっていた。短い黒髪は同じだが、日焼けした肌に、青灰色《せいかいしょく》の憂《うれ》いを帯びた双眸《そうぼう》が見下ろしていた。唇の冷笑は消え、孤高で近寄りがたい表情を浮かべている。それは、アルフォンソ自身の顔だった。

「逃げられると思ったか？」アルフォンソ自身の声が言った。「己の犯してきた罪を、思い返してみろ。暗黒からは逃げられぬぞ」

思わず息を呑んだ瞬間、長剣がうなりを上げて襲ってきた。受け流そうとしたが、圧倒的な膂力《りょりょく》に剣を叩き伏せられる。

気づいたときには、左の腕を斬られていた。続いて脇腹に激痛が走る。よろめいて後ずさると、目の前に巨大な影がのしかかるように迫った。

さらにもう一歩、後退したとき、足が急な斜面を踏み外した。あっと思ったときには、眼下の渓谷へと続く傾斜を滑り落ちていた。きらめく陽光が視界を射て、一瞬、時が止まったかのように錯覚する。次の瞬間、落下が始まった。

咄嗟に地面をつかもうとした手は、虚しく空を掻いただけだった。転がり落ちた勢いで、全身を打ちつけて肺から息が吐き出される。剝き出しになった岩や灌木《かんぼく》が顔や腕を切り裂いて、痛みを走らせた。激流に呑まれるように視界がぐるぐると回り、傷口が血を流して、意識が暗闇の底へと落ち込んでいく――

アルフォンソは、はっとして目を覚ました。

一瞬、夢とは分からず、叫び声を上げそうになる。跳ね起きようとした瞬間、全身を痛みが貫いた。アルフォンソは鋭く息を吸い、片肘で身体を支えて周囲の様子を探った。

最初に見えたのは、簡素な木の扉と、板張りの壁だった。窓から射し込む光が、狭い部屋を照らしている。粗末なむしろ敷きの寝台に、アルフォンソは寝かされていた。寝台の脇には粗削りの小卓と椅子が置かれ、何かを煎《せん》じているような匂いがした。

〝おれは、渓谷の上から落ちたはずだ――〟

何があったか、思い出そうとする。黒衣の騎士と戦ったことまでは憶えている。刺客に追われ、怪我をして、仲間ともはぐれてしまった。だが、その後は？

一瞬、敵の手に落ちてしまったのか、とも考えたが、手足は拘束されていない。窓の外を見る。まだ森の中だ。射し込む陽光の明るさや角度から、それほど長い時間、意識を失っていたわけではない、と判断する。

このとき、部屋の奥で物音がして、アルフォンソは咄嗟に剣を探した。すぐには見つからず、一瞬、激しい動揺を覚えたが、その瞬間、視線を走らせた先の壁際に、鞘《さや》に収めた状態で立てかけてあるのを見つけた。

だが、素早く身体を起こして取りに行こうとしたとき、再び痛みが襲ってきた。思わずうめき声を上げたのと、物音の主が部屋に現れるのに気づいたのが、同時だった。アルフォンソは痛みに構わずに寝台の上で跳ね起きると、いつでも戦えるよう身構えた。

部屋に入ってきたのは、一人の少年だった。楓葉《ふうよう》色の柔らかな髪に、日焼けした顔。はしばみ色の瞳が、アルフォンソをじっと見つめていた。その手には、かすかに湯気を立てたマグを持っている。年齢は十歳を少し過ぎたくらいだろうか。まだ筋肉のつききっていない小柄な身体に、つぎはぎを当てたチュニックと革のベストを着て、粗織りのくすんだ茶色のズボンを長靴の中にたくし込んでいる。

少年の目が、一瞬、壁に立てかけられた剣のほうを向く。そのわずかな目線の動きで、アルフォンソは、剣を探していたところを見られたのだと分かった。

少年は、扉のそばで立ち止まり、無言でアルフォンソを観察した。アルフォンソも寝台の上で姿勢を低くたわめたまま、警戒の視線で見つめ返した。

その少年の表情には、どこか奇妙なところがあった。うまく表現できないが、真っすぐにアルフォンソを見つめていながらも、アルフォンソ自身を観察しているのではなく、周囲を取り巻く何かを見つめている。そんな感じだった。それに、視線を注ぐと同時に、何かに耳を傾けている。アルフォンソは耳を澄ましたが、何も聞こえなかった。

ついに痺れを切らしたのは、アルフォンソのほうだった。

「何か言ったらどうだ？」なおも警戒は解かないまま、両手を見える位置へと上げて、ゆっくりと声をかける。「おれを、助けてくれたのか？」

少年は、静かにうなずいた。「渓谷で倒れているのを見つけた。血を流して死ぬところだった。だから、助けて、ここに連れて来た」

その言葉で、アルフォンソは初めて、自分の怪我の状態を意識した。咄嗟に見下ろして、黒衣の騎士に斬られた脇腹を探る。それから、左腕と、矢が刺さっていたはずの右肩のすぐ下を探って、驚愕した。痛みはあるが、傷はふさがっていた。血も止まっている。アルフォンソははっと顔を上げて少年を見た。

「まさか――お前が治したのか?」

少年は何も答えなかった。だが、表情がそうだと語っていた。

「魔術師なのか?」

アルフォンソは、驚きに打たれて尋ねた。もう一度、傷を手で触ってみる。これまでヴェネツィアの魔術師なら、戦場で見たことがあった。だが、これほどの治癒の力を使える者を見たことはなかった。それに、ここはヴェネツィアではない。フィレンツェの近郊だ。

「魔術かどうかは知らない」少年がぶっきらぼうに言った。なおもアルフォンソを警戒するように、扉のそばに立ったままだ。

どういうことなのか、とアルフォンソは思った。だが、もしこれが現実なら、少年は生命の恩人だ。アルフォンソは、できるだけ落ち着いた口調で話しかけようとした。

「わたしはアルフォンソ。フィレンツェ市民だ。助けてもらったことに、礼を言う」

その間にも、五感を研ぎ澄まして、この家にほかに誰かがいないかを探る。気配はない。どうやら、少年は一人のようだった。

「コルネーリオ」少年が再びぶっきらぼうに言う。それが名前らしかった。

「では、コルネーリオ、教えてくれ」アルフォンソは両手を見える位置に掲げたまま、尋ねた。

「お前が、おれの傷を治療して、ここまで運んできてくれたんだな。一人でやったのか?」

コルネーリオは、無言でうなずいた。

「そのときに、おれを追っている者たちを見たか?」

コルネーリオは、今度は首を横に振った。「姿は見てない。けど、気配は感じた。だから、あんたを助けてここに来るまで、できるだけ痕跡は残さないようにした」

「おれが追われていることを、分かって助けたのか？」


ココルネーリオが、再びうなずいた。

「だが、なぜ？　危険なことだと、分かっていたはずだ」ルネーリオがぼそりとつぶやいた。

「――混じりけのない色が見えたから」

「何？」アルフォンソは思わず訊き返した。

「混じりけのない色が見えたからだ」コルネーリオが声を強めて繰り返した。「母さんと同じ色だ。それが、あんたにも見えた。でなきゃ、助けてない」

「何、どういうことだ？」

アルフォンソは鋭く目を細めた。だが、そのときだった。突然、家の玄関の扉を叩く音がして、質問は遮《さえぎ》られた。コルネーリオが弾かれたように振り返る。外から男の声がした。

「コルネーリオ、いるのか？　いるなら、開けてくれ」

「フェデリーコおじさん」

コルネーリオが素早く身を翻《ひるがえ》して、部屋の奥へと駆けていく。仕切り板の向こうで玄関の扉を開ける音がして、少年と男の声がアルフォンソの耳に届いた。

「ああ、良かった。無事だったか」フェデリーコと呼ばれた男の声に、安堵のため息が重なるのが聞こえた。「何だか、怪しげなやつらが森をうろついてるのを見た。争った跡と、血の跡もだ。それで、お前のことが心配になって――」

「おれなら、大丈夫だよ、おじさん。何ともない」

「だが、やつらときたら、一人は全身、不気味な黒ずくめの騎士で、もう一人は、剃髪《ていはつ》していて修道僧のようだったが、ありゃ、まともな坊さんじゃねえ。まるで――」

「とりあえず中に入って。ここじゃまずい」

コルネーリオが遮って、扉を閉める音がした。二人の足音が近づいてくる。

「聞いてくれ、コルネーリオ」フェデリーコの声が嘆願するように響いた。「おれは、この目でやつらを見た。あのときと同じだ。ルイーザが、お前の母親が連れていかれたときと。まさか、また――」

二人が部屋の入口に現れた瞬間、寝台の上のアルフォンソと視線が合った。フェデリーコと呼ばれた男が目を見開いて、声を途切れさせた。

「この人のことなら、大丈夫」コルネーリオが素早くささやいた。「森で倒れていたところを、おれが助けて、連れて来た」

「助けた、だと?」フェデリーコは、さらに大きく目を見開いた。「まさか、自分が何をしたか、分かってるのか?」

「仕方がなかったんだ。母さんと同じ色が見えた。だから、助けた」

「ああ、何てことだ――」フェデリーコは沈痛な面持ちで天を仰いだ。「では、やつらが追っているのは、この男なのだな？　お前ではなくて。何者なのだ?」

「どうやら、それを説明している時間はなさそうだ」コルネーリオの代わりに、アルフォンソは素早く寝台から下りて言った。状況が完全には理解できず、全身も激しく痛んだが、構わずに続ける。「これ以上、迷惑をかけるつもりはない。ここからは一人で行く」

「怪我をしてるのに」コルネーリオがさっと顔を上げて、唇を尖《とが》らせた。「まだ完全に治ったわけじゃない。一人で逃げたって、捕まるだけだ」

「助けてもらったことは、感謝している」アルフォンソは少年に向き直った。「勇気のある行為だとも思う。だが、これ以上、関わるのは危険だ」

けれども、コルネーリオはこの警告を聞いていなかった。何かの気配に弾かれたように、振り返って、家の外へと耳を澄ましている。そして素早くささやいた。

「もう遅い。追っ手が近づいてる」

アルフォンソは、はっとして口を閉ざした。気配を探ったが、何も感じられなかった。物音も声も聞こえない。ただ森の気配が広がっているだけだ。

「急いで。今なら、まだ逃げられる」コルネーリオがアルフォンソに近づいて、手にしたマグを差し出した。その匂いから、煎じ薬だと分かった。「飲んで、早く」

アルフォンソはためらったが、少年がもう一度、マグを突き出したので、仕方なく受け取って中身を飲み下した。えぐみのある味が口に広がった。コルネーリオは素早い動作でマントを羽織ると、背嚢《はいのう》を担いでアルフォンソを促《うなが》した。

「剣を取って、ついて来て」

アルフォンソは、思わず片眉を跳ね上げた。「おれの話を、聞いていなかったのか?」

「分かってる。だから、あんたを匿《かくま》ってくれる人のところへ連れていく」

アルフォンソは一瞬、耳を疑って、少年の目をのぞき込んだ。はしばみ色の瞳が見つめ返してくる。その思い詰めたような、それでいて、一度決めたら心を変えないような強い光を浮かべた目を見て、分かった。すでにこうなる前から、追っ手が迫ったときにアルフォンソを助ける方法を考えていたのだ、と。

「だが、なぜだ? おれが何者かも知らないのに」

「あんたが誰だったとしても、構わない。じゃないと、一度は助けたのが無駄になる」

「お前は、足手まといになる」アルフォンソは、少年を断念させようと、あえてきつい言い方をした。「これは、おれの問題だ。これ以上、借りはつくりたくない」

「で、借りを残したまま死ぬんだ」コルネーリオが言った。「しかも、あんたを追ってるやつらは、こっちに向かってる。痕跡をたどって、この家を突き止めたんだ。やつらは、おれを痛めつけて、あんたのことを吐かせようとするに違いない。それでもいいんだ」

アルフォンソは、思わぬ反撃に言葉を詰まらせた。「お前——」

「おれは、あんたの生命の恩人なのに、あんたは、か弱い子供を見捨てるんだ」

何てやつだ、とアルフォンソは思った。少年を鋭く見据えると、相手もまた強くにらみ返してくる。

「言い争っている時間はないぞ」フェデリーコが切迫した声で急かした。「すぐにやつらが来る。急いだほうがいい」

アルフォンソは素早く考えを巡らせた。確かに、迷っている暇はない。敵は人狩りに長《た》けた者たちだ。すぐにこの場所にたどり着くだろう。

そうなれば、アルフォンソが捕らえられるだけでは済まなかった。やつらは怪我の状態を見て、誰かが禁断の力を使って傷を癒《いや》したことを知るだろう。つまりは、コルネーリオのことだ。異端審問官は少年を捕らえて、嬉々として拷問するに違いない。そして、魔女狩りの炎で焼き尽くす。

〝――選択肢はない、ということか〟

「いいだろう」アルフォンソは、壁に立てかけられた剣をつかんで腰に帯びた。「ここから逃げ切れたら、恩を返す。それで、貸し借りなしだ」

「了解。ついて来て」

コルネーリオは弾かれたように踵《きびす》を返した。玄関の扉へと向かいながら、フェデリーコに向かって素早く声をかける。

「おじさんも早く逃げて。痕跡は消さなくてもいい。おれたちを逃がすために、囮《おとり》になろうとか、やつらを足留めしようとか、変な考えは起こさないで」

「まったく、生意気を言ってるんじゃない。こっちはうまくやるから、早く行け」

「ああ、おばさんにもよろしく」

コルネーリオは、最後に一瞬、玄関の前で立ち止まり、小首をかしげて気配に耳を澄ました。

それから、扉を開けて外に出た。アルフォンソも華奢《きやしや》な背中の後に続く。

眩《まぶ》しい日射しが視界に飛び込んできて、思わず目を細めた。アルフォンソは片手をかざして陽光を遮りながら、楓葉色の髪を揺らして走るコルネーリオを追って駆け出した。

2

アルフォンソは少年の背中を追って森を走った。傾きかけた陽光の中、木々の間を抜け、大地に張り出した根や、ごつごつした岩や、下生えを踏み越えて進む。足を踏みしめるたびに、脇腹と背中に痛みが走ったが、そのことを気にしている余裕はなかった。

コルネーリオは力強い足取りで走り続けている。時折、アルフォンソがちゃんとついて来ているか、振り返って確かめる。

いったい、何者なのだろう、とアルフォンソは思った。少年の家は村外れの一軒家で、しかも、明らかに一人暮らしだった。恐らくは、アルフォンソの傷を治した治癒の力のためだろう。こうした力が噂になり、異端審問官の耳に届けば、まず確実に〝悪魔の技〟だと断罪される。行き着く先は、火炙《ひあぶ》りによる死だ。

だから、コルネーリオは村外れに一人で暮らしている。それは分かる。だが奇妙なのは、先ほど追っ手のことを知らせたフェデリーコという男も、少年の力のことを知っているようだったことだ。交わされた会話から察するに、村人たちは異端審問官を近づけないよう少年を守っている。

〝――だが、それなら、なぜおれを救ったのだろう?〟

少年は、ずっと力のことを村人以外には知られないように、隠して暮らしてきたはずだ。だが、それを破って見知らぬ人間を救った。その理由を、コルネーリオは〝混じりけのない色が見えたからだ〟と言った。〝母さんと同じ色だ〟とも言ったが、どういう意味だろう？　怪我をして倒れたアルフォンソを見つけたとき、色が見えたのか？

そのようなことを考えながら、木々の間を縫って緩やかな起伏を抜けたときだった。突然、コルネーリオが警告した。

「来る、二人だ！」

巨木の幹の陰から、いきなり二人の男が飛び出してきた。黒衣の騎士の配下の者たちだった。一人は短弓を手にしていて、もう一人は剣を抜いている。一人がこちらに気づいて、弓を構えた。

ひゅっと風を切る音がして、矢がすぐそばの幹に突き刺さった。アルフォンソは相手の動きを観察して、素早く頭の中で戦術を組み立てる。

手練《てだ》れの剣士には、二種類ある。見るからに鋭気をまとった者と、殺気をうかがわせず、一見、凡庸《ぼんよう》な使い手にしか見えない者だ。アルフォンソは、後者だった。でなければ、密偵の世界で長くは生きられない。

相手が二矢目を放つより早く、アルフォンソは逆手で右腰の短剣を抜いた。そのまま軽く宙に投げ上げると、刃のほうをつかんで素早く放った。そのほうが、柄をつかむより回転が生じて殺傷力が増すからだ。だが、それには相当の技量がいる。

短剣は、正確な軌道を描いて相手を倒した。このときには、すでに二人目の男が上段から斬り下ろそうと迫っている。アルフォンソは左腰の剣に手をかけた。ファルシオンと呼ばれる片手剣だ。ラテン語で〝鎌〟を意味する「ファルクス」が語源で、鎌のように断ち切る攻撃が特徴だが、刃は湾曲はしておらず、鋭く真っすぐで、長剣よりも短くて扱いやすく、耐久性が高い。

相手が斬撃を放つ寸前、アルフォンソは短剣を投じた直後の低い体勢から、ファルシオンを抜き放った。相手の攻撃よりも一瞬早く、一気に踏み込んで、伸び上がるような鋭い突きを入れる。男は上体をそらしたが、アルフォンソのほうが速かった。

ファルシオンの切っ先が左の鎖骨《さこつ》を貫いた。アルフォンソは相手の斬撃をかいくぐると、素早く足を払って男を地面に転倒させた。男の鎖骨から剣を抜き、逆手に持ち替えると、両手で掲げて、馬乗りになるように体重を乗せて胸へと突き下ろす。

あっという間の出来事だった。すべてが終わるのに、鼓動が十拍するほどの時間しかない。アルフォンソは、剣の血を拭って鞘《さや》に収めると、コルネーリオを振り返った。少年は、蒼《あお》ざめた表情でこちらを見つめていた。

「殺したの？」コルネーリオがかすれた声で尋ねた。

一瞬、アルフォンソは、咎められているような気がした。咄嗟《とっさ》に言い訳じみた言葉が頭に浮かぶ。好きでしていることだと思うか、とか、いやしくも武人なら、任務の失敗はすなわち死であることを知っているはずだ、とか。だが、それを呑み込んで、ぶっきらぼうに言う。

「お前の姿を、見られたからだ。生かしておけば、村の者たちに累が及ぶ」

それでも、浮かない表情の少年に向かって、アルフォンソは言った。

「おれを救わなければ、この者たちが死なずに済んだと、後悔しているのか？」

コルネーリオが、視線を上げ、頬を紅潮させて何か言おうとする。その表情の奥に、怯えが隠されていることに、アルフォンソは初めて気づいた。無理もない。気丈に振る舞ってはいるが、まだ子供なのだ。そのことを、ほとんど忘れかけていた。

きつい言い方をしすぎたか、とアルフォンソは思った。なだめようと、口を開きかける。だが、このとき、少年がはっとした表情で森の奥を振り返った。

「追っ手が来る」

アルフォンソは素早く立ち上がろうとした。だが、不意に目眩《めまい》がして、よろめいた。まだ癒《い》えていない怪我の痛みが再び襲ってくる。コルネーリオが駆け寄って、身体を支えてくれた。

「つかまって、早く」

アルフォンソは、少年の肩を借りて立ち上がった。少し待ってくれ、と言い置いてから、倒した男の一人に近づいて、そばに跪《ひざまず》き、見開いた目をそっと閉ざしてやる。それから、もう一人の男の胸から短剣を抜いて、同じように目を閉ざしてから、コルネーリオを振り返って、うなずいた。

少年は小さくうなずき返して、再び走り出した。濃厚な森の匂いを含んだ風の中、緩やかな起伏を下っていく。コルネーリオがその先の藪《やぶ》をかき分けると、古い大樹の根が複雑に曲がりくねって絡まり合った下に、人が入れるくらいの窪《くぼ》みがあった。

「入って。ここに隠れて、追っ手をやり過ごさないと」

「追っ手が、近いのか?」アルフォンソは肩で息をしながら尋ねた。

「さっきの音を聞かれた。こっちに向かってくる」

アルフォンソは耳を澄ました。追っ手らしき物音はしない。これまで何度も危機を乗り越えてきた感覚には自信があったが、気配を感じ取ることはできなかった。

〝それほど、この者の感覚が鋭敏ということか――〟

コルネーリオが根をかき分けて、空洞に身体を潜り込ませていく。アルフォンソもその隣りに入って身を隠した。

大樹の根の下は、少しひんやりとして、湿った土の匂いがした。コルネーリオが落葉と枯れ枝をかき寄せて、外から見えないよう目隠しにした。

「手慣れた様子だな」アルフォンソは声を低めて、少年に話しかけた。「こうした隠れ場所を、魔女狩りに備えて、森のあちこちに用意してある。そうだろう?」

コルネーリオが目隠しの様子を確かめて答える。「役に立ったのは、初めてだけどね」

「ずっと、力を隠して生きてきたのか?」

「うん、そうだね」コルネーリオは、わずかに声を落とした。「ずっと、そうしてきた」

少年が唇を噛みしめ、沈黙する。その横顔を見て、きっと何か複雑な事情があるのだと、アルフォンソは察した。だが、それが何なのか、確かめるよりも早く、コルネーリオが唇の前に人差し指を立てた。

「やつらが来る」

アルフォンソは息を殺して、外の様子をうかがった。風が枝葉を揺らす音と、鳥たちが鳴き交わす声が聞こえてくる。突然、斜面の上のほうから、何者かが枝を踏み折って近づいてくる音がした。さらに続いて、何人もの足音が耳に届く。

アルフォンソは剣に手をかけて、じっと身動きせずに神経を尖《とが》らせた。敵の一団は狩人のように、慎重に獲物の痕跡を探しながら歩を進めてくる。その足音の一歩一歩が、やけに大きく、長い時間をかけて近づいてくるように感じられた。

今や絡み合った大樹の根の隙間から、ちらちらと動く幾つもの影が見えていた。それらがゆっくりと、緩やかな起伏を踏みしめて移動している。

アルフォンソは、緊張を抑えて目を細めた。隣りのコルネーリオからも、怯えが伝わってくる。アルフォンソは剣を持っていない左手で、落ち着かせるように少年の右手を握りしめた。

大丈夫だ、と声をかけてやりたかったが、そうするには敵が近すぎた。足音の一つがすぐ近くを通り過ぎ、アルフォンソは握った手に力を込めた。

このときだった。絡み合う根の隙間の向こうに、一人の男の姿が見えた。

アルフォンソを襲った黒衣の騎士だった。まるで、森のそこだけを闇に包むかのように、巨大な身体に漆黒《しっこく》のマントと革鎧《かわよろい》をまとっている。腰に佩《は》いているのは、古風な長剣だ。冷たい灰色の双眸《そうぼう》が周囲を見渡して、一瞬、アルフォンソは目が合ったかのような錯覚にとらわれた。

男の長剣が揺れて音を立て、視線がそらされて初めて、呪縛から解かれた気分がした。隣りでコルネーリオがかすかに息を吐いたのが分かった。

「よく探せ」黒衣の騎士が配下の者たちに指示する声が聞こえた。「手負いの身で、まだ遠くには行っていないはずだ。生死は問わぬ。手記を奪え」

男たちの足音が、ざく、ざく、と地面を踏んで移動していく。コルネーリオが蒼白《そうはく》な表情で、叫び出しそうになるのをこらえている。握った手から汗が伝ってくる。

気の遠くなるような長い時間が過ぎ、ようやく、男たちの背中が樹林の向こうへと消えていく。だが、そのとき、しんがりにいた男が足を止めて振り返った。

その異様な風貌に、アルフォンソは思わず息を呑んだ。暗灰色《あんかいしょく》の僧衣を着て、剃髪《ていはつ》した頭と骨ばった魁偉《かいい》な容貌が、巨石のような肩の上に乗っている。暗く燃える眼光がこちらに一瞥《いちべつ》をくれたとき、その残忍な視線に肌が粟立つような気がした。

では、これが、先ほどフェデリーコの言っていた〝修道僧のような男〟というわけだ。街道で襲われて、森に逃げ込んだときには、このような男がいることには気づかなかった。恐らくは、アルフォンソとはぐれた仲間を追っていたのだろう。かれらが無事なら良いが、と祈るような気持ちで考える。

僧衣の男は、最後にもう一度、周囲を見回すと、今度こそ背を向けて、追跡者たちの一団を追って木々の陰へと去っていった。それでも、完全に気配が消え、ゆうに百を数えるまで、アルフォンソもコルネーリオも息を詰めたまま、身じろぎもせずに隠れていた。

「――いったい、あれは何者なの？」

コルネーリオが、ようやく声を取り戻して言った。まだ少し震えている。

「知らないほうがいい」アルフォンソは、そっけなく答えた。「どのみち、おおよその見当はつくが、正確な正体はおれにも分からない」

「けど、あんたを助けたとき、あんたは〝やつらから秘密を守ってくれ〟と言った。本当は、分かってるんでしょう？　なのに、隠してる」

「――おれが、そのようなことを言ったのか？」

「ああ、うわごとでね。それだけじゃない。さっき、あの黒ずくめの男は〝手記を奪え〟と言ってた。それが、あんたが守ってる秘密なんだろうって、子供のおれにだって分かる。ちゃんと説明してくれないと」

「言っただろう。知らないほうがいい」

「これから、あんたを匿《かくま》ってくれる人のところに連れていく。理由も知らないで、助けてくれとは頼めない」

アルフォンソは視線を上げて、コルネーリオの目を見つめた。すでに怯えの色は消え、迷いのない強い光が戻っている。

まただ、とアルフォンソは思った。口では、この頑固で生意気な少年に勝てないらしい。

「いいだろう」とうとう根負けして言った。「やつらは、ハプスブルクとヴァチカンの手の者たちだ。手を組んで、フィレンツェに戦争を仕掛けようとしている。おれは、それを防ぐために、重大な秘密を探っていたが、どこかから情報が洩れたらしい。任務からの帰りに待ち伏せされて、襲われた」

「その秘密は、それほど重要なの？　人を殺してでも奪おうとするほどに？」

「おれが秘密をフィレンツェに持ち帰れなければ、もっと大勢が死ぬことになる」

「やつらはなぜ、フィレンツェに戦争を？」

「話せば長くなるぞ」

「構わない。理由を知らないと」

「メディチ家の手に、フィレンツェの支配を取り戻すためだ」

さすがに、まだ十歳を少し過ぎたばかりの森の少年には、難しすぎたのだろう。コルネーリオは眉根を寄せて、意味が分からない、といった表情をした。

「今から、二年前のことだ」アルフォンソは、言葉を選んで説明した。「おれたちは、それまでフィレンツェを支配していたメディチ家を追放して、代わって今の共和国政府を打ち立てた。だが、やつらは復讐の機会をずっと狙ってきた。だから、メディチ家出身の教皇が、ハプスブルク家の神聖ローマ皇帝と手を組んで、フィレンツェを攻めようとしている」

「それを、あんたが秘密を持ち帰れば、止められるの？」

「分からない。だが、可能性はある」

「その秘密というのは、どんなものなの？」

一瞬、アルフォンソは言い澱《よど》んだ。「詳しくは知らない」視線をそらして、つぶやくように言う。「つまり、おれが手に入れた手記の中に、そのことが書かれている。おれの役割は、それを持ち帰って、しかるべき者に渡すことだ」

少年が信じたかどうかは分からない。だが、コルネーリオはしばらく沈黙して、静かに考えを巡らせた後、アルフォンソに向かって言った。

「分かった。あんたを信じる。ついて来て」

コルネーリオは、目隠しにしていた落葉と枯れ枝の山をかき分けて、絡み合った根の下から地面に這い上がった。振り返って手を伸ばし、アルフォンソを引き上げようとする。その少年の手を、アルフォンソはじっと見つめた。

「大丈夫だ。自分で上がれる」

「いいから、格好つけなくても」

どうやら、何を言っても、やり込められるらしい。アルフォンソは、内心でため息をつきながら、剣を腰の鞘へと収めた。右腕を伸ばして少年の手を取る。コルネーリオがそれを両手でしっかりと握って、外へと引き上げた。木漏れ日に一瞬、目が眩《くら》みそうになる。

「ほら、立って。急がないと」

コルネーリオの声に促《うなが》されて、アルフォンソは地面を踏みしめて立ち上がった。

3

連れていかれたのは、森を抜けた先の丘陵に広がる葡萄《ぶどう》畑と、オリーブ園の中の屋敷だった。陽光の傾きかけた空を背景に、アルノ川の渓谷を見下ろすアペニン山脈の稜線を眺めながら、肥沃《ひよく》な土壌の起伏を縫って進んだ先に、その屋敷はあった。

「ここまで来れば、もう大丈夫」コルネーリオが、屋敷の外門へと続く糸杉の小道で振り返って言った。「この屋敷で、あんたを匿《かくま》ってくれるはずだ。きっと、フィレンツェにも遣いを出してくれる」

「知り合いなのか、この屋敷の主《あるじ》と？」アルフォンソは、かすかに片眉を上げて尋ねた。「屋敷の主は、農園の地主だろう？　それが、森の村に隠れ住む子供と？　しかも、お前の頼みを聞いて、助けてくれるだと？」

普通に考えれば、屋敷の主とコルネーリオの間に接点などないはずだった。少年が農場の使用人だと言うなら話は別だが、森の中の村は、葡萄畑とオリーブ園からは離れている。しかも、この広大な農場の主とでは、明らかに身分が違っていた。

「いいから、おれを信じて」

コルネーリオは、そんな疑問を杞憂《きゆう》だと言わんばかりに、ずんずんと進んでいく。鋳鉄《ちゅうてつ》の門にたどり着くと、コルネーリオは両手で柵をつかんで、中へと呼びかけた。

「誰か、門を開けて。オリヴィエーロさんに話がある」

すぐに屈強な門番が現れて、鉄柵越しに、胡散臭《うさんくさ》げな目でコルネーリオを見た。

「いったい、どこの村のガキだ？」門番は、少年の楓葉《ふうよう》色のぼさぼさの髪と、土で汚れた顔と、つぎはぎを当てた服を見下ろして吐き捨てた。「ここは、お前みたいな者の来るところじゃない。さっさと帰れ」

「名前を伝えてくれたら分かる。コルネーリオだ」

「旦那さまが、それほど暇だとでも？　痛い目に遭いたいか？」

押し問答が続いたが、結局、門番はコルネーリオを通さなかった。取り次ぎさえしない。それも当然だろう、とアルフォンソは思った。これほど広大な農場の主が、貧相な身なりの子供がいきなり訪ねてきたからといって、いちいち相手をするはずがない。

「もういい、コルネーリオ」アルフォンソは割って入った。「ひとまず、やつらの追跡は撒いた。ここからは、おれ一人でフィレンツェに戻ればいい」

「無理だと分かってるくせに。街道も城門も、監視されてるに決まってる」

コルネーリオがぶっきらぼうに言った。アルフォンソは驚いて、その強い光を湛えたはしばみ色の目を見つめた。そこまで分かっていて、アルフォンソを助けると言ったのか。この少年と出会ってから、驚くことばかりだった。

コルネーリオは、最後に門番に向かって冷たい一瞥《いちべつ》をくれてから、さっと身を翻《ひるがえ》した。もと来た道には戻らずに、小道の脇の茂みをかき分けて、屋敷を囲む外塀に沿って歩いていく。アルフォンソも慌《あわ》ててその後を追った。

「前から思ってたけど、ここの門番は、しつけがなってないんだ」コルネーリオは、露骨な拒絶をまったく意に介したふうもなく言った。「でも、大丈夫。約束は守るから」

少年は緑の蔦《つた》の絡んだ塀を片手でなぞりながら、すたすたと歩いていく。やがて、角を回り込んで、屋敷の美しい化粧煉瓦《れんが》の壁と、上階の窓が見えるところまで来ると、足を止めた。それから、傾きかけた陽光に手をかざして、目を細めながら、三階の窓の一つが開いていることを確かめて、声を張り上げた。

「フランチェスカ！」

すぐには反応がなかったが、三度目に呼びかけたとき、一人の少女が窓枠の向こうに姿を現した。歳はコルネーリオと同じくらいだろうか。ほっそりとした身体に、紅藤《べにふじ》色のドレスと亜麻布のショールをまとい、蜂蜜《はちみつ》色の長い髪を束ねている。耳元で少しほつれた髪が、色白の頬にかかっていた。もう一度、コルネーリオが呼びかけると、淡い褐色の目が驚きに見開かれた。

「コルネーリオ、あなたなの？」

「そうだよ、フランチェスカ。門を開けて。お父上に話があるんだ」

この突然の訪問者に、少女は一瞬、困惑したような表情を浮かべた。だがすぐに、小さな唇をきゅっと結んで、うなずいた。

「門の前で待ってて。お父さまに話してくる」

かすかに頬を染めて微笑《びしょう》すると、フランチェスカは弾むように身を翻して、窓枠の向こうに消えた。コルネーリオがアルフォンソを見上げて、得意げな顔をしてみせた。

「言ったろ、約束は守るって」

再び屋敷の正面に戻ると、ほとんど待たされることなく門が開いて、家令とおぼしき男がアルフォンソたちを出迎えた。手入れの行き届いた前庭を抜けて、蔓薔薇《つるばら》の生垣と花壇の脇を通って、屋敷の正面へと向かっていく。

驚いたことに、ファサードの柱廊の下で、屋敷の主人が待っていた。均整の取れた長身の壮年の男で、上質な布地に刺繍《ししゅう》を施したダブレットを着て、彫りの深い眉目と、きちんと整えられた口髭《くちひげ》の下に、歓迎するような笑みを浮かべている。その長身の背中に半分隠れるようにして、フランチェスカが顔をのぞかせていた。

「突然すみません、オリヴィエーロさん」コルネーリオがぎこちなく、慣れない仕種でお辞儀をした。「助けが欲しくて来たのです。話を聞いてくださいますか?」

「もちろんだとも」屋敷の主人は強く請け合って、コルネーリオの両手を握りしめた。「そなたは、娘の生命の恩人だ。わたしにできることなら、何でも手助けする」

その言葉で、アルフォンソもようやく理解した。なぜ、コルネーリオがあれほど自信満々に、迷うことなくこの屋敷を目指してきたのかを。

コルネーリオが、オリヴィエーロの手を握ったまま、嘆願した。「悪いやつらに追われているんです。どうか、おれたちを匿ってください」

屋敷の主人は、門番と家令に警備を固めるようにと指示を出すと、使用人たちにこの突然の客人たちを屋敷の中へと案内するよう申しつけた。フランチェスカが父親の背中の後ろで、ほっとした表情を浮かべるのが見えた。コルネーリオとアルフォンソは、使用人たちに服の泥や汚れを落としてもらった後、二階の応接の間へと通された。

よく手入れされた、気持ちの良い部屋だった。窓から柔らかな光が射し込んで、壁掛けや花瓶を明るく照らしている。コルネーリオとアルフォンソは刺繡布の長椅子に腰を下ろすと、羽毛のクッションに背中を預けた。

「ようやく、ここまで来た」コルネーリオが、ふうっと息を吐いた。さすがに疲れた様子で、小柄な身体をクッションに沈めている。「オリヴィエーロさんが来たら、フィレンツェに遣いを頼んで、仲間を呼んでもらおう」

「本当に、どう感謝して良いか」アルフォンソは、まだ少し事態の推移に戸惑いながら、礼を言った。「一人では、ここまで逃げ切れなかっただろう。二度までも生命を救われた」

「いいんだ。一度でも、二度でも同じだよ」

屋敷の主人は、オリヴィエーロ・ラニエリといい、この広大な葡萄畑とオリーブ園の地主ということだった。何十人もの使用人を抱えており、生産された葡萄酒とオリーブ油は、フィレンツェやローマや、遠くフランスやイングランドにまで出荷されている。オリヴィエーロさんはそうやって農場の経営を管理しているのだと、コルネーリオは説明した。

「だが、そもそも、どうやって知り合ったのだ？」アルフォンソは、ずっと疑問に思っていたことを尋ねた。「ここは森からも遠いし、お前は農場の使用人でもない。屋敷の主人は、娘の生命を救ったと言っていたが、そもそも、そのような接点はなかったはずだ」

「母さんが、薬草売りだったんだ」コルネーリオが、少し遠い目をして答えた。「父さんが流行り病で亡くなった後、母さんは森で薬草を採り、それを処方して、病人を治して暮らしてた。街のインチキな医者が売っているような薬じゃない。腕がいいのは、この辺じゃ知られてた。だから、フランチェスカが病気になったときに、呼ばれたんだ」

アルフォンソは、少年の家で目を覚ましたときのことを思い出した。確かに、煎《せん》じた薬の匂いがした。飲まされた薬も、母親の知識を受け継いだものだったのだろう。

「今から、三年前のことだ。でも、屋敷に来て、寝台の上のフランチェスカを見たとき、まだ十歳だったおれでも、これは助からないだろう、と分かった。顔は真冬の雪みたいに青白くて、唇はひび割れて、紫色に変色してた。高熱のせいで意識はとっくになくなっていて、布団の中でうわごとをつぶやきながら震えてるんだ。なのに、手を触ると、ものすごく冷たくて、もう半分は死んでいるんだって、そう思った」

父親のオリヴィエーロは、すでに何人もの医者を呼んで、娘を救ってくれるよう懇願していたが、誰もがお手上げだと言った。そのために、すがるような思いでコルネーリオの母親のルイーザを呼んだのだった。ルイーザは素早く脈を取り、診断を下して薬を煎じたが、もはやフランチェスカには、それを飲む力さえ残っていなかった。

「母さんは、オリヴィエーロさんに向かって黙って首を振った。オリヴィエーロさんは、フランチェスカのそばに突っ伏して泣いてた。それを見て、本当にたまらない気持ちだった。だから、言ったんだ。〝おれなら治せる〟と。母さんが驚いて止めようとしたけど、遅かった。オリヴィエーロさんが、はっと顔を上げて、涙でいっぱいの目でおれを見た。そして、本当に娘を治せるのか、と尋ねた。おれはうなずいた」

「まさか――それで、力を使ったのか？」アルフォンソは、驚きで目を瞠《みは》った。「それが、どれほど危険なことか、母親から聞かされていただろう？」

コルネーリオは、かすかに視線を伏せて、うなずいた。「でも、そのときには、必死だったんだ。あんたを助けたときと同じだ。死にかけているフランチェスカを見ていたら、混じりけのない色が見えて、絶対に、助けなくちゃいけないと思った」

「また、それが、理由なのか？　何なのだ、その混じりけのない色とは？」

「うまく説明はできない。でも、おれ、感覚が人とは違うんだ。おれには、ほかの人には聞こえない音が聞こえて、見えない色が見える。森を吹き渡る風がヒノキの葉を揺らせば、木漏れ日のような金色の光が見えるし、小鳥や虫たちの声は、薄い緑や銀色のモザイクをちりばめたみたいに見える。ウサギやキツネが仕掛けた罠《わな》にかかれば、ぱっと燃え上がる炎のような赤色が見える。でも、混じりけのない色は、そのどれとも違う。どんな言葉でも言い表せない。そんな色が見えたのは、母さんを除けば、フランチェスカが初めてだった」

「だから、助けたのか？　魔女狩りの危険を冒してまで」

非難されたと思ったのだろう。コルネーリオはむっつりと黙り込んだ。アルフォンソは、きつく言いすぎた、と感じて、声の調子を落とした。

「責めているわけじゃない。だが、その後、よく無事で済んだものだ。たとえ、父親のオリヴィエーロや家族が沈黙を誓ったとしても、親戚や使用人から秘密が洩れて、噂が異端審問官の耳に届いてしまう恐れもあっただろう」

コルネーリオが無言のまま、そっと唇を噛んだ。その表情を見て、アルフォンソはかすかな違和感を覚えた。だが、それを問いただそうとした、ちょうどそのとき、扉が開いて、オリヴィエーロが家令の男とともに入ってきた。コルネーリオとアルフォンソは、立ち上がって屋敷の主人を迎えようとした。

「そのままでいい」オリヴィエーロが鷹揚《おうよう》に手で制した。「先ほどは、うちの門番が非礼を働いた。娘の恩人を追い返すとは、いい度胸だと、きつく叱責しておいた」

「いいんです。おれのほうこそ、突然押しかけて、すみません」

「そなたのことなら、いつでも歓迎だ」

にこやかに笑みを浮かべるオリヴィエーロの表情を、アルフォンソはそっと観察した。温かな言葉の陰で、その態度には、どこか無理をして演技をしているような、微妙なこわばりが感じられた。確かに、コルネーリオは娘の生命の恩人だが、魔術という禁忌の力で救われたことが影を落としているのだろう。アルフォンソはそう推測した。

「それで――」オリヴィエーロは、コルネーリオの向かいに座ると、真剣な表情で切り出した。「悪いやつらに追われていると言ったな。わたしは、何をすればいい？」

コルネーリオは手短に、これまでのことを説明していった。森で薬草を採っていたときに、血を流して倒れている男を見つけて、助けたこと。黒ずくめの騎士と、修道僧のような男が村の近くまで追ってきたこと。それで、ここまで逃げてきたこと。

「ここにいるのが、おれが助けた人です」コルネーリオはアルフォンソを紹介した。「フィレンツェのために大事な任務を果たした帰りに、襲われたのだとか」

「アルフォンソ、と申します」視線が向けられるのを感じて、アルフォンソは椅子から下り、片膝をついて一礼した。「助けていただいたことに、感謝します」

「礼はいい」オリヴィエーロは片手を振って、アルフォンソを立ち上がらせた。「それより、事情を説明してもらいたい。何があった?」

どこまで話すべきか、とアルフォンソは思案した。確かに、コルネーリオがこの男の娘の生命を救ったのは、事実だろう。だが、二人の様子を見る限り、何かアルフォンソの知らない複雑な事情がありそうだった。それだけではない。アルフォンソは、フィレンツェの共和国政府の密命を帯びて動いている。その内容を、男を信用して打ち明けてしまって大丈夫か、という疑念もあった。

アルフォンソは素早く計算を巡らせて、どこまで話すか線引きした。オリヴィエーロの前に立ったまま、頭を垂れ、静かに話し始める。

「ヴァチカンとハプスブルクが手を組んで、フィレンツェを攻めようとしていることは、貴殿も承知かと存じます。わたしは、それを阻止するために重要な、ある秘密を探索するようフィレンツェの共和国政府から命ぜられ、任務を遂行中でした。そこを、ヴァチカンとハプスブルクの手の者に襲撃されたのです」

オリヴィエーロは無言で先を促《うなが》すように、うなずいた。秘密が何かとは、訊いてこない。アルフォンソが共和国政府の密偵であり、ことが国家の機密に属する問題だと察したのだろう。賢明な反応だ、とアルフォンソは思った。

「わたしは、入手した秘密をフィレンツェに持ち帰り、共和国政府に伝えねばなりません。ですが、恐らくは、すでに街道も城門も監視され、迂闊《うかつ》に近づけば、再び襲われるでしょう。ですから、フィレンツェへと遣いを送り、わたしがここにいることを伝えていただきたいのです」

オリヴィエーロは黙ったまま、アルフォンソの言葉を嚙みしめるように聞いていたが、やがて視線を上げて、口を開いた。

「よかろう。誰に遣いを送ればいい？」

「ミケランジェロ・ブオナローティに」

アルフォンソの答えに、オリヴィエーロは眉を跳ね上げた。

「ミケランジェロ？」聞き違いではないかと疑うように、身を乗り出して、声をひそめて訊く。

「ミケランジェロとは、あのミケランジェロのことか？」

アルフォンソはうなずいた。その名を持つ者が、指し示すのは一人しかいない。

キリストの亡骸《なきがら》を抱いた聖母マリアの永遠の悲嘆を大理石に刻んだサン・ピエトロ大聖堂の『ピエタ』で知られ、システィーナ礼拝堂の天井に壮大な創世記の物語を描いたフィレンツェの芸術家。巨大な大理石の塊からゴリアテに立ち向かう『ダヴィデ』を彫り出して、生命を吹き込んだ男。彫刻家にして画家、建築家、そして詩人でもある男は、周りの者たちから、畏敬《いけい》を込めて、こう呼ばれている。

〝神のごときミケランジェロ〟と。

その名を知らぬ者はない。名声はイタリア中に響き渡っている。フランスにも、スペインにも、ドイツにも、遙か東方のオスマントルコにも届くほどだ。

「ミケランジェロは、このフィレンツェ存亡の危機に当たり、先の一月に共和国政府の軍事九人委員会の委員に選ばれて、フィレンツェの防衛を担う参謀の一人となりました。来月には、その天才的な建築の能力を生かすべく、築城総司令官に就き、要塞や堡塁《ほるい》の建造を指揮することになっています」

アルフォンソは言葉を切り、オリヴィエーロの胸に理解が染み入るのを待って、告げた。

「わたしは、そのミケランジェロ・ブオナローティの配下で働く密偵なのです」

薬草売りの少年が住んでいたという小屋には、何かに追われるように、慌ただしく出ていった痕跡が残されていた。グスタフ・ヴァイデンフェラーは、その様子を冷静に観察した。開け放たれた扉や窓に、床の上に転がった椅子。薬草を煎じた坩堝《るつぼ》もそのままだ。簡素な寝台には、何者かが寝かされていた跡が残っていた。ヴァイデンフェラーは漆黒《しっこく》のマントをさばいて寝台に近づくと、藁布団《わらぶとん》に残された血の跡を指で拭った。

「この寝台で、あの男を手当てしたようだ」

その言葉に、部屋の奥を調べていたヴァチカンの暗殺者が振り返った。

「驚きだな。あの怪我で、ここまで逃げられただけでも奇蹟なのに、さらに、手当てを受けて、姿を晦《くら》ませるとは」

ヴァイデンフェラーは、暗灰色《あんかいしょく》の僧衣をまとった男の魁偉《かいい》な容貌を、感情のない目で見つめた。「どうやら、われわれの想定を超えた事態が起こっているようだ。それが何なのか、早急に突き止めねばならぬ」

このとき、ヴァイデンフェラーの従者の一人が、隣りの狭い台所へと続く仕切り扉の向こうから、姿を現した。

「捕らえた村人が、口を割りました」従者は低頭して報告した。「少年の名はコルネーリオ。十三歳で、一人でここに住み、森で集めた薬草を売って暮らしているそうです」

「一人で、このような森の外れに？」

「母親がいたそうですが、三年前に死に、そのときに、村からも離れたこの場所に移ってきたのだとか」

「奇妙な話だな」

ヴァイデンフェラーは鋭く目を細めて、思考を巡らせた。まだ年端もゆかぬ少年なら、近親者の誰かが引き取って育てるはずだ。あるいは、村の者たちが共同で援助する。なのに、なぜこのような村外れに一人で住まうのか。

「男が言うには、母親も薬草売りでしたが、三年前、魔女裁判で有罪となり、火刑に処されたのだとか」

「魔女だと？　何があった？」

「この森を抜けた先に農場があり、その主の娘を、魔術によって癒《いや》したそうです。何人もの医者が、助けることはできぬと治療を投げ出したにもかかわらず、女が危篤《きとく》状態にあった娘を一夜にして救ったために、噂となり、異端審問官が遣わされました。女は自ら悪魔と契約して、魔術を使ったと認めました。そのために、火刑となったのです」

ヴァイデンフェラーは沈黙して、その言葉の持つ意味を推し測ろうとした。同時に、自分が長剣を振るって深手を負わせたフィレンツェの密偵の姿を思い返す。

確かに、与えた傷は致命傷だったはずだ。なのに、逃げおおせた。まるで、瞬時に傷が癒《い》えたかのように。その場には、この家に住む少年がいた。そして、その母親は、かつて禁断の治癒の魔術を使った罪で、火炙《ひあぶ》りになったという。

だが、魔術を使ったのが、本当は母親ではなかったのだとしたら——

「これは、面白くなりそうだ」ヴァイデンフェラーは唇を歪《ゆが》めて笑った。「どうやら、狩りの獲物が、思いがけず一人増えたようだ」

そう言い残して、大股で部屋を横切って仕切りの扉の向こうに出る。狭い台所の隅に、捕らえた村人が痛めつけられて床に転がっていた。指が砕かれて、衣服も裂けて血がにじんでいる。ヴァイデンフェラーは冷たく見下ろして言った。

「その男は連れていけ。証人だ」

それから、ヴァチカンの暗殺者を振り返って、声を響かせた。

「やつらがどこへ逃げたか、分かった。狩りの再開だ」

4

ランプのおぼろげな明かりの中で、コルネーリオは胸の鼓動を必死でこらえていた。

〝しかし、参ったな……〟

コルネーリオがいるのは、屋敷の二階にある饗応《きょうおう》の間の隣りの小部屋だった。もともとは、饗宴や舞踏会を開くときに、リュートやリラの奏者が音楽を奏でるためにつくられた部屋で、饗応の間と仕切り壁だけを隔ててつながっていたが、長らく使われず、今は物置となっている。古びた家財や木箱が所狭しと積み上げられたその部屋に、コルネーリオはフランチェスカと二人で忍び込み、分厚いタピストリで覆われていた壁の小さな穴から、隣りの饗応の間の様子をこっそりとのぞき見ていた。

ただでさえ狭い空間なのに、隣りをうかがうために、フランチェスカと身を寄せ合うように並んでいる。飾り気のないネットでまとめた蜂蜜《はちみつ》色の髪と、色白の頬の横顔が、思いがけず近くにあって、コルネーリオはどぎまぎした。フランチェスカが手首につけたミモザの花飾りの腕輪から、仄かに甘く優しい香りが漂ってくる。

〝おれは、恐ろしい敵の手からアルフォンソの生命を救い出した〟コルネーリオは、動揺を追い払って自らを奮い立たせるように、心の中で言い聞かせた。〝やつらの追跡からも逃げ切った。なのに、こんなか弱い女の子一人が、怖いものか〟

けれども、このように二人でこそこそと小部屋に隠れて、客人たちの様子を盗み見ているところをフランチェスカの父親に見つかったら、ただでは済まないのは間違いなかった。なのに、強引に押し切られて、連れて来られてしまった。

〝それにしても、参ったな……〟コルネーリオは、今夜の出来事を思い返す。

ミケランジェロの一行が屋敷に現れたのは、夜も深まって、濃紺の空がトスカーナの大地を覆ったころだった。コルネーリオたちは晩餐《ばんさん》に招かれて、とろけるようなウサギのシチューや空豆のスープを振る舞われた。香ばしい匂いの山ウズラの挽肉《ひきにく》や、滅多に食べられない甘い砂糖菓子まである。ご馳走を満喫して、幸せな気分になり、上階の客間に引き揚げようとした、そのとき、門番が血相を変えて、ミケランジェロその人の到着を知らせたのだった。

フィレンツェへ早馬を送ってまだ間もなかったので、これには、アルフォンソも驚いたようだった。しかも、ミケランジェロ本人が来るとは誰も思っていなかった。屋敷中が蜂の巣をつついたような騒ぎとなる中、主人のオリヴィエーロが困惑と混乱を押し隠して、何とか優雅に一礼して出迎えた。

「高名なるミケランジェロどのに、わざわざお運びいただきまして、光栄に存じます」

「わたしこそ、礼を言わねばならぬ。よくぞ敵の手から、部下を守ってくれた」

ミケランジェロは、長身に暗い色合いの外衣をまとった、神経質そうな男だった。事前に聞いていなければ、偉大な芸術家だとは思わなかっただろう。年齢は五十四歳だという。かすかに縮れた黒髪と、秀でた額と、黒々とした鬚《ひげ》が、細面の顔に浮かんだ険しい表情を、余計に厳しく見せていた。

ミケランジェロは周囲を見回して、壁際の暗がりに退いていたアルフォンソを見つけると、かすかに安堵したような表情を浮かべて、声をかけた。

「よくぞ、無事でいてくれた。神に感謝せねば」

アルフォンソが静かに進み出て、恭《うやうや》しく一揖《いちゆう》する。このとき、ミケランジェロの後ろから、さらに二人の男が現れるのを見て、その顔がぱっと輝いた。

「グリエルモ！」アルフォンソは男の一人に向かって小さく叫んだ。それから、もう一人に向き直って、喜びの息を吐く。「エミーリオも、よく無事だった」

グリエルモと呼ばれた男が、アルフォンソに駆け寄って、ひしと抱擁《ほうよう》した。「ああ、本当に、お前さんなのだな？」感極まった声で、無事を確かめながら言う。「信じていたぞ、絶対に、お前が死ぬはずはないと……」

「おれもだ、グリエルモ」アルフォンソが、きつく抱擁を返した。

エミーリオと呼ばれた男が、そっと近づいて、声を絞り出すように言った。「わたしのせいです。お守りできず、申し訳ございません」

「お前のせいではない」アルフォンソは、抱擁を解いて向き直った。「お前はよくやった、エミーリオ。グリエルモを守るよう命じたのはおれだ」

「そこまでだ」ミケランジェロが険しい表情に戻って、割って入った。それから、屋敷の主人のほうを向き、社交辞令もそこそこに言う。「貴殿には、誠に申し訳ないが、ことは緊急を要するのだ。どうか、無礼を許して欲しい。部屋を用意して、われわれだけにしてもらえないだろうか？」

そうして、ミケランジェロの一行はアルフォンソを伴って、二階の饗応の間へと閉じこもってしまった。アルフォンソが手に入れた秘密の手記とかいうものを分析するのだろう。コルネーリオは興味を抱いたが、大人の話し合いに加えてもらえるはずもなく、屋敷の使用人に客人用の寝室へと連れていかれた。

それで、一日が終わるはずだった。突然、部屋をノックする音がしなければ――

ふかふかの寝台で眠りに落ちかけていたコルネーリオが、跳ね起きて、扉を開けると、驚いたことに、フランチェスカがいた。手にしたランプの淡い光が、色白の顔を照らしている。ほっそりとした身体に、紅藤《べにふじ》色のドレスと亜麻布のショールをまとった姿のままだった。

「起こしてしまったのなら、ごめんなさい」フランチェスカは、少しかすれた声で、ためらいがちに言った。「でも、あなたにお願いしたいことがあるの」

「いいよ、何でも言って」コルネーリオは驚きを表情に出さずに、請け合ってみせた。「おれでできることなら、喜んで」

「良かった、あなたに相談して」フランチェスカは瞳を輝かせた。「わたし、どうしてもミケランジェロさんたちが話している内容が知りたいの。それで……」

「それで？」

「隣りの部屋に、今は物置なんだけど、ちょっとした仕掛けがあって、そこから中の様子を見ることができるの。それで、あなたにも一緒に来てもらえたらと……」

コルネーリオは、一瞬、絶対に自分が聞き間違えたのだと思った。けれども、フランチェスカの必死に興奮を抑えた真剣な表情を見て、聞き間違いではないと、すぐに悟った。

「盗み見なんて、はしたないことだと分かってる。でも、今この屋敷にいるのは、あの素晴らしい芸術家のミケランジェロさんなのよ。こんな機会、もう二度とない」

その勢いに、コルネーリオは面喰らった。「あの人は、そんなにすごい人なの?」

「もちろんよ。お父さまが、作品の模写を見せてくれたことがある。創世記の物語を描いたシスティーナ礼拝堂の天井画よ。ヴァチカンの『ピエタ』やフィレンツェのシニョリーア広場の『ダヴィデ』を写生した絵も見たことがある」

コルネーリオは、自分もフィレンツェの街に行ったときに、政庁舎の正面の広場に飾られた『ダヴィデ』の本物を見たことがある、と思わず言いかけたが、確か、裸の男の人の像だったと思い出して、赤面して口をつぐんだ。

「とにかく、わたしにとっては、一生に一度きりの機会かも知れない。だから、お願い」

「でも、なぜおれに?」

「その小部屋は暗くて、幽霊が出そうで、一人だと怖いの。でも、屋敷の誰かについて来てとは頼めない。お父さまに知られてしまうもの。だから、あなたしかいないの」

思えば、このときに、きっぱりと断っておくべきだった。でも、フランチェスカのすがるような視線に、思わず首を縦に振ってしまった。

ランプの光を頼りに薄暗い廊下を忍び足で歩き、目的の小部屋へと向かう間も、フランチェスカは興奮した様子で、ミケランジェロがいかに偉大かを、小声で話し続けた。コルネーリオは見つかってしまうのではないかと、はらはらしたが、使用人たちは急な客人たちの寝室を整えるのに忙しいらしく、誰にも出くわさなかった。

「ミケランジェロさんは、レオナルド・ダ・ヴィンチやラファエロ・サンティといった最高の芸術家と並ぶ人よ。才能を見いだされたのは、十四歳のとき。わたしたちと一歳しか変わらないころだったなんて、信じられないわね。今から四十年も前のことよ。大勢の芸術家のパトロンだったロレンツォ・デ・メディチという人が、その才能を認めてメディチ家の庭園に住まわせて、貴重な芸術を模写して修業することを許したの」

ロレンツォ・デ・メディチの名前なら、コルネーリオも知っていた。裕福な銀行家の一族であるメディチ家のかつての当主で、フィレンツェを実質的に統治していたため〝豪華王〟とも呼ばれていた。ヴァチカンやナポリ、ミラノ、ヴェネツィア、フランスといった大国と渡り合い、フィレンツェに平和と繁栄をもたらしたと、亡くなって四十年近く経つ今も語り継がれている。

「そうやって、才能を見いだされたミケランジェロさんが、ヴァチカンの『ピエタ』を制作したのが二十四歳のとき。その聖母子像の傑作は、サン・ピエトロ大聖堂の至宝と言われてる。『ダヴィデ』を完成させたのがその五年後で、それから、三十七歳のときにシスティーナ礼拝堂の天井画を描き上げた。その後も、歴代の教皇から注文を受けて、ローマとフィレンツェを行き来しながら作品の制作を続けてきたの」

生き生きとした表情で語るフランチェスカの声は歌うようで、その声を聞いていると、春の若葉を思わせる緑色の光が、色硝子《ガラス》を透かしたように視界にきらめくのが見えた。

「詳しいんだね」

コルネーリオが言った瞬間、水を差したように、光が陰り、フランチェスカの顔に苦い表情がよぎった。声を落として、かすかに首を振る。

「知識だけよ。本物を見たことすらないんだから」

外の世界への憧れと、諦《あきら》めが交じり合った表情がフランチェスカの顔に浮かんでいた。

「まだ、お父上は、外に出てはいけないと?」

「ええ、わたしの身体が心配だからって。代わりに、貴重な書物でも模写でも、望めば何でも取り寄せてくれる。だから、物知りになっちゃった」

三年前、コルネーリオはフランチェスカの生命を奪いかけていた熱病を癒《いや》したが、それでも、生まれつきの心臓の病までは治せなかった。無理をして長く歩いたり、急に動いたり、階段や坂道を上ったりすると、息が切れ、胸に痛みが走って寝込んでしまう。

だから、フランチェスカはほとんど屋敷の外に出ることもない。森に住み、薬草を採って暮らすコルネーリオには考えられない生活だった。しかも、父親と八歳年上の兄は商談で家を空けることが多かったから、広い屋敷で孤独に過ごすしかない。母親は、フランチェスカを産んだときに亡くなってしまった。幼いころに懐《なつ》いていた乳母も、もう屋敷を出てしまっていたから、なおさらだった。

「わたしは、本を開いて、外の広い世界を想像するの。窓辺に座って、大空を行き交う雲の動きや、鳥たちが翼を広げて飛ぶ姿や、風に揺れる木の葉を観察して、スケッチすることもある。夕焼けが夜の藍《あい》色に変わっていく様子や、霞《かすみ》がたなびく葡萄《ぶどう》畑の光景を見て、手を伸ばしてみる。本当に、触れられたらいいのにって思うけど、美しいものには手が届かない」

フランチェスカの気持ちを思うと、コルネーリオは胸が潰れそうだった。

「それに、お父さまは、外の世界は危険だと、ひどく怖れてるの。この屋敷にいれば、守られていると。でも、そのことを思うと、せっかくあなたに生命を救われたのに、申し訳ない気持ちになる」

「いいんだ。お父上の気持ちも分かる。あんなことがあったから」

「本当に、申し訳なく思ってる」

フランチェスカは消え入るように言ったが、コルネーリオの気持ちを考えたのだろう、すぐに、いたわりを込めた笑顔をつくって語りかけた。

「でも、いいこともある。無理にお嫁にも行かなくて済むし、女なのに、書物を読んで学問をすることも許してもらってる」

「なら、おれも一緒に盗み見して、世界を広げるのを手伝うよ」

フランチェスカはくすりと笑った。ええ、お願い、と言って、廊下を進み、饗応の間の隣りの小部屋の扉を開ける。そうして、二人で中へと忍び込んだのだった。

けれども、こうして身を寄せ合って、壁の小さな穴のそばに並んでいると、思った以上に気まずい状況だということが分かった。フランチェスカとこれほど近づいたのは、二年前に聖ニコラの祝祭で踊ったときくらいしかなかった。あの夜と同じように、コルネーリオの目にはフランチェスカを包む懐かしい混じりけのない色が見えたが、あのころよりもぐっと大人っぽくなって、鼻孔をくすぐるミモザの匂いが、胸をどきどきとさせた。

〝──落ち着けよ。おれは、偉大なミケランジェロさんの部下を救った勇者なんだ〟

コルネーリオは雑念を振り払うと、穴に目を当てて、壁の向こうの様子に集中した。ぼんやりとした燭台《しょくだい》の明かりに照らされて、饗応の間の光景が見えた。

そこには、六人の男たちがいた。一人はミケランジェロで、例の険しい表情をして、アルフォンソと向かい合うように刺繍《ししゅう》布の長椅子に座っている。

残りのうちの一人は、グリエルモと呼ばれた男だった。ミケランジェロと同じくらいの歳で、丸々とした樽《たる》を思わせる体形に、濃い褐色の髪と豊かなあご鬚を持ち、人懐っこい笑みがそのまま年齢を重ねて目尻のしわになってしまったような風貌だった。

その隣りに、エミーリオと呼ばれた男がいた。アルフォンソより若い。無造作に流した栗色の髪の持ち主で、アルフォンソと同じく武人らしい雰囲気を漂わせている。

最後の二人は、知らない男たちだった。アルフォンソたちとは、少し雰囲気が違う。一人は褐色の巻き毛をした色白細面の優男《やさおとこ》で、三十歳より少し若いくらいだろうか。唇にとらえどころのない微笑《びしょう》を浮かべている。もう一人は、対照的に鋭い目つきをした陰気な男で、全身から放たれる強い気が、どこか猟犬を思わせた。

コルネーリオは、もっとよく観察しようと壁に顔を押しつけた。最初は状況がよく呑み込めなかったが、やがて、長椅子の前のマホガニーのテーブルの上に置かれた一冊の本を囲んで、議論が交わされているのだと分かった。きっと、あれがアルフォンソが手に入れたという秘密の手記に違いない。

けれども、部屋の雰囲気はどこか奇妙だった。執拗《しつよう》な追撃を振りきった末に、ようやく苦労して秘密を手に入れたにしては、ぴりぴりとした空気が伝わってくる。

「――まったく、莫迦《ばか》にしている」ミケランジェロが葡萄酒を注いだ杯を手に、眉間《みけん》に稲妻《いなずま》のような苛立ちを閃《ひらめ》かせて毒づくのが聞こえた。「本当に、よく探したのか?」

「もちろん、手抜かりはありません」アルフォンソが低頭して答えた。「マキアヴェッリが晩年を過ごしたサンタンドレアの山荘は、隅々まで捜索しました。秘密に関する記述があったのは、その一冊だけでした」

「だとすれば、われわれに謎かけを仕掛けるつもりなのか? イカロスの翼に、ダイダロスの迷宮だと? このフィレンツェの危急存亡のときに、いい度胸だ」

「ここで毒づいていても、何も始まるまい」丸々とした樽のようなグリエルモが、落ち着いた声で口を挟んだ。「まずは、われわれにできることをすべきでは?」

「確かに、グリエルモどののおっしゃる通りでしょう」褐色の巻き毛の優男が同調した。その言葉の訛りから、イタリア人ではない、とコルネーリオは感じた。どこだろう？　鼻にかかったような発音は、フランス人だろうか。「何も、手がかりがないわけではありません。ちゃんと暗号詩が残されている。それを解読すればいい」

「セヴラン・リュファスどの」ミケランジェロが優男に鋭い視線を向けた。「そなたにとっては、フィレンツェの危機は対岸の火事だろうからな。高みの見物というわけだ」

「人聞きが悪い。われわれは、共通の敵を持つ友人であることを、お忘れなく」

「そうとも、もう一度、手記を精査してみよう」グリエルモと呼ばれた男が、再びやんわりと割って入った。「われわれは、ようやく、探していた秘密を掘り当てた。あとは、ひたすらこの鉱脈を掘り進むだけだ。違うかね？」

「あんたには勝てないな」ミケランジェロが息を吐き出して、軽く手を振った。「もう一度、暗号詩を読み上げてくれ」

アルフォンソが、テーブルの上の手記を取り上げた。頁を開いて、朗唱する。

マイアンドロスの清流は、
ダイダロスの手により蛇行した流れとなり、
迷宮を貫き行方も知れぬ水を走らせる。

黄金と絹の帆《ほ》を眼下に眺むれば、

天空への憧れが身を焦がし、
まったき富の頂《いただき》へと到る。

されど、空を飛べるは神々のみ、
両翼は灼熱《しゃくねつ》の陽光に溶かされて、
紺碧《こんぺき》のイカリア海へと失墜する。

「やはり、分からぬ」ミケランジェロがうめいた。「明らかに、詩句のモチーフは、オウィディウスの『変身物語』が伝えるギリシア神話のダイダロスとイカロスの物語だ。それは分かる。詩文の構造は、短い三行詩が三連からなる構成で、ダンテの『神曲』と同じく、キリスト教義の三位一体を踏まえている。だが、韻《いん》は踏んでいないし、言葉の選び方も〝万能の天才〟と呼ばれた男にしては、あまりに凡庸《ぼんよう》だ」

「そりゃ、芸術性を追求したわけではないだろうからな」グリエルモが、丸々とした身体を揺すって笑った。「迷宮を探索する者を導くアリアドネの糸になりさえすれば、それで良い。そういう目的だろうよ」

「で、この鉱脈を、どうやって掘り進むと?」リュファスと呼ばれた優男が尋ねた。

男たちは沈黙した。ミケランジェロは長椅子の上で腕を組んで、眉をひそめている。

いったい、何がどうなっているのだろう、とコルネーリオは思った。フィレンツェをヴァチカンとハプスブルクの侵略から守る秘密を見つけたと、アルフォンソは言っていたはずだ。それが、まだどこかに隠されたままで、暗号を解読しなければ、隠し場所までたどり着けないということだろうか？

このとき、不意にすぐ隣りで、何かをつぶやく声がした。壁の穴から目を離して、隣りを見ると、フランチェスカが瞳を閉じて、唇の中で静かに暗号詩を繰り返していた。ランプのおぼろげな光に照らされて、色白の頬に淡い影が揺らめいている。

「マイアンドロスの清流……黄金と絹の帆……」少しかすれた声がした。「富の頂から、それらを眼下に眺めるのね……そして、灼熱の陽光に向かって、空を飛ぶ――」

フランチェスカが息を呑み、言葉を切る。目を開いて、喜びに頬を染めて叫んだ。

「分かった！」

声を上げてしまってから、はっとしたように口元を細い手で押さえる。けれども、遅かった。コルネーリオが壁の穴に目を当てると、男たちが全員、驚いたような表情を浮かべて、こちらを向いているのが見えた。

やがて、グリエルモが、樽のような身体のわりには軽快な動きで、壁に近づいてきた。隣りの小部屋とつながる小さな穴を見つけると、にやりと笑って、のぞき込んだ。

「おやおや、これはこれは」可笑《おか》しくてたまらない、といった声が聞こえた。「驚いたな。まさか、小さな密偵が二人も、壁の中に潜んでいようとは」

5

見つかってしまった、と思ったときには、もう遅かった。フランチェスカは、咄嗟《とっさ》に隠れるところを探したが、この狭い物置の小部屋に、そのような場所はなかった。コルネーリオが素早くフランチェスカを後ろにかばって、グリエルモの視線から隠してくれたが、ほとんど意味がないことは分かっていた。

小部屋の外で足音がして、扉が開かれる。現れたのはミケランジェロだった。険しい表情で、ランプの光の中の二人を交互に眺める。

〝ああ、もうおしまいだわ――〟フランチェスカは、高揚していた気分がしぼんで、心臓が重く沈み込むのを感じた。〝大切なお客さまに、無礼を働いてしまった。しかも、コルネーリオまで巻き添えにしてしまった――〟

けれども、返ってきたのは、思いもかけない言葉だった。

「わたしの聞き違いでなければ、〝分かった〟と叫んだようだったが」ミケランジェロが、かすかに片眉を上げて尋ねた。「まさか、あの暗号詩のことか?」

一瞬、フランチェスカは、コルネーリオと目を見合わせた。

「おっしゃる通りです、ミケランジェロさま」視線を戻して、おずおずと答える。「わたしには、その暗号詩が指し示す場所が、どこだか分かります」

ミケランジェロが息を呑む気配がした。「なぜ、この暗号詩が、場所を示していると？」

フランチェスカは、もう一度、コルネーリオと目を見合わせた。コルネーリオが勇気づけるように、うなずいてくれたので、少し鼓動が落ち着いた。

「最初から、分かっていたわけではありません。ですが、詩文に込められた意味を解き明かしたとき、理解できたのです。これは、秘密の隠し場所を示したものなのだと」

ミケランジェロが沈黙した。鋭い眼光を浮かべたまま、何かを思案していたが、やがて、視線を上げ、部屋の隅で小さく縮こまったままの二人に向かって言った。

「いいだろう、ついて来なさい」

どういうことだろう、とフランチェスカは一瞬、訝《いぶか》ったが、すぐに答えに行き当たった。

〝ミケランジェロさまは、わたしの謎解きを聞きたいんだ！〟

沈みかけていた心が軽くなり、高揚した気分が戻ってくる。もしかしたら、これは二度とない機会かも知れない。

饗応《きょうおう》の間へと連れていかれたときには、すでに何をどのように話すべきか、頭の中で整理し終えていた。広い部屋には、六人の男たちがいた。マホガニーのテーブルの上に一冊の本が置かれ、それを囲むように座っている。グリエルモと呼ばれた男が、フランチェスカとコルネーリオにも席を勧めたが、フランチェスカは小さく首を振って辞退した。

「この屋敷の令嬢が、暗号詩を解いたらしい」ミケランジェロが長椅子に身を沈めて、フランチェスカを見つめて言った。「その答えを、われわれに教えてくれるな？」

「もちろんです、ミケランジェロさま」フランチェスカは優雅に一揖《いちゆう》して、にっこりと微笑《ほほえ》んだ。「ですが、一つだけ、条件があります」

「条件、だと？」

「そうです。わたしが答えを差し上げる前に、今ここで、何が起こり、ミケランジェロさまが何を探しているのかを、教えていただきたいのです」

まさか、このような大胆な要求をするとは思ってもいなかったのだろう。隣りでコルネーリオが、口から心臓が飛び出しそうな表情をするのが見えた。フランチェスカは内心でくすりと笑いながら、ミケランジェロに視線を戻した。

ミケランジェロは、眉をしかめて尋ねた。「なぜ、知りたい？」

「コルネーリオとわたしの父は、ミケランジェロさまの部下のアルフォンソさまをお救いしました」フランチェスカは心を落ち着けて、澱《よど》みなく言った。「そのアルフォンソさまからは、フィレンツェをヴァチカンとハプスブルクの侵攻から守るために、秘密を探しておられると聞きました。詳しいことをお聞かせいただければ、わたしたちにも、もっとお力になれることがあるかと思うのです」

「殊勝な理由だな。それだけか？」

「もし戦争になれば、多くの人の生命が失われるでしょう。この農場も、軍隊の通り道になって、略奪の危険にさらされるかも知れません。しかも、わたしたちは、すでに一度、アルフォンソさまをお救いしていますから、もしそれが敵に知られれば、真っ先に報復の対象となるでしょう。ですから、何が起きているかを知り、身を守る備えをしておきたいのです」

ミケランジェロは、フランチェスカははっとして、またやってしまっただろうか、と息を止めた。一瞬、フランチェスカの言葉を嚙みしめるように黙った。

一瞬、フランチェスカはまたやってしまっただろうか、と息を止めた。高揚していた気分が、再び沈みかける。人前で知識をひけらかしたり、賢しげに振る舞ったりするのは淑女《しゅくじょ》の慎みに反することだから、家の外の人たちと話すときには注意しなさいと、お父さまから言われていたのに、つい嬉しくなって失念してしまった。

もしかして、しつけの行き届いていない娘と思われてしまっただろうか？　のぞき見をしているところを見つかったときの恥ずかしさが、唐突に甦《よみがえ》って、フランチェスカは思わずうつむいた。隣りでコルネーリオが固唾《かたず》を吞んで見つめている。永遠にも感じられるような長い間があって、やがて、ミケランジェロが低くつぶやいた。

「賢い娘だ」

フランチェスカは頰が上気するのを感じて、顔を上げた。コルネーリオが安堵の息を吐くのを聞きながら、フランチェスカはまだどきどきとする胸の鼓動をどうにか抑えて、たおやかに一礼した。ミケランジェロはテーブルの上から葡萄《ぶどう》酒の杯を手に取ると、どこから話すべきか、少し思案してから、ゆっくりと語り始めた。

「発端は、今から三十年近く前のことだ。正確には、一五〇二年から一五〇三年にかけての冬の出来事だ。当時、フィレンツェは重大な危機に瀕していた。悪名高きボルジア家の殺戮《さつりく》王にして、ヴァレンティーノ公たるチェーザレ・ボルジアが、父親である教皇アレクサンデル六世の庇護《ひご》を受け、破竹の勢いで北イタリアの小領主たちを一掃して、勢力を拡大していたころだ。チェーザレ・ボルジアのことは知っているな?」

フランチェスカはうなずいた。「わたしがまだ生まれる前のことですが、父から聞いたことがあります。教皇アレクサンデル六世に、軍隊の司令官に任命されて、ヴァチカンのために次次と戦争を仕掛けて北イタリアの都市を陥落させたとか」

「その通りだ。もとはと言えば、一四九四年のフランス王シャルル八世によるイタリア侵攻をきっかけに、フランスやドイツ、スペインといった大国の干渉が激しさを増していたことに、教皇庁が対抗しようとしたわけだが、われわれフィレンツェにとっては、まさしく災厄であった。北イタリアの制圧を続けるチェーザレ・ボルジアの軍隊の進路に、ちょうどフィレンツェがあり、われらが次の標的となる可能性があったからだ」

そのために、フィレンツェはチェーザレ・ボルジアを傭兵として雇う契約を交わし、大金を支払うことで侵攻を避けようとした、とミケランジェロは続けた。

「契約と言っても、実態は盗賊に金を払って、家を荒らすのをやめてくれ、と懇願するようなものだ。契約の更新時期が来れば、また大金をせびられる。だが、背に腹はかえられぬ。契約を交わさねば、毒牙にかけられる恐れがある。だから、その情報収集と、傭兵契約の交渉のために、フィレンツェの政府は有能な書記官であったニッコロ・マキアヴェッリをチェーザレの宮廷へと派遣した」

今から振り返れば、その後の一五〇三年の夏にはアレクサンデル六世は病没し、その息子であるチェーザレもまた失脚することになるのだが、当時はまだ抵抗する敵たちを容赦なく皆殺しにしていた時期であり、フィレンツェに選択の余地はなかった。

「このころ、チェーザレ・ボルジアはロマーニャ公国の首都をチェゼーナから強固な要塞に囲まれたイーモラに変えて、自らの宮廷を移したところだった。マキアヴェッリはイーモラに滞在することになるが、このとき、もう一人、重要な人物がいた。それは、チェーザレのもとで要塞を強化し、兵器や戦術を考案する軍事技師として仕えていた男だった。その並外れた知性と才能から〝万能の天才〟と呼ぶ者もいる」

「まさか――」フランチェスカは鋭く息を呑んだ。

「そう、そのまさかだ」ミケランジェロが、かすかに苦い表情を浮かべた。「チェーザレ・ボルジアの宮廷にいたのは、かの〝万能の天才〟と呼ばれたレオナルド・ダ・ヴィンチだ。わたしに言わせれば、あの男のどこがそれほど特別なのか、理解に苦しむが、ともかくも、マキアヴェッリはあの男と親しく話をする機会を得る。そして、その邂逅が、今この現在へとつながる秘密を、われわれに伝えることになる」

まさか、とフランチェスカは衝撃に打たれて思った。レオナルド・ダ・ヴィンチ――その名前を、驚きとともに胸中で繰り返す。

これは、何かの運命なのだろうか？

「当時、レオナルド・ダ・ヴィンチは、長く仕えたミラノ公イル・モーロがフランスの侵攻によって失脚したために、ミラノを離れていたところだった。パトロンを求めてヴェネツィアやフィレンツェやローマを転々とした後、チェーザレの宮廷で軍事技師となる。剃刀《かみそり》のごとき知性の持ち主であったマキアヴェッリにとっては、実に興味深い人物だっただろう。レオナルドのことを、自らと並んで〝チェーザレの秘密を知るもう一人の人物〟だと本国に書き送っている。だから、情報を得るべく巧みに接近した」

そうして、年が明けた一五〇三年の一月、遂にマキアヴェッリはレオナルドからある秘密を聞き出すことに成功する。チェーザレ・ボルジアのあまりの残酷さに恐れをなして反旗を翻《ひるがえ》した傭兵隊長たちを、逆に騙《だま》し討ちにして惨殺し、街を略奪し、イタリア半島を震撼《しんかん》させた〝シニガッリア事件〟の直後のことだ。反乱軍の指導者たちを許すふりをして和平を持ちかけ、相手が油断したところを突然、一網打尽にして、ことごとく処刑するという恐るべき事件だった。

「このときは、さすがのマキアヴェッリも生命の危険を感じて、自らをフィレンツェに呼び戻すよう本国に訴えたらしい。こうした緊迫した情勢の中、脱出の機会を探っていたマキアヴェッリは、レオナルド・ダ・ヴィンチから、ある秘密を聞く。そのときに、レオナルドが語ったという言葉を、マキアヴェッリの手記が伝えている。そう、テーブルの上にある、その手記だ」

ミケランジェロが、手記を取り上げて頁を開いた。フランチェスカはそれを読む。

〝……レオナルド・ダ・ヴィンチは言った。「わたしは、かつて、自らが仕える君主を世界の覇者《はしゃ》にもできる強力な兵器の設計図を描いたが、結局、それを託すに値する者はいなかった。イル・モーロも、チェーザレ・ボルジアも、ただの血に飢えた殺戮者だ」

それから、何度も首を振り、深くため息をついて、こうつけ加えた。「だから、わたしはこの秘密の怪物を、ダイダロスの迷宮に閉じ込めたままにしておこうと決心した」

そして、わたしに奇妙な暗号のような詩が記された一枚の紙片を差し出した……〟

衝撃が全身を突き抜けるのを、フランチェスカは感じた。その衝撃を静かに押し包むように、ミケランジェロが抑制の利いた低い声で告げた。

「そう、われわれが探しているのは、レオナルド・ダ・ヴィンチが残したという兵器の設計図だ。ヴァチカンとハプスブルクの連合軍を退けて、美しきわが故郷が、やつらの軍靴に踏み荒らされるのを防ぐ強力な兵器の、な」

しばらくの間、コルネーリオもフランチェスカも、言葉を忘れて立ち尽くしていた。やがて、フランチェスカは視線を上げて尋ねた。

「その兵器とは、どのようなものなのです?」

ミケランジェロは、ゆっくりと首を横に振った。「その答えは、われわれも持ち合わせておらぬ。追及するマキアヴェッリに対して、レオナルド・ダ・ヴィンチが口を閉ざし続けたからだ。だが、あるとき一度だけ、〝チェーザレ・ボルジアはやりすぎた〟と言ったらしい。そして、こう続けたと、手記にはある。〝よいかな、イカロス、なかほどの道を進むのだぞ。あまりに低く飛びすぎると、翼が海水で重くなる。高すぎると、太陽の火で焼かれるのだ。その両方の中間を飛ばねばならぬ〟と」

「オウィディウスの『変身物語』ですね」フランチェスカは記憶をたどって指摘した。

「その通りだ、賢い娘よ。かのいにしえのローマの詩人は、ギリシアの神話を描いたその物語の第八巻で、半人半獣の怪物ミノタウロスを閉じ込める迷宮を設計したダイダロスが、息子のイカロスとともに蠟《ろう》で固めた翼で空を飛び、幽閉されたクレタ島から脱出しようとする話を書いている。レオナルド・ダ・ヴィンチがマキアヴェッリに言い残したのは、そのダイダロスが息子に向かって告げたという言葉だ。だが、イカロスは父親の忠告を忘れて高く飛びすぎて、太陽の火で翼の蠟が溶けて墜落してしまう。レオナルド・ダ・ヴィンチは、チェーザレがこのまま権勢を拡大するために冷酷な殺戮を繰り返すなら、いずれはイカロスのように失墜することになると考えていたのだろう」

「それが、兵器の設計図を隠した理由なのですね。そのような主君に託すことはできないと。だから、隠し場所を暗号にした」

「そうして、秘密は歴史の中に埋もれることになった。それから間もなく、マキアヴェッリはフィレンツェへと呼び戻され、レオナルド・ダ・ヴィンチもまたチェーザレの宮廷を去ることになる。もちろん、マキアヴェッリは突き止めた内容を密書として本国に書き送ったと、そう手記には書かれている。だが、戦火の中で届かずに失われたか、当時の共和国政府が荒唐無稽《こうとうむけい》な戯言《たわごと》と見做《みな》して黙殺したか、そのいずれかだったのだろう。あるいは、そのすぐ後に教皇アレクサンデル六世が病没し、チェーザレもまた失脚したことで、イタリア半島を混乱が襲ったから、それどころではなくなったのかも知れぬ」

「でも、それを今になって、三十年近くも経ってから、探し始めたのは？」

「マキアヴェッリが亡くなったからだ」ミケランジェロは、かすかに表情を曇らせて言った。「およそ、一年半前のことだ。マキアヴェッリは有能な外交官だったが、晩年は政争のあおりで失脚して、長らく公職を解かれてフィレンツェから追放されていた。だが、マキアヴェッリの死後、その手元に保管されていた書簡や覚え書きの一部が共和国政府の手に渡った。そして、書記官がそれらを調べていたときに、秘密に関する記述を見つけたのだ。そして、わたしはアルフォンソを、マキアヴェッリが晩年を過ごしたサンタンドレアの山荘へと派遣した。そこで見つけたのが、この手記だ」

もし、レオナルド・ダ・ヴィンチがまだ生きていて、問いただすことができれば、このような手間をかけずに済んだのだがな、とミケランジェロは苦笑してみせた。

「だが、あの男は、すでに十年前、アンボワーズの地で没している。だから、今のわれわれにできるのは、あの男が残した暗号詩を解くことだけなのだ」

そのひそめた眉の下の鋭い目が、明かすべき秘密は伝えたと告げていた。次は、フランチェスカが約束の通り、暗号詩の解読を披露する番だと。

フランチェスカはうなずいた。小さく一つ咳払いしてから、前へと進み出る。ミケランジェロから手記を受け取ると、フランチェスカは暗号詩の記された頁を開いて、朗唱した。

マイアンドロスの清流は、
ダイダロスの手により蛇行した流れとなり、
迷宮を貫き行方も知れぬ水を走らせる。

「この最初の三行詩の解釈は、それほど難しくはないと思います」フランチェスカは、静かな声を響かせた。「マイアンドロスの清流は、プリギュアの野を流れてエーゲ海に注ぐ川ですが、複雑に曲がりくねった流れを持つ川として知られています。オウィディウスの『変身物語』では、ダイダロスがミノタウロスを幽閉する迷宮を築いた際、中に入る者を迷わせるために、そうした川のように、おびただしい通路を曲がりくねらせたとされています。ですから、同じように複雑に蛇行する川や通路が人の手によって造られた場所を、思い浮かべれば良いのです。しかも、暗号詩にはその〝迷宮〟を貫いて〝水を走らせる〟とありますから、場所はさらに特定できるでしょう」

「ヴェネツィアか」ミケランジェロが鋭く息を呑んで、膝を叩いた。「かつてヴェネトに住む者たちが、干潟《ひがた》に数万もの杭を打ち込んで、島々に石を積み、橋を渡して築いた海の都。無数の水路と小路が迷宮のように入り組んで、街を形づくっている。そして、そのヴェネツィアの中心を貫いて流れる人工の水路と言えば――」

「そう、最初の三連詩は、ヴェネツィアの大運河を指し示しています」

フランチェスカはそっと微笑《びしょう》して、続く詩句を読み上げた。

黄金と絹の帆《ほ》を眼下に眺むれば、
天空への憧れが身を焦がし、
まったき富の頂《いただき》へと到る。

「同じように考えれば、次の三行詩の意味も解けるでしょう。〝黄金と絹の帆〟とは、大運河を行き交う帆船です。船乗りたちが世界の海を巡り、黄金や香辛料、絹や織物、穀物や木材を運んでくる。その集積地となるのが、ヴェネツィアの大運河。そして、そのような船の帆を眼下に眺める場所と言えば――」

「リアルト橋か」今度はグリエルモが、樽《たる》のような身体を揺すって手を打った。

「その通りです。ヴェネツィアの大運河のちょうど真ん中の辺りに架《か》かる巨大な木造の跳ね橋で、この界隈でさまざまな商品が取引され、巨万の富をもたらすことから〝富の橋〟とも呼ばれています。ですから、この詩の〝まったき富の頂〟とは、リアルト橋の最も高いところ、つまり、橋の中央を指しています。レオナルド・ダ・ヴィンチは、この二連目の三行詩で、秘密を求める者はリアルト橋の中央に立て、と指示しているのです」

「では、三連目の詩句は？」

されど、空を飛べるは神々のみ、
両翼は灼熱《しゃくねつ》の陽光に溶かされて、
紺碧《こんぺき》のイカリア海へと失墜する。

「ここまで解ければ、あとはもう難しくありません。この詩の通り、神々ならぬ人間に空を飛ぶことはできません。海へと落下するしかない。だとすれば、考えられる結論は一つ。リアルト橋の中央から、大運河へと飛び降りるのです。それも、灼熱の陽光を浴びて翼の蠟が溶ける方角――すなわち、陽光の射す方角である南を向いて飛び降りる。それが、この暗号詩が指し示す手がかりです」

「つまり、レオナルド・ダ・ヴィンチの秘密は大運河の底にあると?」

「〝両翼〟とありますから、恐らく、運河の底ではないでしょう。リアルト橋を、翼を広げた鳥だと想像してみてください。なら、秘密を隠す〝両翼〟とは?」

「橋の両端の橋脚の下か」ミケランジェロが感嘆のため息を洩らした。

饗応の間を、驚きの沈黙が包んでいた。コルネーリオはまるで呆けたみたいに、ぽかんと口を開けて、フランチェスカを見つめていた。フランチェスカは、コルネーリオに向かって明るい笑みを返して、片目をつぶってみせた。

「これは、驚きだな」グリエルモが、しわを刻んだ目に称讃の光を浮かべた。「いい歳をした大人が六人、束になっても分からなかったものを、一人で解いてしまうとは」

「運が良かったんです」フランチェスカは、少しはにかんで言った。「ヴェネツィアには、ずっと行ってみたいと思っていて。それで、父のところに葡萄酒とオリーブ油の買いつけの人が来るたびに、旅の話をせがんでいたから、知っていたんです」

「では、われわれはヴェネツィアへ向かわねばならぬ、ということだな」ミケランジェロが、再び険しい表情に戻って告げた。「しかも、街道を監視しているヴァチカンとハプスブルクの追跡者どもに気づかれず、秘密裏に。これは、容易ではないぞ」

「わたしに、考えがあります」

テーブルの末席から、アルフォンソが声を上げた。フランチェスカは、その人を見た。コルネーリオが森の中で救ってきたという人だ。短い黒髪に、日焼けした肌の持ち主で、目立たない風貌だが、全身にまったく隙がない

アルフォンソは、ミケランジェロに向かって続けた。「オリヴィエーロどのに頼んで、農場の使用人を、われわれの姿に似せて偽装させてください。それを、あなたがフィレンツェへと連れて帰る。やつらは、あなたがマキアヴェッリの手記を回収して、密偵とともに街に戻ったと考えるでしょう。その隙に、われわれはヴェネツィアへと向かう」

「それで、追跡者どもの目を欺《あざむ》けると?」

「少なくとも、フィレンツェの街に入るまでは、手出しはしてこないはずです。ヴァチカンもハプスブルクも、さすがに〝神のごときミケランジェロ〟を襲撃する勇気はないでしょうから。もし襲撃してきたとしても、随従《ずいじゅう》しているのが偽者だと気づけば、攻撃を中止するでしょう。

そして、そのときには、われわれはすでに手の届かぬところにいる」

そうして、手際良く作戦が決められていった。出立は明朝の日の出とともに、ということも決まった。ミケランジェロはその後も葡萄酒の杯を手に、テーブルの上に置かれたマキアヴェッリの手記を眺めていたが、やがて視線を上げてフランチェスカを見た。

「本当に、聡明な娘だ」その声には称讃の響きがあった。「そなたさえ良ければ、再び謎が現れたときのために、探索の旅に同行してもらいたいくらいだ」

「からかわないでください」フランチェスカは頰が熱くなるのを感じて、目を伏せた。「先ほどの謎が解けたのは、たまたまです。それに、父が許してくれないでしょう」

「お父上ならば、わたしが説得しても良いのだがな」ミケランジェロが、本気とも冗談ともつかぬ口調で言う。

協議を終えて、饗応の間を出た後も、フランチェスカは高揚を抑えきれずにいた。魔法の翼を得て、大空を飛んだような気分だった。コルネーリオを送って客室の扉の前へと着いたとき、ようやく緊張から解放された興奮もあって、声を上げてしまったほどだ。

「ああ、どきどきした！」自分でも、どうしようもなく声が弾んでいるのが分かった。「ミケランジェロさまと話したのよ！　しかも、賢い娘だって、褒《ほ》めてくださった」

「ほんと、すごいんだな」コルネーリオが自分のことのように嬉しそうに笑った。「びっくりしたよ。見た、あの人たちの驚いた顔？　ほんと、すごいよ」

フランチェスカの喜びは、暗号詩が解けたことだけではなかった。外の広い世界と関わりを持てたことが嬉しかった。ずっと屋敷から出ることもできず、書物を読み、自然を観察することだけが唯一の友だったけれど、そんな自分でも役に立てたのだ。

フランチェスカは、喜びのあまり、思わずコルネーリオの両手を取って飛び上がった。そうしてしまってから、淑女らしからぬ振る舞いに気づいて、身動きを止める。ぎこちない一瞬があり、フランチェスカは慌《あわ》てて手を放した。

「ごめん」コルネーリオが、真っ赤な顔をして謝った。

「……ううん、わたしこそ」

会話が途切れ、沈黙が落ちる。フランチェスカは、ばつが悪くなって、手首につけたミモザの腕飾りにそっと触れた。甘く優しい香りが漂ってくる。その懐《なつ》かしい匂いが、高揚した気分を静めて、胸を締めつけた。

〝きっと、これは運命に違いない――〟先ほど、饗応の間でミケランジェロからレオナルド・ダ・ヴィンチの名を聞かされたときに感じた予感が、胸に甦る。

「聞いて、コルネーリオ」フランチェスカは意を決すると、真剣な表情に戻って言った。「少し話したいの。わたしのお母さまのことよ」

コルネーリオは一瞬、驚いたような表情をした。きっと唐突に感じたに違いない。母がフランチェスカを産んだときに亡くなったのは、コルネーリオにも話したことがあった。けれども、それ以上のことは知らないはずだった。フランチェスカは、もう一度、腕飾りにそっと触れてから、静かに続けた。

「この花は、お母さまの思い出なの。もちろん、顔も知らないから、思い出というのは、少しおかしいわね。でも、いつも、お母さまがどんな人だったか想像しようとすると、この黄色のミモザの花が思い浮かぶの。春の訪れを告げる黄金と太陽の花。ふわりと包み込むような優しい花なのに、冬を越える力強さを持ってる。そんなお母さまのことを、お父さまは、女だからという既成の枠に縛られない聡明な人だった、と言ってる。だからね、わたしが本を読み、学問をすることを許してもらってるのは」

フランチェスカは言葉を切り、胸のうずきを払って微笑した。コルネーリオの瞳が、いたわりを込めて見つめ返してくる。

「そのお母さまが、残してくれた手紙があるの。わたしをお腹に宿していたときに、胸に溢れてくる思いを伝えようとして書いたんですって。もうすっかり暗記してしまったけれど、その中で、一つの童話を書いてるの。お母さまが十七歳のときに、フィレンツェに滞在していた、ある偉大なマエストロから聞いた話。饗宴の席で、リュートを爪弾きながら語ってくれたその人の言葉が、強く心に残って、ずっと憶えていたのね。だから、その大切な童話を、わが子にも伝えようとした」

フランチェスカは、ゆっくりと、歌うように暗唱した。

〝火打ち石に、いきなり頭を叩かれて、石は、かんかんに怒ってしまいました。

けれど、火打ち石は、にっこり笑って言いました。

「我慢、我慢。我慢が大切。これが我慢できたら、わたしは、あなたの体から、素晴らしいものを引き出してあげますよ」

そう言われて、石は機嫌を直し、叩かれるのをじっと我慢していました。すると、体から綺麗《きれい》な火が、ぱっと生まれたのです〟

「これは、どんなにつらい困難でも、我慢して乗り越えることを忘れなければ、後できっと良いことがあるという教えなの。ほんと、お母さまらしいわね。何度も読み返したわ。つらいとき、いつもこの言葉を思い返して、綺麗な火が生まれるところを想像するの」

「まさか、その〝偉大なマエストロ〟って――」

「そう、レオナルド・ダ・ヴィンチのことよ」

フランチェスカは、コルネーリオの目を見つめて答えた。フィレンツェの近くのヴィンチ村の出身で、数々の名画を描いてヨーロッパ中の評判になった偉大な芸術家。それだけではない。自然を観察し、多くのスケッチを残し、無数の発明を生み出した。病弱な身体のために書物と自然の観察を唯一の友として暮らしてきたフランチェスカにとって、大切な母親の思い出であると同時に、憧れの存在でもあった。

「だから、さっきミケランジェロさまの話を聞いたとき、これは運命じゃないかと感じたの。コルネーリオがここに現れたことも、部屋をのぞき見したことも、マエストロの残した暗号詩が解けたことも。この病弱な身体さえ、この日のためだったような気がする。だから、さっきは、つい嬉しくて――」

「いいんだ」コルネーリオが、真っ赤な顔をして再び謝った。「おれのほうこそ、考えなしに手を握ってしまって、その……」

ぎこちない沈黙に、またも会話が途切れそうになる。けれども、このときだった。夜の静寂を破って階下で扉が開け放たれ、誰かが飛び込んでくる物音がした。幾つもの足音が入り乱れて、急に屋敷の中が騒がしくなる。

コルネーリオが、何だろう、と怪訝《けげん》な表情を浮かべて、フランチェスカを見た。わけが分からずに見つめ返して首を振ると、コルネーリオが促《うなが》した。

「行ってみよう」

階段を下りると、父のオリヴィエーロとミケランジェロが厳《いか》めしい表情で何かを話し合っているところだった。アルフォンソやグリエルモたちの姿もある。父の隣りに、屋敷の護衛のジャンパオロがいた。負傷しているらしく、苦痛に顔をしかめている。粗織りのダブレットが血に染まっていた。フランチェスカは思わず手で口を覆った。

「面倒なことになった」気配を感じた父が振り向いて言った。その顔に焦燥《しょうそう》の色がにじんでいる。「やつらが、屋敷を囲もうとしている」

コルネーリオが息を呑んだ。アルフォンソがその前へと進み出て、説明した。

「オリヴィエーロどのにフィレンツェへの遣いを頼んだ後、念のため、屋敷の護衛のジャンパオロにお前の家を見に行ってもらったのだ。何事もなければ、それで良い。あるいは、やつらに村の者たちが危害を加えられていたら、陽動して、引き離すようにと」

「だが、今になって、こうして負傷して戻ってきた」父のオリヴィエーロが後を引き継いで言った。「そなたの家は、荒らされていたらしい。それから、拷問の跡があり、村人が一人消えたと騒ぎになっている。ジャンパオロは急いで戻ろうとしたが、途中でやつらに出くわして、囲みを抜ける際に負傷した」

「申し訳ございません」ジャンパオロが歯噛みして低頭する。

「お前のせいではない。無事に戻ってきてくれて良かった。だが、村人が拷問を受けたのなら、この屋敷に逃げ込んだことも、すでに露見している可能性がある」

「フェデリーコおじさんだ……」コルネーリオが、肩を震わせてつぶやいた。「あいつらに捕まったんだ。おれのせいで……」

その肩を、アルフォンソが支えた。「いいか、コルネーリオ、よく聞くんだ。フェデリーコのことなら、心配ない。必ず生きている。やつらも、生命までは奪わない」

コルネーリオが無言のまま、理由を問うように視線を向ける。

「フェデリーコは、重要な証人だからだ」アルフォンソは抑えた声で説明した。「いいか、考えてみろ。やつらが突き止めたのは、われわれがここに逃げ込んだことだけじゃない。なぜ、森の村に住む少年が、広大な農園の主《あるじ》と知り合いなのか、その理由も突き止めたはずだ」

コルネーリオが、はっとして顔を上げた。アルフォンソが続けた。

「やつらは、お前がフランチェスカを癒《いや》したことを知るだろう。それで、すべての辻褄《つじつま》が合う。

致命傷を与えたはずのフィレンツェの密偵が、なぜ、あの谷底から消えて、逃走を続けられたのか。そして、やつらはこう結論する。魔術の使い手がいるのだと。やつらはわれわれだけでなく、お前とフランチェスカをも捕らえて、異端審問にかけようとするだろう。フェデリーコは、その重要な証人だ。だから、殺されはしない」

「しかも、やつらはそうすることで、わたしの失脚を図ることもできる」ミケランジェロが、さらにつけ加えた。「わたしの密偵が妖術によって生命を救われたと、声高に言い立てることによってな。わたしは共和国政府の軍事九人委員会の一員だが、地位を追われることになる。レオナルド・ダ・ヴィンチの兵器の探索も停止する。混乱は必至だろう」

フランチェスカにも、事態の深刻さが理解できた。コルネーリオが頭を抱えてうめいた。

「おれのせいだ。おれが、考えなしだったばかりに……」

「誰も、そなたを責めたりはせぬ」父がコルネーリオに向かって、きっぱりと告げた。「誰も、何も間違った選択などしておらぬ。来るべきものが来た。それだけだ。これは、娘の生命と引き換えに、いずれは乗り越えなければならなかった試練なのだ」

「では、どうする?」ミケランジェロが周囲を見渡して尋ねた。

「出立を早めるべきかと」アルフォンソが即答した。「ここに立てこもっていても、やつらが異端審問官を連れて来れば、おしまいです。予定通り、誰かを囮《おとり》としてわれわれに偽装させ、ミケランジェロどのとともに囲みを突破させてください。その隙に、われわれも脱出します」

「娘はどうなる?」父が険しい表情で尋ねた。「やつらは、コルネーリオと娘のことも捕らえようとしているのだろう？」

「屋敷からは、離れていたほうがいいでしょう」

アルフォンソが告げたのはそれだけだったが、父には、十分にその意図が伝わったに違いない。父は苦渋の面持ちで目を閉じると、嘆息して天を仰いだ。

「ならば、ほかに道はないのか？」低く絞り出すように言う。「それが運命だと？」

「だが、その運命は、わたしの希望でもある」ミケランジェロが父の手を取って言った。「われわれは、この探索がヴェネツィアで終わるとは考えていない。レオナルド・ダ・ヴィンチは、秘密を〝ダイダロスの迷宮〟に閉じ込めたと言った。だとすれば、ヴェネツィアにあるのは、さらなる迷宮の奥へと続く次の暗号詩かも知れぬ。われわれは再び、それを解かねばならぬかも知れぬ。だから、貴殿の聡明な娘の知恵を借りたいのだ」

それでも、父はまだ意を決めかねた表情で黙っていた。フランチェスカは、それまで言葉も忘れて立ち尽くしたまま、大人たちのやり取りを見つめていたが、不意に震えるような感情が胸に湧き上がるのを覚えて、声を上げた。

「わたし、行きます、お父さま」両手で胸の鼓動を押さえて言う。「アルフォンソさまたちと一緒に、マエストロの秘密を探します」

もちろん、不安がないわけではなかった。追跡者たちは、秘密を奪うのを諦《あきら》めないだろう。旅の途中、襲撃を受ける可能性も高い。屋敷を出て、広大な外の世界に踏み出すことを思うと、くらくらとして、目眩《めまい》がしそうだった。

それでも――これは運命なのだと、自分に言い聞かせる。

父が目を開いて、フランチェスカを見た。視線が合ったとき、その厳しくも、心から娘を思いやる表情から、父もまた同じ気持ちなのだと分かった。

「身体のことなら、大丈夫」フランチェスカは父を安心させるよう微笑んだ。「コルネーリオもいる。異変を感じたら、すぐに治してもらうから」

父の視線が少年のほうを向く。コルネーリオはうなずいて、言葉に力を込めた。

「おれも、一緒にヴェネツィアに行きます。これまでずっと、森に隠れて生きてきました。本当に、長い間。なのに、また異端審問官に怯えて、隠れて暮らすだけなんて嫌です」

父はしばらくの間、フランチェスカとコルネーリオの二人を交互に見つめていたが、やがて、迷いを振り払うと、そっと前に進み出た。

「フランチェスカ――」一瞬、声を詰まらせた後、懐《ふところ》から何かを取り出して、娘の手に握らせる。「これは、お前の母親のロザリオだ。いつか、お前の婚礼のときに渡そうと思っていたが、今、渡しておく。これが、お前を守ってくれるだろう」

「ありがとう、お父さま」フランチェスカは父に抱きついた。感情が溢れて、言葉が胸につかえた。フランチェスカは、手首からミモザの腕飾りを外すと、そっと手渡した。「わたし、必ず、お父さまのところに戻ってくる」

「分かった」父はうなずいた。それから、ミケランジェロとアルフォンソに向き直って、深々と頭を下げた。「娘を、どうかよろしくお願いします」

慌ただしく屋敷の外に出ると、厩舎《きゅうしゃ》の使用人たちが馬を引いて集まってくるところだった。うっすらとした夜霧の中を、松明《たいまつ》の光が行き交うのが見えた。馬たちがぶるり、と胴を震わせて、神経質に前脚で土を掻く。ミケランジェロが見事な栗毛の去勢馬に騎乗して、その隣りに父のオリヴィエーロの葦毛《あしげ》の駿馬が並んだ。

「いいぞ、出てこい」

父が手で合図を送ると、さらに騎乗した男たちが三人、現れた。その姿を見て、フランチェスカは思わず驚きの声を洩らした。それほど、アルフォンソたちによく似ていたからだ。農場の使用人たちに急遽《きゅうきょ》、扮装させたのだが、この夜霧の中なら、ミケランジェロの配下の密偵たちと見分けがつかないだろう。

「完璧だ」ミケランジェロが素早くうなずいた。「貴殿の協力に感謝する」それから、囮となる一行に向かって声を張り上げた。「これから、囲みを突破する。わたしに続け。怖れることはない。やつらは、このわたしには手出しできぬ」

ミケランジェロはあえて外衣のフードを背中へと落として顔をさらすと、手綱を強く握った。屋敷の門が開く。馬上からの声がアルフォンソに向かって響いた。

「では、しばしの別れだ。そなたらの武運を祈っている。吉報を得て、再会を」

ミケランジェロと父を先頭に、馬たちが大地を蹴り、蹄のとどろきを残して門を駆け抜けていった。風が茂みを震わせて落葉を舞い上げる。やがて、残響が夜霧の中へと消えると、嘘のような静寂が周囲を包んだ。

「気配を、感じるか？」アルフォンソがコルネーリオに尋ねた。

「やつらが、ミケランジェロさんたちを追ってる」コルネーリオが門の向こうへと目を細めながら、耳を澄ますように気配を探って言う。「攻撃はしてない。進路をふさいで、強引に止めるつもりだと思う」

「なら、それほど、時間の余裕はないな」アルフォンソが短く思案して言った。「おれたちも、すぐに出よう。ジャンパオロ、先導を頼む」

声をかけられた屋敷の護衛のジャンパオロが、大儀そうにうなずいて、馬の背に上がる。怪我をしているが、周辺の地理を熟知しているからと、父がアルフォンソたちの脱出を手引きするよう指示していた。

「コルネーリオとフランチェスカも、早く」

アルフォンソは騎乗すると、コルネーリオの身体を引き上げて、自分の鞍の後ろに座らせた。グリエルモが馬上から手を差し伸べて、フランチェスカを同じように座らせた。

「行くぞ、つかまっていろ」

アルフォンソの声とともに、馬たちが大地を蹴って走り出した。振動が全身を突き上げる。フランチェスカはグリエルモの胴に腕を回して、しっかりとつかまった。

湿った風が頬を吹き抜けて、馬蹄《ばてい》の響きが耳をつんざいた。跳ね上がる胸の鼓動を感じながら、フランチェスカは息を止め、固く目をつぶって律動に身を委ねた。

「そうか、やはり予想通りだったな」

うっすらと夜霧の漂う街道の脇で、グスタフ・ヴァイデンフェラーは鞍上で低くつぶやいた。騎乗しているのは、その巨軀にまとったマントと同じく闇夜を思わせる漆黒《しっこく》の牡馬だ。傍《かたわ》らには、追跡から戻ったばかりの配下の兵が報告を終えて、指示を待っている。

「だが、われわれも舐《な》められたものだ」ヴァチカンの暗殺者が、隣りに馬を寄せて言った。剃《てい》髪《はつ》した魁偉《かいい》な容貌は、暗灰色《あんかいしょく》の僧衣のフードで今は隠されている。「あのような子供騙しの囮に引っかかると思うとはな」

こういうこともあろうかと、ミケランジェロと囮の者たちが派手な馬蹄の響きとともに屋敷を飛び出してきた後も、配下の者を残しておいた。本物のフィレンツェの密偵どもが出てきたのは、その直後だ。一人が距離を置いて慎重にかれらを追跡する一方、一人がヴァイデンフェラーのもとに戻ってきた。その報告を受けたところだった。

すでにミケランジェロの一行は解放してやった。包囲するようにして馬を止めさせたとき、ミケランジェロは、われわれを欺いたと思ったに違いない。ヴァイデンフェラー自身も、一杯喰わされたふりをしておいた。だが、それはまやかしだ。

本物の密偵どもが向かおうとしている行き先は分からない。だが、何が起きているのかは、容易に推測できた。手記に指示された秘密の隠し場所へと向かうのだろう。しかも、瀕死の密偵を癒した少年も一緒らしい。面白くなりそうだった。

ヴァイデンフェラーは馬上で黒衣のマントをさばいて、手綱を操った。

「では、追うぞ」

「今度こそ、仕留めるのか?」

「いや、状況が変わった」ヴァイデンフェラーは唇を歪《ゆが》めて冷笑を浮かべた。「やつらは、レオナルド・ダ・ヴィンチの兵器とやらが、本当に存在すると思っているらしい。ならば、つき合ってやろうではないか。泳がせて、秘密とともに一網打尽にする」

「お楽しみは先延ばしか」

ヴァイデンフェラーは無言で冷笑を広げた。それから、馬に鞭をくれ、追跡を開始した。

6

夜が明け、ようやく昨夜の衝撃が去って落ち着きを取り戻すと、コルネーリオは、一頭立ての簡素な馬車の上から眺める景観に圧倒され、驚きに満ちた高揚を感じ始めていた。

〝こんな景色は、初めて見た――〟

馬車とは言っても、近隣の農場からグリエルモが調達してきたもので、使い古されて揺れも激しい。けれども、緩やかに起伏したトスカーナの葡萄《ぶどう》畑とオリーブ園の光景を過ぎ、アペニン山脈の青灰色《せいかいしょく》の稜線を眺めながら、丘を巡って谷間を渡る街道を進むうちに、見たこともない光景が次々と現れて、コルネーリオの目を奪った。

春の陽光を浴びて、瑞々《みずみず》しい牧草地が緑に波打っていた。牧童が羊の群れを追い、その上を、雲の影がゆっくりと流れている。遠くの山稜にまで広がった牧草地には、ところどころに木立に囲まれた農家が点在し、まるで小さな玩具をちりばめたようだ。

かと思えば、麦畑を貫く街道を過ぎると、灰色の石垣と頑丈な柵を巡らせた古い農場が現れて、犂《すき》を引いた何頭もの牛が畑を耕している。小川で軋《きし》みを上げる水車の音が、かすかに聞こえた。

いつもは森に隠れ住み、山菜やキノコを採ったり、ウサギを狩ったり、薬草を売ったりして暮らしているだけだから、今まで遠くに旅することなどなかった。母を亡くしてからは、フィレンツェの街にすら、ほとんど足を運ばなくなっていた。だから、馬車から眺める光景は、コルネーリオの目に何もかも新鮮に映った。

それに――

フランチェスカが隣りで身を乗り出して、目を輝かせていた。屋敷を脱出するときに動きやすい服に着替えており、チュニックの上からオリーブ色のローブをまとい、蜂蜜《はちみつ》色の髪に簡素な頭巾《ずきん》をかぶっている。それでも、コルネーリオの目には十分に眩《まぶ》しく見えた。上気した頰が染まり、その高揚した気分と呼応して、フランチェスカの身体を包むいつもの混じりけのない色と戯《たわむ》れるように、春の若葉を思わせる緑色の光が優しく舞っている。

「何を見ているの?」コルネーリオは尋ねた。

「すべてを」弾んだ声が返ってくる。「書物で読んだ草花や、緑を揺らす風のそよぎや、鳥たちの姿を。本当に、空がこんなにも広いなんて。ああ、わたしに翼があればいいのに。この美しい景色を、空から見てみたい」

コルネーリオは、思わずその横顔に見惚《みほ》れかけて、はっと首を振った。莫迦《ばか》なことを考えるな、と慌《あわ》てて自分を戒《いまし》める。フランチェスカは、広大な葡萄畑とオリーブ園の主《あるじ》の令嬢だ。それに引き換え、コルネーリオは森に住む孤児でしかない。どう考えたって、身分が釣り合わない。しかも、これは遊びではないのだぞ、と自分に言い聞かせる。

コルネーリオは気を取り直して、前方へと視線を戻した。

駆者台で、グリエルモが丸々とした身体を窮屈《きゅうくつ》そうに縮めて手綱を握っていた。腰には曲刀を帯びているが、それを使う姿はまったく想像できなかった。その前方に、栗毛の馬に乗って一行を先導するアルフォンソの背中が見えた。左腰に剣を佩《は》いて、ベルトの右に短剣を吊り、弓筒を背負って周囲に警戒の視線を注いでいる。

もう一人のエミーリオという名の若い武人は、斥候《せっこう》として街道の先を進んでいた。アルフォンソの部下で、同じくフィレンツェの密偵だという。戦争で親を失った孤児だったが、妹が熱病にかかったとき、物乞いだけでは治療費が稼げず掏摸《すり》に手を出してしまい、縄張りを荒らしたと袋叩きにされていたところをアルフォンソが助けて以来、忠誠を誓って片腕になったらしい。鋭い観察眼の持ち主で、罠《わな》や危険を回避しながら進むすべを心得ているから、斥候には適任なのだということだった。

昨夜の脱出の際にも、アルフォンソやコルネーリオたちとは別行動で、ミケランジェロたちを追うヴァチカンとハプスブルクの手の者を密かに追尾するという離れ業を見せたばかりだった。そうしてミケランジェロやフランチェスカの父のオリヴィエーロたちが足止めを受けながらも解放され、無事にフィレンツェに向かうのを確かめてから、事前に決めていた合流地点で落ち合った。

そのころには、コルネーリオもフランチェスカも慣れない馬の背で激しく揺られて気分が悪くなり、今にも吐きそうだったから、どのみち、それ以上は進めなかった。護衛のジャンパオロも途中で傷口が開いてしまい、この先は同行できないと言った。コルネーリオは治癒の力を使うと申し出たが、ジャンパオロはコルネーリオの様子を見て、わたしよりひどい状態のようですな、と笑った。それから、自分は念のため、ここまでの痕跡を攪乱《かくらん》してから、無事に脱出したことをオリヴィエーロに報告すると告げて去っていった。

そうして、朝になって、グリエルモが近くの農場から大枚をはたいて古い馬車を調達してきた。最初は、コルネーリオとフランチェスカも、脱出したときのようにアルフォンソやグリエルモと同じ馬に二人乗りして行くのかと思っていた。けれども、アルフォンソがそれを否定して、馬車を使うと宣言したのだった。

「二人乗りなど、愚《ぐ》の骨頂《こっちょう》だ」アルフォンソは、にべもなくそう説明した。「少し早駆けしただけで気分が悪くなり、休んでいたのでは、話にならぬからな。それに、同じ鞍に人が乗っていて、しがみつかれたのでは、襲撃されたときに邪魔になる」

「何だよ、それ」

コルネーリオは思わず声を上げた。このときには、すでに吐き気も収まって体調も回復していたから、むくむくと闘志が湧いてきた。嘘でもいいから、乗馬のできないコルネーリオや、身体の弱いフランチェスカに配慮したのだと言えばいいのに、アルフォンソには時々こういうことがある。やけにコルネーリオのことを気遣ったかと思えば、突然、無愛想になるのだ。もしかして、これまで何度もやり込めたから、怒っているのだろうか?

「ほんと、素直じゃないな」コルネーリオは、ならば負けじと、やり返した。「生命を助けてもらった恩人に、快適に旅をしてもらいたいって、素直にそう言えばいいのに。あ、何なら、ふかふかのクッションと、腕のいい馭者をつけてもらうのもいいな」

この光景を、フランチェスカが目を丸くして眺めていた。アルフォンソは、かすかに眉をひそめただけで、言い返すことなく黙殺した。さすがに、もう口では押し負けるだけだと学んだのか、どうやら、聞き流す、という対抗策を編み出したらしい。

代わりに、この様子を見て、愕然《がくぜん》とした表情を浮かべたのが部下のエミーリオだった。目を剝いて、それから、鋭くコルネーリオをにらみつける。

「いいのですか、あんな減らず口を叩かせておいて」アルフォンソに耳打ちする声は、心なしか憤りで震えている。それだけ、アルフォンソへの忠誠心が深いに違いない。「何なら、わたしが一日、鞍に乗せてやって、本物の暴れ馬がどういうものか、教えてやりましょう」

アルフォンソは、片手を上げて制しただけだった。それから、何事もなかったかのように、グリエルモに向かって、あんたが馭者を務めてくれ、と言う。

「長時間、馬の鞍で揺られていると、関節や腰が痛むと言っていただろう？　ならば、ちょうどいい」

「わたしを、年寄り扱いするつもりか？」グリエルモが、むくれた表情で反論した。

「ヴェネツィアに着く前に、倒れられては困るからな」アルフォンソが、微笑《びしょう》を含んだ声で言う。

「歳とは言っても、まだ五十四だぞ。お前と二十歳しか変わらん」

アルフォンソは目を細めて、無言でグリエルモの肩を叩いた。相変わらず、態度はそっけないが、そのごつごつとした武人の手には、いたわりがこもっている。

「分かったよ、ぼうず」グリエルモが折れた。「今回は、お前の言う通りにしよう」

そうして調達した馬車の後方には、さらにもう二人、旅の仲間がそれぞれの馬で同行していた。コルネーリオが饗応《きようおう》の間をのぞき見したときに推測した通り、フランス人だった。一人はセヴラン・リュファスという名の密偵で、褐色の巻き毛に、とらえどころのない微笑を浮かべた色白の優男《やさおとこ》だった。一つ間違えば嫌味になりそうな清潔な白いチュニックに、革のベストを着て、細身の黒いズボンを穿き、濃茶色のマントを羽織っている。腰に帯びているのは、やたらと華美な装飾が施された細剣だ。

もう一人はリュファスの従者で、シャサールと呼ばれていた。〝狩人〟という意味らしい。短弓と矢筒を背負い、目深にフードをかぶって鋭い目つきを隠した男で、狩人というより、むしろ猟犬のようだった。コルネーリオの言葉に憤慨したエミーリオの様子を見たときも、莫迦にしたように鼻で笑っただけで、何となく感じが悪い。

そもそも、なぜフィレンツェの探索行にフランスの密偵が同行しているのか、コルネーリオには謎だったが、出発前、グリエルモが馬車を調達しに行っているのを待つ間に、アルフォンソが説明してくれた。

「フィレンツェにとって、フランスは頼みの綱なのだ。ヴァチカンがハプスブルクと手を組んで、フィレンツェを攻めようとしていることは話しただろう？　その強大な軍勢に対抗するには、援軍がいる。それが、フランスだ」

複雑に入り組んだ大国同士の関係は、コルネーリオには難しかったが、要約すると、次のようなことらしかった。

ドイツとオーストリアにまたがる神聖ローマ帝国という国に、ハプスブルク家出身のカール五世という皇帝がいて、スペインの統治者も兼ねており、挟み撃ちする形でイタリア半島に勢力を拡大する機会を狙っている。これを快く思わないフランス王フランソワ一世は、何度もカール五世に戦争を仕掛けて対抗してきたが、四年前の一五二五年、パヴィーアの戦いで敗れて捕虜になってしまった。フランソワ一世は慈悲を乞い、ようやく厳しい条件の和約を呑んで釈放されたが、今でもそのときの恨みを忘れていない。だから、自由の身となってフランスに帰国した瞬間、聖書に手を置いて誓った和約を破り捨て、さらにはカール五世への復讐心から、さまざまな嫌がらせを仕掛けているのだという。

「つまり、敵の敵は味方というわけだ。だから、われわれはフランスに援軍を求めている。だが、かれらにとっても、ヴァチカンとハプスブルクの強大な軍勢を本当に敵に回すか否かは、重大な問題だ。軽々しく結論を出せる問題ではない。だから、情勢を探るために密使が送り込まれてきた。それが、セヴラン・リュファスと、シャサールだ」

「なら、完全にフィレンツェの味方というわけではないんだ」

「そういうことだ。あの者たちのことは、信用しないほうがいい。最後に裏切って、兵器の設計図だけを奪っていく可能性もある」

「おれたちを追ってきたやつらのほうは、何者なの？　正体は分かってるの？」

「ああ。リュファスが教えてくれたよ。少なくとも、フランスの諜報網は、おれたちの共和国政府のそれより優秀らしい」

アルフォンソは自嘲《じちょう》気味につぶやいて、片頬をかすかに歪《ゆが》めてみせた。

「黒衣の騎士のほうは、ハプスブルクの手の者で、名をグスタフ・ヴァイデンフェラーという。アンスバッハ辺境の小領主で、領地を継ぐ以前は聖職に就いていて、異端審問官だったらしい。精密な機械のような徹底した仕事ぶりをカール五世に見いだされ、以来、皇帝直属の内密の任務を請け負っている。その闇夜のような漆黒《しっこく》の衣をまとった姿から、カール五世の〝夜の騎士〟と呼ばれているそうだ」

「それで、そのカール五世の命令で、フィレンツェがレオナルド・ダ・ヴィンチの兵器を手に入れるのを、阻止するために送り込まれてきたんだ」

「あるいは、カール五世自身が、フィレンツェから手稿を奪って秘密を手に入れたいのかも知れぬ。かれらも東方では、オスマントルコによるウィーン侵攻という脅威にさらされているから、強力な兵器は咽喉《のど》から手が出るほど欲しいはずだ」

「もう一人の、あの修道僧みたいな男は？」

「リュファスの話では、教皇クレメンス七世の私的暗殺者だそうだ。ローマ出身で、幼いころに疫病で家族を亡くして孤児となったが、十五歳のときにアウェンティヌス地区の暴力団に拾われて、賭けのための闇試合の闘奴《とうど》となった。殺しの才能を見込まれて、六年前の教皇即位の際にクレメンス七世に献上された。このとき二十一歳で、新教皇から〝死の天使〟サリエルの名を与えられた。恐ろしい男だ」

「でも、どうして、こんなにもすぐに妨害が？　アルフォンソだって、手記のことを知って、すぐに山荘に向かったはずなのに」

「それは、情報が洩れているからだ。今の共和国政府が成立したのは、二年前。ローマ劫略《ごうりゃく》でメディチ家出身の教皇クレメンス七世が大打撃を受けたときに、それまでフィレンツェを支配していたメディチ家を追放して、共和制を復活させたのだが、いまだに残党が幅を利かせている。その者たちが、内通者として情報をヴァチカンに洩らしたのだろう」

ローマ劫略というのは、ハプスブルクのカール五世の軍隊にいた野蛮なドイツ傭兵やスペイン兵たちが、ローマに攻め込んで、徹底的に破壊して、略奪を働いた大事件のことだという。そのころは教皇クレメンス七世はフランス王と同盟を結んでいて、カール五世とは敵対していたから、サンタンジェロ城に逃げ込んだところを軍隊に囲まれて、閉じ込められてしまった。それが、いつの間にか、今度は仇敵のはずのカール五世と手を組んで、フィレンツェを攻めようとしているのだから、やっぱり大国同士のやることは、よく分からない。

「ともかく、今の共和国政府は一枚岩ではない。共和制よりもメディチ家の専制が復活するのを望む者がいるのも、また事実だ。ヴァチカンとハプスブルクがフィレンツェを制圧した後に報復されるのを恐れて、裏切る者もいる」

「おれには、よく分からないな。共和制というのは、メディチ家の支配とどう違うの？」

「共和制というのは、権力を一人の君主の支配に委ねないことだ。われわれ市民の代表が、話し合いで物事を決めて、政《まつりごと》を行う。ヴァチカンから王権を認められた君主や強大な権力者ではなく、市民自身が自らを統治する。だから、われわれがヴァチカンとハプスブルクからフィレンツェを守ることは、そうした理想や大義を守ることでもある」

コルネーリオには、いまひとつぴんと来なかったが、ミケランジェロやアルフォンソが敵の侵略から、大切な何かを守ろうとしているのは分かった。

それだけ、危険な任務になるということなのだろう。旅が始まると、アルフォンソは、コルネーリオに自分の身は自分で守れと言って、武術を教えようとした。

街道の脇で馬を休ませる間や、日が暮れる前のひととき、特訓のために向かい合う。渡されたのは、頑丈な長い棒で、オーク材を削り、両端に鋼《はがね》の石突きをつけたスタッフと呼ばれる武器だった。鋭利な刃の短剣も渡されたが、そちらは習得に時間がかかるから、本当に最後の手段のために取っておけ、と冷たく言い渡された。

〝——何だ、こんなの、ただの棒じゃないか〟

コルネーリオは軽い失望を感じた。武術を教わると聞いて、一瞬、自分が格好良くフランチェスカを守る姿を想像しただけに、ひょろ長い棒が少し恥ずかしかった。こんなものなら、自分も川で魚を捕るときに、銛の代わりに使ったことがある。

けれども、いざ特訓を始めてみると、それがまったくの思い上がりであることが分かった。アルフォンソは、容赦なくコルネーリオを叩きのめした。まったく手も足も出ない。アルフォンソの動きは見えているのだが、避けようとしても、身体が動かない。

「もっと、身体の力を抜け」アルフォンソが、倒れたコルネーリオに石突きの先端を突きつけて言った。「脱力して、体重を大地に委ねろ。その状態から、腰から背骨、肩甲骨《けんこうこつ》、そして上腕へと、動きを連動させて、鞭をしならせるように攻撃する」

いとも簡単に指示を出す。コルネーリオはその通りにしようと試みたが、あっさりと武器を弾き飛ばされて、足を払われて転倒しただけだった。

「相手の呼吸を、見ていないからだ」アルフォンソが涼しい顔で言った。「人間は、息を吸うときに力を溜め、吐く動作とともに動く。だから、相手が息を吸う瞬間に、素早く攻撃する。そうすれば、相手は対応が遅れて、お前の攻撃を防げない」

戦いの最中に呼吸を読むなんて、本当に、そんな芸当ができるのかとも思ったが、実際、コルネーリオがこうして叩きのめされているのだから、できるのだろう。それでも、どこか釈然としなかった。口では勝てないから、その憂《う》さ晴らしではないか、とコルネーリオは思った。

「そうやって、地面にへばりついていても、敵は見逃してくれないぞ」容赦なく、突き放した声が飛んでくる。「死にたくなければ、立て」

〝ちくしょう、負けるもんか――〟

コルネーリオは立ち上がる。そして、また叩きのめされる。その様子を、エミーリオがそら見たことか、といった満足げな表情で眺めているのも、癪《しゃく》に障った。訓練の後、ぐったりとなっているのをフランチェスカが優しく介抱してくれるのだけが救いだった。けれども、そうして至福に浸っていたあるとき、わけ知り顔でこちらを見つめて微笑するグリエルモの姿を見て、コルネーリオは、はっととんでもない疑念に思い当たった。

〝もしかして、アルフォンソは親切のつもりで、おれを叩きのめしているのでは？〟

生命を救われた恩返しなのだろうか、と考えかけて、咄嗟《とっさ》に首を振る。いや、そんなはずはない。コルネーリオはアルフォンソの様子をうかがったが、そのそっけない横顔からは、何を考えているのか読み取れない。コルネーリオは、もう一度、首を振る。

〝やっぱり、ただの憂さ晴らしに違いない――〟


そうして、ヴェネツィアへの旅は進んでいった。一行はミケランジェロから渡された共和国政府の通行証を持っていたから、街道や橋や渡し場で止められることはなかった。宿場で馬を休ませながら、ボローニャを抜け、ヴェネト地方に入り、アドリア海へと向かっていく。幸い、穏やかな気候のお陰で、フランチェスカもコルネーリオの治癒の力を借りながら、大きく体調を崩すことなく、無事について来られていた。

道中、駆者台に座ったグリエルモは、最初は年寄り扱いされたことに不機嫌な表情を隠せずにいたが、やがて、馬に乗るより腰や関節が楽なのに気づいたのか、次第に饒舌《じょうぜつ》になり、コルネーリオとフランチェスカにさまざまな話を聞かせてくれた。

丸々とした樽《たる》のような体形や、人懐《なつ》っこい笑みがそのまま目尻のしわになってしまった風貌からは想像もつかなかったが、グリエルモは、アルフォンソと同じフィレンツェの密偵だった。ミケランジェロとは同い年で、もとは宮廷楽師だったという。自称・リュートの名手で、同じく楽師だった父親の影響で、幼いころから各地の宮廷の祝祭や催しに参加しており、それを隠れ蓑《みの》にして情報を探ってきた。

「イカロスとダイダロスの物語は、知っているかね？」

ボローニャを抜けてすぐのころだった。そのグリエルモが、馭者台で手綱を握りながら、コルネーリオとフランチェスカを振り向いて話しかけた。

「かつて、クレタのミノス王は、恐ろしい牛頭の怪物ミノタウロスを閉じ込めるために、名高い工匠《こうしょう》のダイダロスに命じて迷宮を造らせた。その迷宮は、あまりに複雑な構造のために、一度入ったら脱出は不可能だとされていたが、アテナイの王子テセウスがミノタウロスを退治に訪れたとき、テセウスに恋した王女アリアドネが、道に迷わぬようにと糸球の策を授けて無事に脱出に導いた、と伝えられる」

「〝アリアドネの糸〟だね」コルネーリオは懐かしい記憶を思い出して言った。「その話なら、昔、母さんから聞いたことがある。迷宮の入口に糸の端を結んでおいて、糸球を持って入って、怪物を退治した後、その糸をたどって戻るんだ」

「そう。だが、そのことは、後にミノス王の怒りを買うことになる。アリアドネに糸球の策を教えたダイダロスは、息子のイカロスとともに迷宮の中に幽閉されてしまう。ダイダロスは人工の翼をつくって空へと舞い上がり、迷宮から脱出するが、イカロスは高く飛びすぎて太陽の熱で翼の蠟《ろう》が溶け、紺碧《こんぺき》の海へと墜落する。それが、オウィディウスの『変身物語』が伝えるイカロスとダイダロスの伝説だ」

「その〝ダイダロスの迷宮〟に、レオナルド・ダ・ヴィンチは秘密を閉じ込めたと、そういうことだよね。でも、どういう意味なんだろう？」

「そいつは、ヴェネツィアに行ってのお楽しみ、ということだな。まずは、暗号詩が示した隠し場所を探してみることだ。今はまだ、手がかりが少なすぎる」

話してみると、グリエルモはフランチェスカと同じく物知りだった。楽師としてさまざまな地方を巡っていたから、知識が豊富で、話も分かりやすい。ときには、地元の工房と協力して、王侯や貴族の結婚式や祝宴の演出も手がけていたという。舞台の上を太陽や月や惑星といった天体が回転し、翼を持った天使が飛び交って、色とりどりの花が乱舞して結婚を祝福する。そうした〝奇蹟〟を演出するために、幾つもの歯車や棒や軸受けを組み合わせた大がかりな装置を設計することもあったというから、驚きだった。

夜になり、宿で休むときには、荷物の中から古い手帳を取り出して、そうしたさまざまな設計図も見せてくれた。コルネーリオには読めない文字が多すぎて、何が書いてあるのかは分からなかったが、びっしりと書き込みがされた図面は美しかった。

「レオナルド・ダ・ヴィンチも、その昔、ヴェロッキオの工房で同じような舞台の演出を手がけていたのを知っているかね？　独立した後も、ミラノ公のために祝祭を演出したり、ほかにもさまざまな装置をつくったりしていた」

グリエルモは、ランプの光の中で手帳をめくって、別の図面を示してみせた。

「これらは、かの〝万能の天才〟が残した手稿の一部を、わたしが書き写したものだ。偉大なるマエストロは、自らの素描や発見、思想を記した何千枚もの手稿を残したが、そのほとんどは遺言によって弟子のフランチェスコ・メルツィに受け継がれた。今ではミラノ近郊のヴァプリオ・ダッダの別荘に運ばれて、厳重に保管されており、誰も見ることができぬが、中には生前や没後に流出した貴重な手稿もあり、それらは熱心な収集家の垂涎《すいぜん》の的になっている。わたしも、そうした収集家の一人でね。収集家仲間が新たな手稿を見つけてくるたびに、模写させてもらっているのだよ」

コルネーリオは、フランチェスカと並んで手帳をのぞき込んだ。何やら、焼き串に刺した肉や野菜を、火で料理する複雑な装置が、精緻な筆で描かれている。

「そいつは、マエストロが発明した〝自動回転串焼き機〟だ」グリエルモが言った。「料理場の暖炉に取りつけて使うものだ。火で熱せられた空気が上昇すると、その気流の力が煙突の内側に設置された回転翼を回す。それが、軸棒を動かして、歯車とギアで連結された焼き串を自動で回すのだ。しかも、この装置の秀逸なところは、料理人が火の加減で肉が焼けすぎないかと心配しなくても済むところだ。火の勢いが強ければ、それだけ上昇する空気の力も強くなり、焼き串は速く回る。火が弱ければ回転は遅くなり、いつでもちょうど良い火加減で調理できるという優れものだ」

グリエルモは得意げな表情を浮かべて、さらに頁をめくってみせた。

「こいつは〝水面歩行器〟だ。イエス・キリストはガリラヤ湖の水面を歩いて奇蹟と呼ばれたが、これさえあれば、われわれにだって可能になる。両足の下に細い板を履いて歩くのだが、板には巨大な空気の入った袋がついていて、体重を支えて水面に浮いていられるようになっている。水面を進むときには、同じような空気袋が先端についた棒を両手に持ち、これを水面について姿勢を安定させて歩くというわけだ」

「これは?」フランチェスカが、別の図面を指差して尋ねた。

「〝敵を薙《な》ぎ倒す戦車〟だな。馬車の前後の車輪に恐ろしい刃がついていて、疾走すると、これらが回転し、進路上の敵をことごとく切り裂いていく。次の頁にあるのは〝難攻不落な武装戦車〟の設計図だ。こちらは、亀《かめ》のような形に金属板を配置して戦車を覆うことで、敵からマスケット銃の弾を浴びせられても大丈夫なようになっている」

「面白いや」コルネーリオは、もっとよく見ようと身を乗り出した「レオナルド・ダ・ヴィンチっていう人は、有名な絵を描いて、ヨーロッパ中で評判になったってことしか知らなかったけど、頭が良くて、いろいろな仕掛けを思いついて、すごい人だったんだ」

「そうだな。わたしも、そう思うよ」

グリエルモはコルネーリオに向かって、しわを刻んだ目を細めてみせた。それから、憧れと尊敬の念を込めた声で、偉大なる〝万能の天才〟の生い立ちを語った。

「レオナルド・ダ・ヴィンチは、一四五二年にフィレンツェ郊外のヴィンチ村で、公証人の父セル・ピエロと、農家の娘カテリーナの間に生まれた。今から八十年近く前のことだ。けれども、セル・ピエロは身分違いのカテリーナを妻にはせず、家柄の良い別の娘と結婚してしまった。だから、レオナルドは庶子だったわけだ」

「――まさか、庶子だったの?」

コルネーリオは思わず訊き返した。そんなに偉いと思っていた人が、庶子だったとは驚きだった。それだと父親の名を継ぐことはできないし、息子として当然受けられるはずの援助も受けられない。そこから人生を切り開くことは、困難だったはずだ。

「〝ダ・ヴィンチ〟という名前自体が、父親の姓ではなく、生まれた村のことだからな。そこで、レオナルドは五歳まで母親の家で暮らすが、父親のほうの家に子供が生まれなかったために、その後は父親に引き取られる。少年のレオナルドが描いた素描を見て、知人の芸術家だったヴェロッキオの工房に連れていったのも、父親のセル・ピエロだ。恐らく十四歳か、そのくらいの歳のころだ。こうして、少年は工房の住み込みの弟子として働き始め、やがて、その才能を開花させていくことになる」

レオナルド・ダ・ヴィンチが手がけた実質的な最初の絵画作品は、このヴェロッキオの工房時代に描いた『受胎告知』だった、とグリエルモは解説した。大天使ガブリエルが聖母マリアにキリストを身ごもったことを伝える一瞬を、大胆な筆遣いと構図で描いた作品で、レオナルドはまだ二十歳を少し過ぎたばかりだった。

その後も、聖アウグスチノ修道会から依頼を受けた『東方三博士の礼拝』や、四世紀の聖職者を主題とした『荒野の聖ヒエロニムス』など、重要な仕事が舞い込んでくる。けれども、決して順風満帆というわけではなかった。このころから、生涯ついて回ることになる筆の遅さと、未完成で作品を投げ出すくせが顔をのぞかせ始める。

「一つには、レオナルドの作風があまりに型破りで、それまでの宗教画の伝統と形式をまったく無視していたために、依頼主がその才能を理解することができなかった、ということがある。当時のフィレンツェで多くの芸術家のパトロンとなり、ミケランジェロの才能を早くに見抜いたロレンツォ・デ・メディチでさえ、その天賦《てんぷ》の才を理解できなかった。それどころか、庶子だったレオナルドは高等な教育を受けられなかったために、ラテン語の読み書きができず、当時の人文主義者たちのように自在に古典からの引用もできなかったから、一段低く見られてすらいた」

時を同じくして、レオナルドはそのロレンツォ・デ・メディチから、ミラノを支配していたルドヴィーコ・スフォルツァの宮廷への派遣を打診される。当時、フィレンツェを実質的に統治していたロレンツォは、同盟国との関係強化のためにフィレンツェの芸術家を派遣するという高度な外交を行っており、その一環だったという。

そして、一四八二年、レオナルド・ダ・ヴィンチは、フィレンツェからミラノに移住する。ムーア人のように色黒だったことから〝イル・モーロ〟と呼ばれたこのミラノの支配者のもとへと移ったことが、その後の人生を大きく左右することになる。

「イル・モーロの宮廷でも、レオナルドは、最初は頭角を現すまで苦労した。即興楽人の一人として、リラ・ダ・ブラッチョという弦楽器を弾き、祝祭や晩餐《ばんさん》会の奇抜な催しを演出し、演劇の舞台装置を製作し、馬上槍試合の装具の意匠まで手がけていたという。だが、その〝万能の天才〟はやがて認められ、宮廷お抱えの芸術家にして技師という地位を確立していくことになる」

このミラノ時代、レオナルドは『岩窟の聖母』や『白貂《しろてん》を抱く貴婦人』といった絵画を手がける一方、スフォルツァ家のために巨大な騎馬像の制作を始めた。ミラノ郊外のサンタ・マリア・デッレ・グラーツィエ教会の修道院の食堂に、世紀の傑作として名高い『最後の晩餐』を描いたのも、この時期だ。

「こうした創作活動の一方で、偉大なるマエストロは、自然の研究や、さまざまな装置の発明や、軍事技術の開発にも打ち込んだ。特に、イル・モーロには自らを軍事技師として売り込んでいる。宮廷に職を求めて送ったレオナルドの自薦状には、砲撃によって要塞を破壊する策や、嵐のように石礫《いしつぶて》を飛ばす兵器や、秘密の坑道を掘る方法を教えることができる、と書かれている」

先ほどグリエルモが手帳で見せてくれたような数々の発明や、鳥や蝙蝠《こうもり》が羽ばたく様子や翼の構造、筋肉のつき方を大量にスケッチして、大空を飛ぶ研究に没頭したのも、この時期だ。レオナルドはイル・モーロが公居として使っていた館の一部を提供され、そこで数々の研究や実験にのめり込んだという。

「だから、恐らくは、マキアヴェッリが伝えるレオナルド・ダ・ヴィンチの兵器の設計図とは、このミラノ時代に構想したものだろう。かの〝万能の天才〟は、その後、一四九九年のフランス王ルイ十二世による侵攻でイル・モーロが失脚したために、ミラノを逃れている。一五〇〇年には、マントヴァを経てヴェネツィアを訪れる。短い滞在の後、いったん故郷のフィレンツェに戻り、それから一五〇二年から三年にかけてチェーザレ・ボルジアに軍事技師として仕えた。そのことは、もうミケランジェロが話したな。マキアヴェッリがレオナルドから秘密のことを聞いたのも、そのときだ」

その後、チェーザレ・ボルジアは父親の教皇アレクサンデル六世の病没によって急速に失脚するが、レオナルドはそれより前に、この冷酷な殺戮《さつりく》者のもとを去っている。そして、再び故郷のフィレンツェに戻ってくる。

「このころには、あのミケランジェロが、レオナルドより二十三歳年下の若き芸術家として『ダヴィデ』を制作し、一躍名を馳せていた。二人はフィレンツェの共和国政府の依頼で政庁舎の五百人広間の向かい合わせの壁に、それぞれ壁画を描くことになる。このことは、天才同士の世紀の対決として大いに注目されたが、結局、残念ながら二人とも途中でフィレンツェを去り、作品は未完成のまま残されてしまった」

その後、レオナルド・ダ・ヴィンチはミラノやフィレンツェ、ローマを転々とするが、やがてフランソワ一世の招きでフランスのアンボワーズへと移住し、その地で余生を過ごした後、一五一九年に六十七歳で世を去った、とグリエルモは締めくくった。

しばらくの間、コルネーリオはその壮大な人生に思いを巡らせていた。森に隠れて暮らしてきた自分とは、まったく違っている。しかも、今の自分と同じくらいの歳には、ミケランジェロもレオナルド・ダ・ヴィンチも、すでに才能を見いだされたり、工房に入ったりして、異彩を放ち始めていたのだ。

〝本当に、すごい人たちなんだな――〟感嘆で胸がいっぱいだった。〝そんな人たちと、おれが関わることができたなんて〟

「それで、グリエルモさんは、レオナルド・ダ・ヴィンチの秘密はどこに隠されていると思う?」コルネーリオは視線を上げて尋ねた。「今の話だと、長くいたのはフィレンツェかミラノみたいだけど、暗号詩はヴェネツィアを指し示してる」

「それは、何とも言えないな。誰か信頼できる人物に秘密を託した、という可能性もある。となれば、ミラノかフィレンツェか、あるいはローマかといった場所の推測は、意味がない。その人物が現在いるところが、秘密の在り処だからな」

「弟子のフランチェスコ・メルツィという人は?」フランチェスカが隣りから尋ねた。「遺言で、すべての手稿を受け継いだのですよね。その人が、持っているのでは?」

「それはないだろうな」グリエルモは短く思案して答えた。「イル・モーロやボルジアのような残忍な君主から秘密を隠すのに、それほど安易な手は選ばぬだろう」

「なら、フランス王は? アンボワーズで晩年を過ごしたのでしょう?」

「どう思うかね――セヴラン・リュファスどの」

突然、グリエルモが、部屋の隅で耳を傾けていたフランス人の密偵へと話を振った。リュファスは顔を向けると、褐色の巻き毛をかき上げて、物憂《ものう》げに答えた。

「まあ、わざわざこのわたしが、陛下の命令で、こうしてイタリアくんだりまで足を運んでいることから、察してもらいたいですね」

「つまりは、フランス王もお眼鏡に適わなかった、というわけだ」

「要するに、パトロンだった君主の誰にも、秘密を明かす気なんてなかったんでしょう。状況から考えれば、ミラノの可能性が高いと思いますがね。確かに、マエストロの故郷はフィレンツェですが、長く過ごしたのはミラノですし、さまざまな研究に打ち込んだのもミラノでのことです。その後はヴェネツィアやフィレンツェ、ローマ、フランスといった地も転々としますが、一カ所に長く腰を落ち着けた形跡はありません。ですから、わたしなら、今のうちから密かにミラノに兵を潜ませておいて、争奪戦に備えておきますね」

「暗号詩はヴェネツィアを指しているが、結局、最後はミラノに行き着くと？」

「わたしは、デルフォイの巫女ではありませんよ。神託をお望みなら、よそでどうぞ」


明日にはヴェネツィアに着くという最後の夜は、街道から少し入った林間地で夜営した。穏やかな春の夜で、降り注ぐ月光が藍《あい》色の大気を染めている。火が焚かれ、揺らめく橙《だいだい》色の光が周囲を照らす中、倒木に腰かけたグリエルモが、荷物の中からリュートを取り出して、奏でてくれた。

幻想的な夜にふさわしく、元宮廷楽師の紡ぐ調べは緩やかに始まり、やがて激しさを増して、哀愁《あいしゅう》から勇壮、そして歓喜へと転じていった。演奏が終わったときには、コルネーリオもフランチェスカも惚《ほう》けたようになり、それから、手が痛くなるほど拍手した。

グリエルモが、本物の舞台のように立ち上がり、リュートを手にお辞儀する。

コルネーリオは、もう一度、拍手を送りながら、アルフォンソの姿を探した。あの朴念仁がどういう顔をして、演奏を聞いたのだろうかと、気になったからだった。けれども、その姿を見つけたとき、コルネーリオは軽い落胆を覚えた。アルフォンソは、夜営地の片隅で木の幹に背中を預けて、剣を磨いていた。ファルシオンと呼ばれる片手剣だ。

〝何だ、全然、聞いてなかったのか――〟

少し悲しくなり、腹も立って、コルネーリオはそちらへ足音高く歩いていこうとした。そのときだった。アルフォンソの全身を包む混じりけのない色に交じって、青灰色の光が、冬の薄日のような悲しみをまとって仄めくのが見えた。

一瞬、どこかで見た色だ、と考えかけて、はっと記憶が甦《よみがえ》った。森でアルフォンソを助けたときに見た瞳と同じ色だった。そこには、強い光が浮かんでいた。憂《うれ》いか、怒りか、悲しみか、渇望か、あるいは、そのすべてを含んだような深い感情を帯びた目の中に、引き込まれそうになったことを思い出す。

「そっとしておいてやれ」

いつの間にか、グリエルモが隣りに立っていた。コルネーリオが振り返ると、グリエルモはアルフォンソに視線を向けたまま言った。

「あの剣は、父親の形見なのだ」

その声には、限りない同情が込められていた。そう言えば、コルネーリオの家でアルフォンソが目覚めたとき、真っ先にあの剣を探していた。コルネーリオが煎《せん》じ薬のマグをもって部屋に入ろうとしたとき、アルフォンソは剣が見つからず、寝台の上で動揺の色を浮かべていた。

あのときは、ただ武器が見つからないせいで焦ったのだと思っていた。けれども、グリエルモの言葉を聞いて、合点がいった。大切な形見なら、当然だ。

「アルフォンソの父親は、フィエーゾレ出身の傭兵だった」グリエルモが、黙々と剣を磨き続けるアルフォンソを見つめてささやいた。「フランス王シャルル八世の侵攻を機に、イタリア半島には戦乱の嵐が吹き荒れていたから、仕事はいくらでもあった。だが、終わりのない殺し合いに、やがてアルフォンソの父親は疑問を抱き始める。どれだけ手を血で染めれば、平和が訪れるのか、とな。戦争は新たな戦争を呼び、報復が報復を煽《あお》るだけではないのか、と。足を洗ったのは、およそ二十五年前、アレッツォの反乱を鎮圧するために、フィレンツェ軍についてピサ戦線から転戦して、生還したときだ」

このとき、アルフォンソはまだ八歳の少年だった。父親は傭兵時代の鍛冶《かじ》の知識を生かして、細々と鍋や釜の修理を請け負いながら、フィエーゾレで生計を立て始める。アルフォンソにとっては、両親と兄と妹の五人家族で暮らしたこの時期が、人生で唯一の、つかの間の平穏だっただろう、とグリエルモは言った。

「だが、それも長くは続かなかった。傭兵稼業から足を洗って、五年後のことだ。アルフォンソの父親の前に、一人の刺客が現れた」

アレッツォの戦いで殺された敵の将校の息子だった。乱戦の中で、アルフォンソの父親が手にかけたのだ。現れたのは、その復讐のためだった。

「目の前で、父親が刃に胸を貫かれて殺されたとき、アルフォンソは十三歳だった。そして、鮮血の中で復讐を誓った。アルフォンソは、家族の反対を押し切って傭兵となった。イタリア半島の戦乱の中に身を投じながら、ただひたすらに剣技を磨き、憎き仇敵を探し続けた。男は復讐を遂げた後、アルフォンソの父親の剣を奪っていったから、その剣を手にどこかで戦っているはずだ、と考えたのだ」

その推測は正しかった。四年後、アルフォンソは、敵の陣営に男がいることを発見する。そして、ある夜、夜営地に忍び込み、男の咽喉を掻き切った。

「それが、十七歳のときだった。アルフォンソは誓いを果たして、父親の剣を取り戻した。だが、復讐が心の空漠を埋めることはなかった。憎き敵を殺しても、父親は戻らない。家族とも絶縁したままだった。残されたのは、手の中の剣だけだった」

アルフォンソと初めて会ったのは、そんなときだった、とグリエルモは語った。冷たい雪の降りしきる夜、フィレンツェのシニョリーア広場で、ミケランジェロの『ダヴィデ』の前で剣を手に、蒼白《そうはく》な顔で佇《たたず》む少年を見つけた。人を拒絶するような背中が、まるで血を流しているかのように映った。それが、アルフォンソだった。

「わたしは、かれの事情を聴き、密偵になるつもりはないかと尋ねた。戦争は、新たな戦争を止められない。復讐の連鎖もだ。だが、陰の世界に生きる密偵なら、その戦争そのものを止められるかも知れぬとな。戦争を抑止する同盟を陰から支え、惨劇を引き起こす者を失脚させることで、戦争で失われるはずの生命を救うのだ。アルフォンソは、目を上げて尋ねた。そうすれば、自分のような者を、もうこれ以上、生まずに済むのか、と」

そうして、アルフォンソはフィレンツェの密偵となった。この間、フィレンツェでは何度も政変が起こり、メディチ家の支配と追放と、共和制の間を揺れ動いたが、アルフォンソは一貫して陰に生き続けた。ミケランジェロが共和国政府の要人となってからは、その下で働いている。

「わたしは、アルフォンソとは長いつき合いだから、あいつが今回の任務をどれだけ重要と考えているか、よく分かる。強力な兵器を見つけて、ヴァチカンとハプスブルクを打ち破りたいのではない。やつらにフィレンツェ侵攻を断念させて、開戦そのものを阻止したいのだ。そのために、身を捧げている」

コルネーリオは、焚き火の向こうのアルフォンソを見た。父親の形見の剣を見つめる顔は無表情で、感情は読み取れない。けれども、冬の薄日のような悲しみをまとった青灰色の光が、アルフォンソの背負ったものの重さをコルネーリオに感じさせた。

やがて、焚き火が消され、みながマントにくるまって横になると、コルネーリオも目を閉じて、明日のことに思いを巡らせた。海への玄関口となるキオッジャという街から、舟《バルカ》に乗るのだという。まだ見ぬヴェネツィアの光景を想像しようとする。〝アドリア海の女王〟とも呼ばれる壮麗《そうれい》な海の都。レオナルド・ダ・ヴィンチの残した暗号詩の一節が思い浮かんだ。

黄金と絹の帆《ほ》を眼下に眺むれば、

天空への憧れが身を焦がし、
まったき富の頂《いただき》へと到る。

その光景を目蓋の裏に描きながら、やがて、コルネーリオは眠りへと落ちていった。

7

陽光にかざした手の先に、ヴェネツィアの海の玄関、サン・マルコ広場が浮かんでいる。アルフォンソは、波に揺れる舟《バルカ》の上で思わず息を呑んだ。

最初に目に入ったのは、天を衝《つ》く高い鐘楼《しょうろう》だった。それから、サン・マルコ寺院の白く輝く丸屋根と、薄紅色の大理石で飾られたドゥカーレ宮殿の威容が、抜けるような青空を背景に浮かび上がる。潟《かた》に面した広場の玄関に当たる位置に、ヴェネツィアの守護聖人たる聖マルコの有翼の獅子と、聖テオドーロを戴いた二本の円柱が見えた。

アルフォンソの隣りで、コルネーリオが目を丸くして見入っていた。潟に吹く風が、楓葉《ふうよう》色の髪を揺らしていた。フランチェスカは、息をすることも忘れて胸に手を当てている。

「何が見える？」アルフォンソは尋ねた。

「海に浮かぶ都」コルネーリオが、興奮した口ぶりで答えた。「森とは、まったく音と色が違うんだ。波がしぶきの音を立ててきらめくたびに、翡翠《ひすい》の色をちりばめたモザイクが輝いて、海鳥たちが鳴き交わすと、透き通ったすみれ色の光が躍る。海を渡る風の色は、森を吹き抜ける風よりも明るい青色で、その向こうに、街が見えるんだ」

そうしたコルネーリオの人とは違う感覚のことを、アルフォンソはこれまでの旅を通じて、徐々に理解し始めていた。この少年の耳には、他の人には聞こえないものが聞こえ、その目には、他の人には見えないものが見える。

「まるで、リュートやリラを調律するような感じなんだ」どうやって治癒の力を使うのか、と尋ねたとき、コルネーリオは少し考えてから、そう説明した。「怪我をしたり、病気になったりした人を見ると、その人の身体の内側から脈打つ音や色が、本来あるべき姿とは違っているのが分かるんだ。だから、おれが正しい音階や強弱の声を重ねて、楽器を調律するみたいに整えていく。そうすると、だんだんと正しい色に戻っていく。それが、ちゃんと元に戻るまで、音の高さや強弱を変えながら歌い続けるんだ」

「それが、お前に与えられた特別な力なのか？」

「たぶん、おれの感覚は鋭敏で、人のかすかな息遣いの差や、胸の内側で脈打つ鼓動や、声の微妙なこわばりや、そこに含まれる感情や身体の調子が音として聞こえるんだって、母さんは言ってた。それで、その音が、色として見えるんだ」

「だから、追っ手が来たときも、すぐに分かったのか」

　コルネーリオはうなずいた。

「どうやら、おれが知っている魔術師とは、だいぶ違うようだ」

　アルフォンソは目を細めて、首をひねった。これまでも、ヴェネツィアの魔術師なら戦場で見たことがあったし、戦いになった場合に備えて、かれらがどのような魔力を使うのか、書物で研究したこともあった。だが、コルネーリオの能力は、アルフォンソの知識のどれとも違っていた。

「お前と同じように、治癒の力や、炎や氷や風を操る力を持つ魔術師が、これから向かうヴェネツィアには存在する。かれらは密偵として働いていて、さまざまな諜報や暗殺といった任務に手を染めている。だが、お前の力は、かれらとは違うようだ」

やがて、舟が岸に近づいてきて、アルフォンソの思考を引き戻した。コルネーリオは目を輝かせて、次第に近づいてくるサン・マルコ広場に見入っている。

「いいか、コルネーリオ」アルフォンソは低い声で警告した。「ヴェネツィアに入ったら、治癒の力は絶対に隠しておけ。人とは違う音や色を、感じようともするな。街には、隅々まで諜報網が張り巡らされている。常に監視と密告の目が光っていると思え」

舟は、波の間を滑るようにサン・マルコの船着き場へと入っていった。アルフォンソは、そっと形見のファルシオンの柄に手を添えた。舫《もや》い綱がつながれると、舟の縁が汀の石にこすれて、軋《きし》みの音を立てた。打ち寄せた波が白く砕けていく。その上をまたいで、アルフォンソたちはヴェネツィアの街へと上陸した。

アルフォンソとグリエルモがまず舟から降り、フランス人たちが続いた。コルネーリオがフランチェスカに手を貸して、最後にエミーリオが岸へと降り立った。潮風を受けながら、運河に架《か》かるパーリア橋を渡って、サン・マルコ広場のほうへと歩いていく。小広場の二本の円柱が出迎えた。きらびやかに着飾った貴族たちが行き交い、さまざまな国の商人たちが、ドゥカーレ宮殿の柱廊で談笑しているのが見えた。

だが、広場を通り過ぎて、ムーア人の時計塔の下を抜けて細い通りへと出ようとしたときだった。突然、コルネーリオが足を止めて、頭を抱えた。

「どうした?」アルフォンソは素早く肩を支えた。

「何でもない、大丈夫」コルネーリオが息を吸い込んで、顔を上げる。「少し目眩《めまい》がしただけだ。急に、見たこともない色と光が見えて、それで、ふらついたんだ」

アルフォンソは周囲に視線を走らせた。人波がそばを通り過ぎていく。雑踏の中に、一瞬、暗い色合いのローブに身を包んだ男と、その隣りを歩く赤毛の女が見えた。女は簡素なチュニックに暗灰色《あんかいしょく》のマントをまとい、両腰に短剣を帯びていた。袖からのぞく細い手首に、腕輪を着けている。

ヴェネツィアの魔術師と、その護衛剣士だと分かった。アルフォンソは、コルネーリオの耳元で鋭くささやいた。

「そのまま。舟に酔ったふりをしてろ」

アルフォンソは介抱するふりをしながら、素早く様子をうかがった。暗い色合いのローブに身を包んだ男のほうが、真っすぐにコルネーリオを見つめていた。無造作に流した金髪に、深い海のような青色の目をした男だった。左の頬に、短剣で斬られたような古い傷跡が斜めに走っている。

「演技を続けるんだ」

コルネーリオの背中をさすりながら、ゆっくりと歩いて、その場を離れていく。グリエルモが心得たように、ごく自然に、魔術師たちの視線を遮《さえぎ》る位置へと身体を割り込ませる。エミーリオが雑踏に溶け込んで、いつでも剣を抜けるよう身構えた。

時間が永遠のように感じられた。魔術師たちの気配に神経を尖《とが》らせながら、宝石や金細工や髪飾りの店の前を通り過ぎ、ようやく、細い横道へと差しかかったとき、思い切って振り返る。魔術師たちの姿は消えていた。

「もういいぞ、大丈夫だ」

アルフォンソは息を吐き、肩の力を抜いて、エミーリオに声をかけた。エミーリオが無言で雑踏の陰から進み出て、アルフォンソの傍《かたわ》らに立つ。コルネーリオはまだ荒い息をついていて、フランチェスカが不安そうにその背中に手を添えて支えていた。

「いったい、何があった?」グリエルモが尋ねた。

「ヴェネツィアの魔術師だ」アルフォンソは、もう一度、周囲を確かめて言った。「コルネーリオが感じたのは、かれらの気配だろう。魔術師は、常にその身体から魔力を放散していると聞く。それが、今まで見たこともない色と光となって感じられたに違いない」

「それなら、コルネーリオのほうも、やつらに気づかれた可能性があるのでは?」

「だが、魔術師たちは消えた。気づいたなら、呼び止めたはずだ」

グリエルモは、コルネーリオを見つめた。「やつらの気配を、まだ感じるか?」

「ううん、何も。色も光も消えた」

「杞憂《きゆう》なら良いですがね」セヴラン・リュファスが物憂《ものう》げに褐色の巻き毛をかき上げながら、

横から口を挟んだ。「それで、どうするのです？　計画を変更しますか？」

アルフォンソは視線を戻して、フランス人に向き直った。「ひとまずは、予定通りリアルト橋の周辺をざっと偵察して、隠れ家に身を落ち着けよう。計画をどうするかは、それからだ」

過去にも使ったことのあるその隠れ家は、リアルト橋の架かる大運河から迷宮のような路地を東へと進んだカステッロ地区に位置していた。ヴェネツィアの海軍力を支える国営造船所の近くの裏町で、煉瓦《れんが》の家々に挟まれた小路が網の目のように続いている。その一角の共同住宅の三階に、フィレンツェの共和国政府が用意した隠れ家の一つがあった。

もう一度、尾行がないかを確かめてから、合鍵の一つを使って中に入る。奥の鎧戸《よろいど》を開けると、さっと光が射し込んで、部屋を照らした。

余計な装飾も、調度もない、簡素な部屋だった。古いオークの小卓を囲むように、これまた使い古したスツールを並べて座ると、ようやく人心地がついた気がした。

「計画を、早める必要があるな」

アルフォンソは、全員が腰を落ち着けるのを待ってから切り出した。恐らくは、周辺の偵察のときから誰もがそれを予想していたのだろう。驚きの声は上がらない。

本来なら、まずはフィレンツェの駐在大使に接触して、ヴェネツィアの街から本土へと渡る脱出の手段を確保した上で、リアルト橋の捜索に取りかかる計画だった。だが、先ほどの上陸の際にヴェネツィアの魔術師に気配を察知された恐れがある。もちろん、こちらがフィレンツェとフランスの密偵だということまでは、すぐには分からないだろう。けれども、敵国の魔術師が潜入したのだと思われたなら、それ以上に厄介だった。

「だが、尾行の気配はないぞ」グリエルモが指摘した。「やつらは、コルネーリオに気づかなかったのかも知れぬ。もう少し、様子を見ても良いのでは？」

「おれたちの任務に、希望的観測は禁物だ」アルフォンソは冷静に応じた。「それより、かれらの虚を衝いて、素早く仕事を終えて、姿を消す」

「目算はあるのか？」

「なくても、やるしかあるまい」アルフォンソは、エミーリオのほうへと向き直った。「早急に、われわれの大使に接触してくれ。ミケランジェロから渡された通行証を見せて、ひとまずジュデッカ島の隠れ家まで、夜陰に紛れておれたちを密航させてくれるゴンドラ乗りを探すよう伝えるんだ」

「本土へは、どうやって脱出する？」グリエルモが尋ねた。

「そいつは二の次だ。ジュデッカ島に身を潜めて、それから、手段を確保する」

「それで？　いつ決行する？」

「今夜だ」

さすがに、全員が息を呑む気配がした。アルフォンソは、ゆっくりと部屋を見渡した。やがて、セヴラン・リュファスが肩をすくめて、口を開いた。

「まあ、選択の余地はないでしょうね。ヴェネツィアの魔術師が、われわれより狡猾《こうかつ》ではないと考える理由はありません。監視され、泳がされているうちに、包囲網を狭められてしまえば、われわれは完全に身動きできなくなる」

グリエルモも不承不承にうなずくしかなかった。それで決まりだった。エミーリオが隠れ家を出て、大使と接触するために路地の向こうに消えていくのを、アルフォンソは窓から見送った。もしかしたら、今この瞬間も、密かに監視の目が注がれているかも知れなかった。だが、エミーリオなら、うまくやるだろう。

アルフォンソは、この八歳年下の部下のことを信頼していた。出会ったのは、十年以上も前のことだ。アルフォンソが偶然、エミーリオを助けたとき、少年は、掏摸《すり》の縄張りを荒らしたとして袋叩きにされているところだった。エミーリオは、このとき十三歳。妹が熱病にかかり、その治療代を稼ごうとして、勇み足を踏んだのだった。

アルフォンソは、ごろつきどもを叩きのめした。そして、瀕死の重傷を負った少年を引き取って治療した。グリエルモに掛け合って、妹を施療院に入れることさえした。そうして、エミーリオはアルフォンソの片腕となった。やがて、妹が美しい娘に育ったとき、その嫁資《かし》を用意したのもアルフォンソだった。

自分でも、偽善だということは分かっていた。アルフォンソたちは、戦争を止めるために、殺し合いをするという矛盾の中に生きている。その渦中へと、エミーリオを引き込んでしまった。かれがアルフォンソに恩義を感じて、忠誠を尽くせば尽くすほど、その有能な働きぶりを誇らしく思うと同時に、かすかな罪悪感がうずいた。

アルフォンソは、そっと窓辺を離れて、グリエルモを振り返った。

「頑丈なロープがいるな」少し思案しながら言う。「リアルト橋の下を探るとき、たとえ月明かりがあったとしても、大運河の水中は真っ暗なはずだ。方向感覚を失っても、引き上げられるようにしておかねば。調達できるか？」

グリエルモは、まだ気が乗らないふうだったが、それでも、任務は心得ていた。「大丈夫だ、任せておけ」それから、コルネーリオとフランチェスカを指して尋ねた。「この二人はどうする？」

アルフォンソは視線をやって、二人を見つめた。「一緒に連れていく。別行動をしている余裕はないからな。やれるか？」

コルネーリオが緊張した面持ちでうなずいた。フランチェスカも少し蒼《あお》ざめた顔をしていたが、気丈な様子で首を縦に振った。アルフォンソは二人の肩をそっと叩いた。

「心配するな。絶対に、おれから離れるな」

やがて、夕陽の最後の光が街を黄金色に染めるころ、エミーリオが戻ってきた。

「大使に接触してきました」落ち着いた声が報告する。「ジュデッカ島までなら、ゴンドラ乗りを確保できるそうです。サン・バルナバ教会の前で合流を、と」

夜のリアルト橋の上から眺める大運河は、濃紺の大気の中、両岸に連なる幻想的な灯火を水面にゆらゆらと映していた。アルフォンソは、もう一度、周囲に視線を巡らせて、不穏な動きがないかを確かめてから、木造の手摺に置いた両手を離して、振り返った。

神妙な面持ちのグリエルモと視線が合う。元宮廷楽師は、あご鬚《ひげ》をさすって問いかけた。

「本当に、あるだろうか？　ここに、レオナルド・ダ・ヴィンチの秘密が？」

「相変わらず、心配性だな。暗号詩の解読は、間違っていない」

「だが、ロープを調達するときに耳にしたのだが、このリアルト橋では、五年ほど前に、跳ね橋の中央が崩落する事故があったらしい。今の橋は、その壊れた部分を修復したものだという。だとすれば、マエストロが何かを隠したのだとしても、崩落の際の瓦礫《がれき》で埋まったか、あるいは、その後の浚渫《しゅんせつ》で取り除かれてしまったかも知れぬ」

「忘れたか？　秘密はリアルト橋の〝両翼〟だ。中央ではない」

このとき、セヴラン・リュファスが割って入った。「それで、どうします？」どこか物憂げな口調で問う。「片方ずつ、水に潜って調べますか？」

「いや、二手に分かれよう」アルフォンソは即答した。「手早く終えて、撤収だ」

「では、われわれは橋の東側を。アルフォンソどのは西側をどうぞ」

リュファスが配下の〝狩人〟シャサールを連れて、跳ね橋の頂上から袂へと下っていく。その後ろ姿を見送ってから、アルフォンソはエミーリオを振り返った。

「では、おれたちも行こう」

リアルト橋を下りて、大運河の岸辺へと歩いていく。エミーリオが潜水のためにマントとチュニックを脱いで、上半身の肌をさらした。左腰の剣を外して、アルフォンソに渡す。グリエルモがその腰に手早くロープを結びつけた。

「準備はいいか?」

エミーリオが短くうなずいた。そして、大運河へと飛び込んだ。

グリエルモが、潜水したエミーリオの動きに合わせてロープを伸ばしていく。たいした長さは必要なかった。橋脚は岸から遠くない。水中にあるエミーリオの姿は見えなかったが、すぐにロープの動きが止まり、橋脚の下に着いたのだと分かった。

アルフォンソは、再び周囲に警戒の視線を巡らせた。不穏な動きはない。

水面の上のロープが動き出した。静かな波を残して、こちらに戻ってくる。グリエルモがロープを手繰り寄せた。アルフォンソは、コルネーリオとフランチェスカとともに水際に駆けつけると、エミーリオの身体を石畳の上へと引き上げた。

ごとり、と音がして、エミーリオの手から一枚の石板が転がった。

「これは――」グリエルモが息を吞んだ。

「橋脚の柱に、埋め込まれて、いました」エミーリオが、空気を求めて声をあえがせながら報告した。「恐らくは、それが、秘密かと――」

「しゃべらなくていい」アルフォンソが遮った。「身体を拭いて、服を着ろ」

石板を拾い上げ、河岸に連なる灯火に照らしてみる。濡れた石板の上に文字が浮かび上がった。短い三行詩が、三連の構成で彫られている。

「また暗号詩よ!」フランチェスカがのぞき込んで、声を上げた。

アルフォンソはその文字に目を走らせた。確かに、暗号詩だ。

われは彼岸《ひがん》への巡礼者、
水を寄せつけぬ城壁から隘路《あいろ》を抜け、
最古の聖なる顔貌へと到る。

されど、真実への道は危険と誘惑に満ち、
陸を領有し、海を支配する王が、
探求者たちを柱廊の礎《いしずえ》に縛りつける。

解放されしは天空のみ、
けだし、秘密は迷宮の深奥にあり、
しばし翼を休めて深き底を目指すべし。

アルフォンソは石板から顔を上げて、グリエルモを振り返った。
「向こうは、どうなっている?」
「あっちも、何か見つけたらしい」興奮を抑えた声が返ってくる。
大運河の対岸へと目を凝らすと、ちょうどリアルト橋の反対側の橋脚の辺りから、リュファスが部下のシャサールを引き上げたところだった。エミーリオが濡れた身体を拭いて、チュニックとマントを身に着け終えて、アルフォンソの隣りに立った。

「大丈夫、もう行けます」

アルフォンソは、石板を抱えてリアルト橋へと走った。駆け上がり、頂上を越えて、向こう岸へと下っていく。大運河の汀に出たとき、リュファスが足音に気づいて振り返った。その手に、アルフォンソと同じような石板を持っている。

「これを、見つけました」フランス人は石板を差し出してみせた。「ですが、奇妙なことに、何も書かれていません。〝白紙の書字板〟――タブラ・ラサだ」

アルフォンソは石板を受け取ると、灯火の光にかざして観察した。何も記されていない。裏返してみたが、同じだった。平板な石の表面だけが光に照らされている。どういうことなのか、とアルフォンソは訝《いぶか》った。

「見て、石に継ぎ目がある！」このとき、コルネーリオが脇から小さく叫んだ。

アルフォンソは目を凝らした。確かに、何かの接合剤で固められた継ぎ目がある。

「一枚の石板じゃないのね！」フランチェスカの声がした。リアルト橋を駆けて渡ったために少し息が上がっているが、興奮がそれを補って、声を弾ませている。「二枚を貼り合わせて、固めてあるのよ。きっと、中は空洞だわ」

アルフォンソは、もう一度、石板を観察した。それから、思い切って足元の舗石に叩きつけた。硬質な音がして、継ぎ目が剥がれて石板が二枚に割れる。その中の空洞から現れたものを見て、グリエルモが声を上げた。

「鍵だ――」

小さな真鍮《しんちゅう》製の鍵が、石畳の上に転がっていた。翼を広げたような形の装飾が施されており、その部分を指でつまんで、鍵穴に差し込んで回す形状になっている。

アルフォンソは、最初に見つけた石板と、鍵を見比べた。暗号詩と鍵が、ここにある。恐らくは、暗号詩は、次の目的地を示しているのだろう。そして、その場所で、鍵を使って秘密の扉をこじ開ける。

セヴラン・リュファスが石畳から鍵を拾い上げた。アルフォンソは周囲を見回して、全員がそろっているのを確認した。あとは、サン・バルナバ教会まで移動して、大使が手配したゴンドラ乗りと合流して、ジュデッカ島の隠れ家に向かうだけだ。

何かがおかしい、と気づいたのは、このときだった。

コルネーリオが、真っ青な顔で目を見開いていた。その意味を、咄嗟《とっさ》には理解できなかった。

だが、すぐに気づいた。鋭敏な感覚が、追っ手の気配を察知したのだ、と。

「敵襲だ!」アルフォンソは叫んで、剣を抜き放った。

その瞬間、弓弦の弾ける音がして、幾筋もの矢が襲ってきた。

8

気づいたときには、すでに矢の雨が目の前に迫っていた。アルフォンソは、コルネーリオとフランチェスカをかばって前に飛び出すと、剣を振るって矢を叩き落とした。グリエルモが割れた二枚の石板を拾って、器用に楯《たて》にして子供たちを守る。エミーリオはすでに両手に剣と短剣を握って疾駆していた。セヴラン・リュファスが弩弓《どきゅう》を構えて応戦する。シャサールが短弓を引き絞り、二の矢を放つ寸前の敵を見事に射抜いた。

「来るぞ！」アルフォンソは叫んだ。

大運河沿いの屋敷の陰から、無数の影が飛び出してきた。抜き身の剣を手にしている。リュファスの弩弓の矢がひゅっと音を立てて、敵の一人の胸に突き刺さった。間髪を容れずに、エミーリオが刃を閃《ひらめ》かせて躍りかかる。

相手は鋭い斬撃を放ったが、エミーリオは易々《やすやす》とかわした。受け流しさえしない。次の瞬間には、懐《ふところ》に潜り込み、右手の剣を相手の腿に押しつけている。一気に刃を滑らせて引くと、激痛で男は倒れた。むやみに剣を振り回したりしない。密偵の剣技だ。

「二人を頼む！」

アルフォンソは、グリエルモにコルネーリオとフランチェスカの二人を託すと、暗号詩を記した石板を渡して、自分も敵へと突進した。再び飛来した矢を斬り払い、そのまま先頭の男の間合いに入る。刃の下をかいくぐり、胴を薙《な》ぎ払った。

男がうめき声を上げて倒れた。このときには、すでに二人目の男に向かっている。その横から襲いかかろうとした三人目の男が、シャサールの矢を受けて倒れた。アルフォンソはそれを冷静に視界の隅で認識しながら、目の前の相手の剣を刃で巻き込んで、高く跳ね飛ばした。そのまま躍り込み、手首を一閃《いっせん》して敵を仕留める。

アルフォンソは周囲を見回した。エミーリオが疾風のように走り、敵の男たちの間に剣光を走らせている。リュファスは弩弓を捨てて細剣を抜き、優雅な身のこなしで敵と斬り結んでいた。その隣りで、シャサールが獲物に飢えた猟犬のように剣を振るう。グリエルモは曲刀を構えて、コルネーリオとフランチェスカを背中に守っている。

このまま、血路を開けるかも知れない、と思った、そのときだった。

不意に背筋に殺気を感じて、アルフォンソは振り返った。ごう、と音がして、長剣の一撃が襲ってくる。咄嗟《とっさ》に受け流した瞬間、重い衝撃が腕に伝わって、アルフォンソは思わず剣を弾き飛ばされそうになった。素早く上体をそらして衝撃を殺しながら、長剣の間合いから逃れて後退する。

黒衣の騎士が、巨大な肩を揺らしてアルフォンソを見下ろしていた。ハプスブルクの〝夜の騎士〟だ。男はにやりと唇を歪《ゆが》めて、地の底から響くような声で言った。

「また会ったな、フィレンツェの密偵よ」

トスカーナの森で瀕死の重傷を負わされたときの記憶が甦《よみがえ》った。相手もそのときのことを思い出しているのだろう。仕留め損なった獲物を、ようやく再び見つけた残忍な喜びが顔に浮かんでいる。

このとき、さらにもう一人の男が、背後から現れた。ヴァチカンの暗殺者、クレメンス七世の〝死の天使〟だ。暗灰色《あんかいしょく》の僧衣をまとい、剃髪《ていはつ》した魁偉《かいい》な容貌に狂信者めいた笑みを浮かべている。薬物だ、とアルフォンソは直感した。伝説のハサン・サッバーフの暗殺教団の信徒のように、薬物によって痛みの感覚を遮断《しゃだん》して、身体能力を増強しているのだ、と。

暗殺者がさっと両手を振ると、右手の籠手《こて》に仕込んだ短剣の刃と、左手の鋭い鉤爪《かぎづめ》が飛び出した。次の瞬間、男は薬物で強化した尋常ならざる敏捷《びんしょう》さで襲いかかってきた。エミーリオがアルフォンソの前に素早く割り込んで、攻撃を弾いた。

「面白い」ヴァチカンの暗殺者が舌なめずりした。「お前が相手か」

再び雷光のような速さで刃と鉤爪を振るう。エミーリオは冷静に跳びすさった。

アルフォンソは黒衣の騎士に向き直った。体重を乗せた斬撃が襲ってくる。アルフォンソは上体をそらして空を切らせると、素早い牽制で相手の足を止め、突き返した。だが、この攻撃は読まれていた。黒衣の騎士は軽々と刃をかわした。

アルフォンソは、再び繰り出される長剣の一撃を受け流した。そのまま刃を滑らせて、相手の胸を狙う。黒衣の騎士がその剣を跳ね上げた。アルフォンソは相手のみぞおちに長靴の蹴りを放った。黒衣の騎士が左の籠手で防いで、右手の力だけで長剣を振るう。凄まじい膂力《りょりょく》だった。

斬りかかり、突きを入れ、後退する。もうどのくらい戦っているのか、時間の感覚がなくなり始めていた。互いに冷静な機械仕掛けのような正確さで、相手の隙を突き、攻撃をかわし、斬り結ぶ。そのたびに、刃がうなりを上げ、鋼《はがね》が鳴り、火花が散った。

まるで自分の鏡像と戦っているようだった。そう考えたとき、背筋に冷たい汗が流れるのを感じた。不意にアルフォンソは、森での戦いで黒衣の騎士に斬られた瞬間のことを思い出した。

今のこの状況と同じだった。まるで自分の鏡像と戦っているかのように錯覚した、その瞬間、相手の顔がアルフォンソ自身の顔に見えた。そして、自分自身の声が聞こえた。

〝逃げられると思ったか？〟心の奥底から、闇がささやきかけてくるようだった。〝己の犯してきた罪を、思い返してみろ。暗黒からは逃げられぬぞ――〟

長剣がうなりを上げて襲ってくる。アルフォンソははっと幻影を振り払って、跳びすさった。ほんの一瞬前までアルフォンソがいた空間を、刃が薙ぐ。

危ないところだった、とアルフォンソは鋭く息をついた。全身を発条《ばね》のようにたわめて、次の攻撃に備える。だが、その瞬間だった。

青白い閃光《せんこう》が、夜を切り裂いて走った。

一瞬、何が起こったのか分からず、混乱した。だがすぐに、敵の一人が稲妻《いなずま》の直撃を受けたように胸を焦がして倒れたのを見て、過去に戦場で見た光景を思い出した。ヴェネツィアの魔術師だ、と直感する。この戦いに、魔術師が介入してきたのだと。

すでに暗色のローブをまとった魔術師の男と、その護衛剣士の女が夜警の兵士とともに混戦を制圧にかかっていた。ヴェネツィアに上陸したときに見た者たちだった。やはり、あのとき気づかれて、監視されていたのだと、今さらながらに悟る。

怒号が上がり、刃を打ち交わす音が響き、再び閃光が明滅した。

だが、このとき、不意に喧騒をつんざいて、コルネーリオの悲鳴が聞こえた。

咄嗟に振り向いたアルフォンソが見たのは、怯えた表情で顔を歪めて、両手できつく耳をふさいだコルネーリオの姿だった。見開いた目が、宙に映った何かを見つめている。

魔術だ、とアルフォンソは思った。魔術を見ているのだと、戦慄とともに理解が走り抜ける。ヴェネツィアに上陸した際に、あの魔術師たちとすれ違ったときのことを、アルフォンソは思い出した。かれらが放散する魔力だけでも、目眩《めまい》に襲われて、倒れかけたのだ。実際に雷撃の魔術が敵を撃ち、閃光が炸裂《さくれつ》すれば、コルネーリオの鋭敏な感覚はどうなってしまうのか。

それでなくても、この戦いで、少年の感覚は衝撃を受けているはずだった。殺気が渦を巻き、矢が胸を貫いて、剣が肉を斬り、苦痛のあえぎと絶鳴が響く。殺戮《さつりく》を彩る音と色は、少年の聴覚を引き裂いて、視覚を極彩色の血で染めるだろう。

「やめろ！」

アルフォンソは叫んだ。何をやめろというのか、自分でも分からない。だが、コルネーリオをここへ連れて来たことが、間違いだということだけは分かった。今すぐに、血の饗宴から連れ出そうと、足を踏み出しかける。だが、そのとき、背後で声がした。

「愚かな。戦いの最中に、背を向けるとは」

黒衣の騎士が振り下ろした長剣が、背後からアルフォンソの右肩に喰い込んで、骨を砕いた。衝撃で、アルフォンソは石畳の上に打ち倒された。右手から形見の剣が滑り落ちる。アルフォンソは激痛をこらえて、這うように相手の間合いから逃れようとした。

再びコルネーリオの悲鳴が聞こえた。

だが、先ほどの悲鳴とは、どこか違っていた。アルフォンソは視線を上げて、コルネーリオを見た。少年は、真っすぐにアルフォンソを見つめていた。その目に、はっきりと恐怖が浮かんでいる。

ああ、おれは殺されようとしているのだな、とアルフォンソは思った。背後から、黒衣の騎士がとどめを刺そうと近づいてくるのが、見えているに違いない。

不思議と、心は澄んでいた。戦いの最中に敵に背を向けたのは、初めてだった。自分でも、なぜそのようなことをしたのか分からない。けれども、後悔はなかった。任務の途中で仲間を残して死ぬことだけが、少し心残りだった。

アルフォンソは、心配ない、というように、コルネーリオに向かって微笑《ほほえ》んでみせた。

〝――せっかく、お前に救ってもらった生命だったが、ここまでだな〟

目を閉じて、最期の瞬間を待つ。

だが、いつまで待っても、長剣が振り下ろされることはなかった。アルフォンソは目を開けて、痛みをこらえて振り返った。

ヴェネツィアの魔術師が、黒衣の騎士の前に立ちはだかっていた。右腕を突きつけて、魔力を封じた腕輪に左手を添えている。いつでも魔術を発動できる体勢だ。

「それ以上の殺戮は無用だ」魔術師の男は低い冷静な声で言った。「この場は、すでに囲まれている。逃げ道はない。投降しろ」

黒衣の騎士は、冷笑を浮かべただけだった。「ならば、試してみるか?」

次の瞬間、ハプスブルクの〝夜の騎士〟はヴェネツィアの魔術師へと躍りかかった。魔術師は素早く腕輪に触れて、魔力を解放した。青白い火焔《かえん》がほとばしった。

黒衣の騎士はまったく動じた気配もなく、漆黒《しっこく》のマントをさっと翻《ひるがえ》した。その厚い布地に炎が触れた瞬間、奔流《ほんりゅう》が堰《せき》に阻《はば》まれて弾き返されるように、灼熱《しゃくねつ》の火焔が遮断される。火の粉が散り、青白い光が明滅して消えた。

「火浣布《かかんぷ》か――」魔術師の男が鋭く息を呑んだ。

火浣布とは、炎による攻撃に対抗するために、石綿を織り交ぜて強度を増し、不燃の加工を施した布地のことだ。この恐るべき黒衣の騎士は、対魔術師の戦闘訓練も受けているに違いない。アルフォンソは痛みと失血のために朦朧《もうろう》としていく意識の中で、かれらの戦いを眺めながら、ぼんやりと思った。

もう一度、黒衣の騎士へと向かって、ヴェネツィアの魔術師が腕輪の魔力を発動する。今度は強烈な冷気が氷の刃となって襲いかかった。だが、黒衣の騎士は再び闇夜のようなマントを翻しただけで、この攻撃を悠然《ゆうぜん》と遮断すると、逆に長剣を振るって躍りかかった。魔術師の男が素早く跳びすさって、間合いから逃れる。

再び周囲で怒号が上がり、閃光が明滅した。割れ鐘のように不快な音が響く。アルフォンソは思わず目を閉じて、朦朧とした意識から、その光景を締め出そうとした。

気づいたときには、戦いは終わっていた。黒衣の騎士も、ヴァチカンの暗殺者も姿を消していた。大運河の岸辺に数えきれないほどの負傷者が転がって、苦痛のうめき声を上げている。遠くで夜警の兵たちの追跡の声が響いていた。

「アルフォンソ！」

すぐ耳元でコルネーリオの叫び声がして、アルフォンソは、ゆっくりと視線を上げた。それだけのことが、ひどく億劫《おっくう》に感じられた。どくどくと脈が打つたびに、砕けた肩から血が流れ出しているのが分かった。寒気が押し寄せてくる。震えが止まらない。

「アルフォンソ、しっかりして！」

ひどく苦労して焦点を合わせると、必死の形相を浮かべたコルネーリオの顔が、すぐ目の前にあった。アルフォンソは微笑《びしょう》しようとしたが、唇から苦痛の息が洩れただけだった。

「大丈夫。今、助けるから」

コルネーリオがきっぱりと言って、血に濡れた衣の上から、アルフォンソの胸に手を当てた。そのまだ幼さを残した顔が、かすかな音に耳を傾けて、空中に映し出された何かに懸命に焦点を合わせて見つめるような真剣な表情になる。

意識の隅で、コルネーリオの声がリュートを調律するように、微妙に音階と強弱を変えながら響くのが聞こえた。最初はおずおずと、しかし次第に自信に満ちた、力強い声で、コルネーリオは太古の調べのように歌った。

温かな光がアルフォンソを包み込んだ。無色にして万色の光が、目を閉じても浮かんでくる。これが、混じりけのない色というやつか、とアルフォンソは思った。

肩から流れ出す血が止まったのが分かった。鼓動が落ち着いて、寒さが消えた。震えが止まり、痛みが刺すような鋭さから、うずくような鈍さに変わっていく。目を開けると、コルネーリオのすぐ真後ろに立ったヴェネツィアの魔術師が、その凄まじい治癒の力に驚愕の表情を浮かべているのが見えた。

「くそ」アルフォンソは朦朧としたまま、毒づいた。「だから、あれほど、力を使うなと言ったのに。ばか……やろう……」

コルネーリオの手を取って、握りしめた瞬間、圧倒的な疲労が押し寄せて、アルフォンソはその言葉を最後に、意識を失った。

9

一夜が明けても、戦いの生々しい記憶が、頭にこびりついて離れずにいた。

フランチェスカは、冷たい壁に背中を預けて、膝を抱えていた。目を閉じれば、恐ろしい光景が再び浮かんでくる。降り注ぐ矢の雨に、鳴り響く刃の音。魔力の閃光《せんこう》が炸裂《さくれつ》し、コルネーリオが悲鳴を上げる。アルフォンソが振り向いて、こちらに足を踏み出そうとする。振り下ろされた黒衣の騎士の長剣が、アルフォンソを打ち倒した。コルネーリオが駆け寄って、その傷を癒《いや》そうと必死の形相で歌う――

フランチェスカは、頭を振って、恐ろしい光景を脳裏から締め出した。

戦いの後、リアルト橋から連れて来られたのは、ドゥカーレ宮殿の屋根裏の牢獄だった。剝き出しの分厚い壁板に囲まれた狭い空間には、硬い床に敷かれた藁布団《わらぶとん》と、古びた水盤と汚物入れがあるだけで、ほとんど光も射し込まない。

うっすらとした闇の中で、フランチェスカはコルネーリオを見た。牢獄の奥の暗がりで一人離れて、蒼《あお》ざめた顔で唇を噛んで膝を抱えている。いつもの陽気さは影を潜めてしまっていた。フランチェスカはグリエルモに助けを求めるように視線を向けたが、グリエルモもまた、どうしようもない、というように小さくかぶりを振るばかりだった。

〝――ああ、いったい、どうすればいいの？〟

フランチェスカは胸を灼くような焦燥《しょうそう》に駆られた。冷たい牢獄で一晩を過ごしたために、全身が熱っぽく、息も苦しくて、今にも乾いた咳が溢れ出しそうだったが、必死でこらえた。いつもなら、コルネーリオがすぐに気づいて、治癒の力を使うと言ってくれただろう。けれども、今はそれよりもコルネーリオのことが心配だった。

コルネーリオは、自分を責めている。自分が叫び声を上げなければ、アルフォンソが振り向くこともなく、黒衣の騎士に斬られることもなかったと。コルネーリオは、目の前でアルフォンソに刃が振り下ろされ、骨が砕かれるのも見た。自分のせいで、また誰かを死なせることになってしまうと思ったに違いない。必死でアルフォンソにすがりつき、傷を癒そうとするコルネーリオの姿が甦《よみがえ》って、フランチェスカの胸を強く締めつけた。

そのアルフォンソは、完全に傷が癒《い》える間もなくヴェネツィアの魔術師と警吏によってどこかへ連れていかれてしまっていた。部下のエミーリオもヴァチカンの暗殺者との戦いで負傷したらしく、この牢獄には入れられていない。もしエミーリオがいれば、アルフォンソを危険にさらしたことで、コルネーリオにつかみかかっていたかも知れない。

二人は無事だろうか、とフランチェスカは案じた。二人はフィレンツェの密偵だ。情報を吐かせるために拷問され、殺されてしまうかも知れない。二人に何かあれば、コルネーリオの心は張り裂けてしまうだろう。それだけではない。コルネーリオの治癒の力のことも露見してしまった。この先、何があってもおかしくない。

フランチェスカは、冷たい牢で膝を抱えたまま、昨夜の出来事を思い返す。

魔術師たちが閃光とともに戦いに介入してきたとき、フランチェスカは、コルネーリオとともにグリエルモの背後にいた。そのときには、まだコルネーリオが暗号詩を記した石板を持っていた。グリエルモが曲刀を振るうのに邪魔だからと、預かったのだ。けれども、コルネーリオが炸裂する魔力の音と光に耐えきれず、悲鳴を上げたときに手放してしまった。何者かの影がさっと現れて、それをかっさらっていった。ヴェネツィアの警吏が後から探したが、石板は見つからなかった。

一方、真鍮《しんちゅう》の鍵はセヴラン・リュファスが持っていたが、いきなり何者かに殴りつけられて、石畳の上に倒れたところを奪われてしまったという。僧衣をまとった剃髪《ていはつ》の男の後ろ姿を見たというから、きっとヴァチカンの暗殺者なのだろう。

フィレンツェを救う秘密への手がかりは、敵の手に渡ってしまった。なのに、アルフォンソたちは捕らえられ、グリエルモやフランス人たちもフランチェスカと同じ牢にいる。コルネーリオは、自分を責めて、蒼ざめた顔で膝を抱えたままだ。

〝――ああ、いったい、どうすればいいの？〟

フランチェスカは、再び自問した。これほど無力だと感じたことはなかった。病弱な身体で屋敷の部屋に閉じこもっていたときでさえ、これほどの怖れと焦燥を覚えたことはなかった。

なぜだろう、と己の胸に問うてみて、フランチェスカは気づいた。自分を案じての怖れではないからだ。書物で得た知識も、慰めにならなかった。

このとき、牢獄の外に足音が響いて、フランチェスカははっと顔を上げた。

グリエルモとフランス人たちも同じく反応して、牢の入口を見た。錠の外される音がして、分厚い扉が開く。手燭《てしよく》の光がさっと射し込んで、暗闇に慣れた目を眩《くら》ませた。フランチェスカは咄嗟《とつさ》に手をかざして、中へと入ってきた人影を凝視した。

魔術師だ、とフランチェスカは直感した。ほっそりとした身体に暗い色合いのローブを着て、手燭の光の中、静かに立っている。ヴェネツィアに上陸したときに目にした魔術師の男ではなかった。その容貌を見て、フランチェスカは驚いた。その髪は、夜の月光のような銀色で、繊《せん》細《さい》な流れのように頬へと垂れかかったひと房が、美しい顔を縁取っている。女のフランチェスカから見ても、思わず見惚《みほ》れてしまうほどの美貌だった。

〝まさか、女の人だ――〟

考えれてみれば、確かに、魔術師は男とは限らないはずだった。けれども、昨夜のように、炎や雷撃の魔術を操って戦いに臨《のぞ》むのは男だと、勝手に決めつけてしまっていた。

さらに、その背後から、もう一人の影が進み出る。コルネーリオが声を上げた。

「アルフォンソ！」

コルネーリオが立ち上がって駆け寄った。アルフォンソが両腕を広げて抱き止めた。

「心配したんだ」コルネーリオが安堵に声を震わせた。「怪我は、もう大丈夫？」

「おれなら、心配ない」アルフォンソが落ち着いた声で答えた。「まだ少し動かしづらいが、生命に別状はない。ヴェネツィアには、お前と同じように、治癒の力を使える魔術師がいる。

かれらが、手当てしてくれた」

コルネーリオは顔を上げ、アルフォンソの隣りの人影へと視線を移した。魔術師の女がそっと進み出て、その目の前に立った。

「ヴィオレッタだ」アルフォンソが紹介した。「見ての通り、ヴェネツィアの魔術師だ」

ヴィオレッタと呼ばれた美貌の魔術師は、翡翠《ひすい》の色をした瞳で真っすぐにコルネーリオを見つめた。「あなたたちのことは聞いてる。あなたが、コルネーリオね？」

コルネーリオは、戸惑ったようにアルフォンソを見た。アルフォンソがうなずき返したので、ヴィオレッタに向かって、そうです、と答える。このとき、コルネーリオがかすかに眉を寄せ、息を止めたことに、フランチェスカは気づいた。その表情を見て、昨日、ヴェネツィアに上陸して、魔術師とすれ違ったときに感じたのと同じ目眩《めまい》を覚えたのだと分かった。

ヴィオレッタと呼ばれた魔術師は、気遣うようにコルネーリオの様子をうかがってから、アルフォンソへと視線を移した。アルフォンソが軽くうなずいて、言った。

「少しだけ、われわれだけで、話をさせてもらえないだろうか？」

ヴェネツィアの魔術師が牢を出て、自分たちだけになると、アルフォンソは片隅に全員を呼び集めた。コルネーリオとフランチェスカ、グリエルモ、セヴラン・リュファス、それからシャサールの五人が輪になるように額を寄せるのを待ってから、アルフォンソは何度も繰り返し練習してきたような口調で、切り出した。

「ヴェネツィアの十人委員会と、取引をした」淡々とした声が、牢内にやけに大きく響いて聞こえた。「かれらも、われわれのこの探索に加わるとな。エミーリオはまだ尋問中だが、すぐに解放されるだろう。そして、ヴェネツィア側の準備が整い次第、暗号詩を解読して、次の目的地へと出発する」

「莫迦《ばか》な」グリエルモが沈痛な声を上げた。「自分が何をしたのか、分かってるのか？　ヴェネツィアの強欲な不信心者どもを信じると？　やつらは、己の利益のためなら親でも売り渡す悪魔だぞ」

アルフォンソは、静かに首を横に振った。「実際のところ、おれたちに選択の余地はないんだ。石板と鍵は、ヴァチカンとハプスブルクの手に奪われた。おれたちは捕らわれて、牢獄にいる。この探索を続けるには、ヴェネツィアと手を組むしかない」

「やつらの条件は何だ？」

「そう悪い取引じゃない。かれらの魔術師と護衛剣士が、おれたちに同行するだけだ」

「だが、石板の暗号詩は――」

「おれが、憶えている。まあ、正確ではなくても、だいたいのところはな」

「わたしも、憶えています」フランチェスカは、横から声を上げた。

グリエルモは、アルフォンソとフランチェスカを交互に見た。それから、小さくかぶりを振って、ため息をつく。「それで、もし、われわれが求める兵器の設計図が見つかったら？」

「秘密は、かれらと共有することになる。それが、条件だ」

重い沈黙が、牢獄を押し包んだ。口を開いたのは、セヴラン・リュファスだった。

「どうやら、アルフォンソどのは、この探索行にわれわれが加わっていることを、お忘れのようだ。フランスの援軍は、なくても構わぬと？」

「皮肉はいい。お気に召さぬなら、あんたはこの牢獄に残って、朽ち果てるか？」

リュファスはふんと鼻を鳴らして沈黙した。従者のシャサールが、鋭い目つきでアルフォンソをにらみつける。グリエルモがまだ納得のいかない様子で、再び声を上げた。

「だが、にわかには信じられぬ。ヴェネツィアの十人委員会は、なぜ、われわれと手を組むなどと？　やつらにとっては、わざわざフィレンツェと手を組まずとも、われわれを拷問して情報を吐かせて、自分たちだけでヴァチカンとハプスブルクの連中を追えばよい。そうすれば、うまく運べば秘密も独占できるはずだ」

「ヴェネツィアには、ヴェネツィアなりの考えがある。かれらは、ヴァチカンと同盟を結んでいる。しょせんは風前の灯で、今にも反故にされようとしているが、それでも、同盟は同盟だ。露骨には、ヴァチカンと敵対するわけにはいかぬ。そのヴァチカンと手を結んだハプスブルクに対しても、同様だ。だが、ヴェネツィアはハプスブルクのカール五世がフィレンツェを攻め落として、これ以上、イタリア半島に勢力を広げることを快く思っていない。だとすれば、今の状況で、何が最善手か？」

「――密かにフィレンツェを後押しして、ヴァチカンとハプスブルクの侵攻を失敗に終わらせるよう画策する、ということだろうな」

「おれたちに探索を続けさせるのも、そのためだ。表向き、レオナルド・ダ・ヴィンチの兵器には立たず、背後でうまく立ち回り、漁夫の利を得る。そういう計算だ」

「だから、魔術師と護衛剣士だけを同行させるのか——」

「正規の兵を出せば、ヴァチカンに二心を疑われるからな。だから、危ない橋は渡らない。おれたちと、かれらの思惑は、図らずも一致しているというわけだ」

今度こそ、グリエルモも沈黙した。では、合意に到ったな、とアルフォンソが締めくくった。それから、コルネーリオとフランチェスカを見て続けた。

「問題は、きみたち二人をどうするか、ということだ。もちろん、おれたちと一緒に来る、という選択肢もある。だが、昨日のようなことが再びあったとき、おれには、二人を守れる自信がない。フィレンツェを出立したときは、安易にも守れると思っていた。だが、それは過信だと思い知らされた。だから、あの魔術師に来てもらった」

いったい、どういうことだろう、とフランチェスカは目を細めた。コルネーリオも、わけが分からない、という表情でアルフォンソを見つめている。

「どうか、よく聞いて欲しい」アルフォンソが真剣な声で言った。「とりわけ、コルネーリオ、お前にだ。ヴェネツィアには、お前のような力を持った者たちがいて、共和国政府の庇護《ひご》を受けて生きている。このキリスト教世界で、魔術師が異端審問を逃れて生きていける国は、ここだけだ。フィレンツェに戻れば、いつかお前は見つかって、悪魔の技を使ったとして火炙《ひあぶ》りにされるだろう。たとえ、そうでなかったとしても、一生、隠れて暮らさねばならぬ。だから、

「かれらの話を聞いて――」

「正気なのか、アルフォンソ」突然、グリエルモが割って入った。「この子を、やつらの密偵にするつもりか？　陰の世界で、諜報や暗殺の任務に明け暮れろと？」

「できるなら、おれだって、そうはさせたくない」アルフォンソの声に苦渋がにじんだ。「だが、決めるのはコルネーリオだ」

グリエルモがその目に心配そうな色を浮かべて、こちらを見た。コルネーリオは、咄嗟には返す言葉が浮かばないまま、茫然と立ち尽くしている。

「フランチェスカ、きみにも、すまないことをした」アルフォンソが言った。「お父上のもとには、責任を持って、われわれが送り届ける。あるいは、われわれの仲間が。最も安全なのは、ひとまずヴェネツィアに留まって、われわれの大使を頼ることだ」

その言葉で、フランチェスカにも分かった。アルフォンソは、自分たちを追い返そうとしているのだと。まだ何も成し遂げていないのに。けれども、咄嗟に反論しようとしたとき、その思い詰めた厳しい表情を見て、フランチェスカは何も言えなくなった。アルフォンソのこのような表情を見るのは、初めてだった。

とりあえず、話をするだけだ、とアルフォンソは自分に言い聞かせるようにつぶやいた。牢の扉を振り返って、再びヴェネツィアの魔術師を呼ぶ。ヴィオレッタと呼ばれた魔術師が房の中へと入ってくると、アルフォンソは一同を代表して告げた。

「われわれは、ヴェネツィアと手を組むことで合意した」それから、隣りに立つセヴラン・リユファスを指して続ける。「そのことは、ここにいるフランス王の密使どのにも賛同いただいている。これは、われわれの総意と考えてもらって差し支えない」

ヴィオレッタは、了解のしるしにうなずいた。「探索には、わたしが同行することになるでしょう。コルネーリオと同じく、わたしも治癒の魔術を得意としているので、良き相談相手になれるはず。それに、もしフランチェスカも一緒に来るなら、もう一人くらい女性が同行したほうが良いでしょう」

「騙《だま》されるなよ」グリエルモが不機嫌に言った。「この者は、コルネーリオが魔力を発現した貴重な子供だから、甘言をささやいて、自分たちを信用するよう仕向けたいだけだ」

「グリエルモ」

アルフォンソがぴしゃりとたしなめる。グリエルモはふんと鼻を鳴らした。ヴィオレッタは、この棘《とげ》のある言葉にも動じた様子を見せなかった。

「もちろん、わたしたちは、この子に信用してもらいたいと思ってる。でも、それは、あなたが言うような理由からじゃない」

ヴィオレッタは、そっとコルネーリオに近づいて、手を差し出してみせた。そのほっそりとした指を見て、コルネーリオが鋭く息を呑んだ。

「わたしの指が、歪《ゆが》んでいるのが分かる？　まだヴェネツィアの魔術師になる前に、故郷のローテンブルクで魔女狩りの密告に遭って、異端審問官の拷問を受けたときの痕跡よ。左手の親指と人差し指は、今でも曲げることができない。それだけじゃない。背中にも、人には見せられないような鉄の棘の傷跡がある。両腕と脚には、焼きごてを押しつけられた刻印の跡が今でも残ってる」

ヴィオレッタはそっと手を引いて、ローブの袖へと隠した。

「わたしが今、こうしてここにいるのは、ヴェネツィアの魔術師とその護衛剣士に、牢獄から救い出されたから。わたしは拷問で死ぬ寸前だった」

ヴィオレッタは、コルネーリオの胸に言葉が染み入るのを待ってから、続けた。

「確かに、ヴェネツィアの魔術師になるのが、最良の選択だとは言わない。そのことは認める。でも、少なくとも、信仰の狂気と無知な迷信のせいで殺されることはない。自分がなぜ、この特別な力を授かったのか、考えることもできる。同じような境遇の者たちが、魔術師となって、ここにいるからよ。あなたは一人じゃない。そのことを知って欲しい。そして、あなたには後悔のない選択をして欲しいと思ってる」

ヴィオレッタの瞳がコルネーリオを見つめていた。コルネーリオは、話の重さをすぐには受け止めきれずに、しばらく沈黙していたが、やがて、胸の奥から絞り出すような声で、ヴィオレッタに向かって言った。

「少しだけ、アルフォンソと二人だけで、話をさせてもらってもいいですか?」

ヴェネツィアの魔術師は、少し驚いた表情を見せた。一瞬、アルフォンソと視線を交わす。アルフォンソもまた驚いた表情でコルネーリオを見た。

「お願いします」コルネーリオが重ねて懇願した。

ヴィオレッタは、分かった、と言って、再び房の外へと出ていった。コルネーリオが、グリエルモとフランス人たちを振り返った。

「お願い。二人で話をさせて」

グリエルモは、何事かと心配するような表情を浮かべたが、やがて、少年の肩を優しく叩いて、ゆっくりと扉を出ていった。フランス人たちもそれに続いた。

このときには、フランチェスカにも、コルネーリオが何を話すつもりなのかが分かった。そのことを思うと、胸が潰れそうだった。

「大丈夫だよ」コルネーリオがフランチェスカに微笑《びしょう》を向けた。「おれなら、大丈夫」

「……分かった。外で待ってる」

フランチェスカは、そっとコルネーリオの手を握って、微笑を返した。それから、名残りを断ち切って背を向けると、グリエルモたちに続いて牢獄の外へと出た。


「アルフォンソに、まだ話してないことがある」やがて、牢内が二人だけになると、コルネーリオは言った。静寂に包まれた薄闇に、声が響く。「死んだ母さんのことだ」

アルフォンソが無言で片眉を上げた。コルネーリオは、言葉が咽喉《のど》につかえるのを感じた。けれども、その目を見て続ける。

「オリヴィエーロさんの屋敷で話したときに、アルフォンソは言ったよね。おれがフランチェスカを助けた後、よく無事で済んだものだって。オリヴィエーロさんや家族が黙っていたとしても、親戚や使用人から秘密が洩れて、異端審問官の耳に届いたかも知れないって。アルフォンソは、おれが無事だったと思ってる。でも、違うんだ」

まさか、という表情が、アルフォンソの顔をよぎるのが見えた。すでに答えを察したのだろう。コルネーリオは胸のうずきをこらえて、淡々と告げた。

「異端審問官は、やって来た。ある日、突然、恐ろしい黒い影が、家の前に立って、こう言ったんだ。〝魔女の告発があった。神の名のもとに、審判を下しに来た〟と」

「ああ、そんな——」アルフォンソがうめいた。「だから、母親がいないのか」

「母さんは、異端審問官の前に進み出た。そして、こう答えた。〝わたしが、悪魔と契約して、魔術を使いました〟と。いつか、この日が来ることを、ずっと分かってたんだ。だから、おれには一言も話させなかった。一言も。それで、連れていかれた」

コルネーリオは、アルフォンソの目を真っすぐに見上げて続けた。

「本当は、異端審問官は、おれを疑ってた。裁判では、母さんを何度も責めて、おれがやったと告白させようとした。でも、母さんは頑として認めず、自分がやったのだと言い続けた。たまらない気持ちだった。だって、おれさえ名乗り出れば、母さんは助かるのに。自分が卑怯《ひきょう》だと思った。だから、耐えきれなくって傍聴席で立ち上がって、叫ぼうとした。でも、そのとき、フェデリーコおじさんがおれの手をつかんで、引き戻した。そして、代わりに立ち上がって、叫んだんだ。〝そうだ、その女が魔女だ〟と」

その声を皮切りに、村人たちが次々と立ち上がった。コルネーリオにいつも余分に小麦を恵んでくれた粉屋のベルナルドが、その女が魔術を使うのを見た、と叫んだ。鍛冶屋のヴィットリオも、幼いコルネーリオをあやしてくれたルイーザおばさんも、その女が魔女だ、と口々に罵った。みんな、仲の良かった人たちだ。高熱を出したり、怪我をしたりしたときには、治癒の力で助けたこともあった。みな素朴なキリスト教徒だが、コルネーリオを悪魔などとは思わず、大切にしてくれているはずだった。

その村人たちの声が、裁判所を揺るがす合唱となり、魔女の罪を暴いていく。コルネーリオの母は、その光景を、限りない悲しみと、いたわりを込めた微笑を浮かべて見つめていた。コルネーリオは愕然《がくぜん》として、フェデリーコを見上げた。

「おじさんは泣いてた。涙を流しながら、それでも強情な鸚鵡《おうむ》みたいに、その女が魔女だ、と繰り返してるんだ。その姿を見て、分かった。母さんが、そうするように頼んでいたんだと。そうして、村の人たちは、母さんの望み通りに、おれを守った」

アルフォンソは沈痛に顔を歪めて、コルネーリオを見つめている。

「村の人たちが、おれを守ってくれたのは分かってる。それが、母さんの望みだったことも。そんなこと、もちろん分かってる。でも、どうしても、思ってしまうんだ。、村のみんなが、母さんの死に手を貸したんだと。どうしても、考えられずにはいられない。どろどろとした気持ちが、胸を掻きむしるんだ。本当は、自分が莫迦だったのに――」

「もういい、何も言うな」アルフォンソが遮《さえぎ》った。

コルネーリオは唇を噛んで、うつむいた。握りしめた拳《こぶし》が震える。アルフォンソの力強い腕が回されて、胸の中に抱き止められるのを感じた。

「もういい、何も言うな」アルフォンソが声を絞り出すように、繰り返した。「おれは、気づいてやれなかった。一人で、つらかったろう」

ごつごつとした武人の手が、コルネーリオの頭を包み込み、優しく撫でるのを感じた。その感触を、コルネーリオは不思議に思った。この手は、多くの人を殺してきた武人の手だ。なのに、その同じ手が、こんなにも優しく自分を包み込んでいる。その抱擁《ほうよう》に身を委ねていると、これまで母が死んでから一度も泣いたことなどなかったのに、熱い嗚咽《おえつ》とともに目から涙が溢れてくるのが分かった。

〝なぜ、涙が止まらないんだろう〟コルネーリオは泣きじゃくりながら思った。〝そんなつもりなんて、全然ないのに〟

ずっと心に抱えていたしこりが、洗い流されていくようだった。ずっと、森の中で一人で生きていけると思っていた。どろどろとした気持ちを思い出さないよう、村の人たちからもできるだけ距離を置いて、そうやって、自分は大丈夫だと言い聞かせて、ずっと生きてきた。それで十分だと思っていた。でも、間違っていた。

「いつも、母さんは、おれに〝自由に生きなさい〟と言ってた」コルネーリオは、アルフォンソの胸に顔をうずめたまま、洟をすすり上げた。「これは、運命が与えてくれた特別な力で、本当は隠す必要などないんだって。でも、どうやったら自由に生きられるのか、分からないまま、母さんは死んでしまった。今でも、分からない。この力が、祝福なのか、それとも呪いなのか。だから、ずっと森に隠れて生きてきた」

身体に回された腕に、優しく力がこもる。コルネーリオは息を吸い、顔を上げた。

「でも、アルフォンソが森の中で血を流して倒れているのを見つけたとき、思ったんだ。これは、運命かも知れないって。母さんが、森を出ろと言ってる。だから、母さんと同じ混じりけのない色が見えたんだって。そうでなかったら、治癒の力なんて使わなかった。でも、そのときに決めたんだ。この人を助けよう、と」

「復讐しようと、思ったことはないのか?」アルフォンソが唐突に尋ねた。「お前の母親を殺した異端審問官に。かれらの罪を、許せるのか?」

コルネーリオは小さく首を振った。「許すわけじゃない。でも、それは復讐とは違う。母さんを殺したのは、異端審問官じゃない。魔術は悪だという偏見なんだ。だから、これを正さない限り、ただ復讐をして、異端審問官を殺しても意味がない」

アルフォンソが驚きの表情を浮かべて、こちらを見つめた。強い光を帯びた青灰色《せいかいしょく》の双眸《そうぼう》が、何かに打たれたように見開かれている。やがて、アルフォンソは大きく息を吐き、そっとコルネーリオの肩に両手を置いた。

「お前には、二度も生命を救われた。オリヴィエーロの屋敷に匿《かくま》ってもらったことも含めれば、三度だな」

コルネーリオはうなずいた。「だから、今はアルフォンソについて行く。一緒に戦争を止めてみせる。足手まといにはならない。この探索が終わって、その後、フィレンツェに帰るか、ヴェネツィアに残るかは、そのとき考える。でも今は、これが終わるまでは、アルフォンソを助けたいんだ」

「お前の母君は、お前に〝自由に生きなさい〟と言ったはずだ。これは、決して自由な道ではないぞ。暗く、ねじ曲がり、血で舗装された道だ」

「だからこそ、アルフォンソにも一人では行かせない」

「おれには、仲間がいる。グリエルモもエミーリオも、有能だ」

「でも、おれには力がある。自分がなぜ、この特別な力を授かったのか、知りたいんだ」

自分でも、無茶なことを言っていることは分かっていた。けれども、譲るつもりはなかった。絶対に。やがて、アルフォンソは根負けしたように一つ息をつくと、やれやれといった表情でこぼした。

「まったく、この強情者め」コルネーリオの髪をくしゃくしゃとかき回して、それから、真剣な表情に戻って言った。「だが、分かった。おれも、お前を一人にはしない」

10

まだうっすらとした霧が漂う早朝、コルネーリオは、サン・マルコの船着き場で本土のメストレへと向かうゴンドラに乗り込むのを待っていた。すぐそばには、アルフォンソとフランチェスカ、それから魔術師のヴィオレッタとその護衛剣士が立っている。フランス人たちとグリエルモ、そして負傷から回復して尋問から解放されたエミーリオは、少し離れた場所にいて、もう一艘のゴンドラに乗ることになっていた。

ヴィオレッタの護衛剣士はフェルディナンドという名で、短く刈り込んだ黒髪に、濃い褐色の瞳とがっちりとしたあごの持ち主だった。長身に暗灰色《あんかいしょく》のマントと胴着をまとい、古代ローマのグラディウスのような両刃の片手剣を佩《は》いている。

護衛剣士というのは、魔術師を守る相棒で、かれらは〝血の契約〟で結ばれているという。魔術師は強力な炎や氷や風を操ることができるが、呪文の詠唱には時間がかかるから、その間、敵の刃から背中を守ってもらう必要がある。だから、魔術師と護衛剣士は互いに背中を守りながら戦うのだと、ヴィオレッタが教えてくれた。

このキリスト教世界では、護衛剣士も魔術師と同じく悪魔の手先に仕える存在と見做《みな》されて、信仰の世界から排斥《はいせき》されてしまうから、なり手は限られている。けれども、フェルディナンドは傭兵としてヴェネツィア側について戦場にいたとき、魔術師たちが治癒の魔力を使って兵士の生命を救うのを見て、自ら志願したという。

その理由を尋ねたコルネーリオに、フェルディナンドはにやりと笑って答えた。

「傭兵として、幾つも戦場を巡って分かった。戦場に神はいない。理由もなく、人が死ぬ。そうやって神が沈黙を決め込むなら、誰に魔術師を悪魔だと非難できる？　それなら、おれたちは人間の意地を見せて、神に反逆したっていいじゃないか」

その豪放《ごうほう》な物言いに、コルネーリオはびっくりすると同時に好感を覚えた。ヴィオレッタといい、フェルディナンドといい、こうした驚くべき生き方があることを、ずっと森に隠れて暮らしてきたコルネーリオは、まったく知らなかった。

それが、昨日のことだった。コルネーリオがアルフォンソと話し合い、自分も探索に同行することに決めたと伝えた後、ヴィオレッタが自分の護衛剣士を紹介して、魔術師の力やこのキリスト教世界における立場について教えてくれたのだった。

「でも、あなたの治癒の力は、わたしたちの魔術とどこか違うみたい」ヴィオレッタは、そう言って首をひねった。「リアルト橋での戦いで、あなたが治癒の力を使ったところを、わたしもあの場にいて見ていた。あなたは、まるで歌っているようだった。呪文を詠唱していたようにも聞こえなかった。あれは、何が起こっているの？」

「おれにも、よく分からない」コルネーリオは少し戸惑って答えた。「魔術のことは、何も知らないから。でも、おれのは、リュートやリラを調律するような感じなんだ」

コルネーリオは、自分の鋭敏な感覚や力のことを説明した。人のかすかな息遣いの差や、胸の内側で脈打つ鼓動や、声の微妙なこわばりや、そこに含まれる感情や身体の調子が音として聞こえ、色や光として見えること。怪我をしたり、病気になったりした人を見ると、その人の身体の内側から脈打つ音や色が、本来あるべき姿とは違っているのが分かること。だから、正しい音の高さや強弱の声を重ねて、楽器を調律するみたいに整えていけば、だんだんと正しい色に戻して、癒《いや》すことができるのだと。

「呪文は？　何か、決まった言葉は使うの？」

「分からない。そんなの、気にしたことがないから」

コルネーリオの返答に、ヴィオレッタは少し考え込むような表情を浮かべた。

ヴェネツィアの魔術師の起源は、遙か昔、古代ローマに征服される以前のガリアの地にあるという。ガリアの深い森で大いなる叡智と呪術によって部族を導いたドルイド僧の中に、特異な能力を持つ者たちが現れた。それが魔術師だ。かれらは太古の言葉を呪文として詠唱し、自らの内なる生命力を爆発的な威力で外の世界へと解き放ち、炎を呼び、風を起こし、水を操り、雷光を注ぐことができた。

やがて、ガリアの地がユリウス・カエサルによって征服されると、ローマは魔術師たちを弾圧した。ドルイドの異能者たちが戦いで強力な魔術を使うために、人間を生贄《いけにえ》にし、柳の枝で編んだ巨大な人形の檻に罪人や捕虜を詰め込んで、その生命を燃やして力を得ていたのを嫌悪したためだという。

その後も、五世紀に西ローマ帝国が滅ぶと、今度はキリスト教会が弾圧者となった。魔力を発現した者は異端審問で裁かれ、火刑に処されることになった。コルネーリオの母親が火炙《ひあぶ》りにされたのも、そのためだ。

そうした中、今では、遙か東方の異教徒の国オスマントルコとヴェネツィアだけが、魔術を発現した者を保護している。けれども、魔術師も同じく神が創造した人間だからとか、そういう理由ではない。ヴェネツィアが魔術師を保護するのは、アドリア海の干潟《ひがた》に浮かんだ資源にも食糧にも乏しい国が列強の中で生き抜くには、悪魔だろうが妖術だろうが徹底的に利用することが必要だという、きわめて合理的な現実主義のためだった。

だから、ヴィオレッタのようなヴェネツィアの魔術師は、その力を生かして、密偵として諜報や暗殺といった後ろ暗い任務に就いている。コルネーリオがヴェネツィアに残ることにグリエルモが激しく反対した理由がそれだった。

ヴィオレッタが、コルネーリオの目を見て尋ねた。「治癒のほかに、どんな力がある?」

「この子は、追っ手の気配を感じることができる」コルネーリオに代わってアルフォンソが答えた。「ヴァチカンとハプスブルクの連中に追われたとき、それで助けられた」

ヴィオレッタがローブの袖をまくって、手首に着けた腕輪をコルネーリオに見せた。「この腕輪のことは、何か知ってる?」

コルネーリオは首を横に振った。ヴィオレッタがうなずいて説明した。

「この腕輪には、魔力を封じておくことができるの。腕輪に触れて、魔力を発動するよう念じれば、力が解放されて、あらかじめ封じておいた炎や氷や風といった魔術や、治癒や敏捷《びんしょう》や跳躍といった魔術を使うことができる。呪文を詠唱するより、圧倒的に素早く術を発動できるから、戦いには欠かせない」

「確かに、昨日、魔術師がそれを使っているのを見た。稲妻《いなずま》や炎が出た」

「わたしたち魔術師は〝血の契約〟を結んだ護衛剣士にも、この腕輪を与えることができる。腕輪を着けることで、護衛剣士も相棒の魔術師が封じた力を使えるの」

そいつはすごい、とコルネーリリオは思った。あの稲妻や炎をいつでも自在に呼び出すことができるなら、戦いでは、ほとんど無敵なのではないか。

「でも、わたしたちの魔術には制約がある」コルネーリリオの考えを見透かしたように、ヴィオレッタが続けた。「魔術というのは、わたしたちの内なる生命力を、その力の源にしている。だから、魔術師は魔力を使うのと引き換えに、等価の生命力を消耗する。火を熾《おこ》せば、それだけ体温を上げるのに必要な力が失われる。呪文が強大になるほど消耗は激しくて、回復を待たずに魔術を使い続ければ死んでしまう。腕輪にしても、幾つ着けてもいいというわけじゃない。両方の手首に三つずつ、合わせて六つというのが限界で、それ以上になると封じた魔力を安定させられなくなる。〝血の契約〟を結べる護衛剣士も、ただ一人だけ。だから、わたしたちは無敵というわけじゃない。あの黒衣の騎士みたいに特殊な加工を施した防具を使って、対魔術師の戦闘訓練を受けている敵もいる」

コルネーリリオはその光景を思い起こした。確かに、黒衣の騎士が闇夜のようなマントを翻《ひるがえ》した瞬間、魔力の炎は遮《さえぎ》られ、火の粉を散らして消えてしまった。

「だから、わたしたちは、敵と戦うときには、あらかじめ相手がどのような者かをよく調べて、相手の出方を想定し、戦術を組み立ててから、それに適した呪文を腕輪に封じておく。チェス盤の上の戦いと同じ。大切なのは、戦術よ」

「でも、あの黒衣の騎士に対して勝ち目があるの?」コルネーリオは尋ねた。「それに、ヴァチカンの暗殺者もいる。アルフォンソの話だと、薬物を使って痛みの感覚を遮断《しゃだん》して、身体能力を強化してるって。そんな恐ろしい相手と、どうやって戦うの?」

「戦術は、これから考える。大丈夫よ。まだ時間があるから、弱点は探り出せる」

それから、ヴィオレッタは、もう一度、コルネーリオが治癒の力を使っているところを見たいと要望した。自分たちの魔術と何が違うのか、確かめたいのだという。アルフォンソの肩の傷はほとんど癒《い》えていたが、まだ完全には治りきっていなかったから、コルネーリオはその手当てならしてもいい、と言った。

コルネーリオが神経を集中させて、アルフォンソの全身から発する色合いを見ながら音の高さや強弱を変えて声を紡いでいくのを、ヴィオレッタはじっと観察していたが、それが終わると、護衛剣士のフェルディナンドと目を見交わして、つぶやいた。

「まるで、ウェルギリウスの呪歌みたい」

「おれも、そう感じた」フェルディナンドがうなずいて答える。

「もしかすると、これが、魔術の起源だったのかも知れない。遙かな昔、ガリアのドルイドが最初に魔力を発現したとき、魔術はこうした歌だったのかも。それが呪歌となり、やがて、長い時間をかけて呪文の言葉となり、形式として整えられて継承されていくうちに、今のわたしたちが使っているような魔術の形へと変化した」

「だから、この子の治癒の力は、ヴェネツィアの魔術師たちより強いのかもな。黒衣の騎士の一撃は、肩に深く喰い込んで、骨を砕いていた。でも、コルネーリオが力を使った後、おれが見たときには、ほとんど傷は癒えてた。目を疑ったほどだ」

「力を使えるようになったのは、いつのこと？」ヴィオレッタがコルネーリオに尋ねた。

「はっきりとは憶えてない。でも、母さんの話では、おれが六つのとき、家の前で傷ついたヒバリを見つけて、治したらしい。イタチに襲われたみたいで、羽が傷ついて血だらけだったけど、おれが両手で包んで歌ったら、治ったたって」

「それは、普通の魔術師とは違うのか？」アルフォンソが眉根を寄せて尋ねた。

「この少年は、かなり特別な例だと思う」ヴィオレッタが少し思案して答えた。「治癒の呪文と言っても、お伽話《とぎばなし》のような奇蹟ではないから、死者を甦《よみがえ》らせたり、一瞬で全身の怪我や火傷を治したり、猛毒を除去したり、失った手足を再生したりはできない。治癒の呪文が働くのは、術者の力と引き換えに、負傷者の自然な治癒力を高めて回復を促《うなが》すからなの。だから、術者は大きな怪我を治癒させるほど、自らの力を消耗するし、回復にも時間がかかる。でも、その限界が、かれの場合、わたしたちほど制約になっていないように思える」

「力の働く効率が良いのだと思う」フェルディナンドが補足した。「ヴィオレッタたちと比べて、より原初に近い純粋な魔術の形だから、力の損耗が少ないのだろう」

できることなら、もっと聞いていたかったが、このとき、呼び出しが来た。今後の探索と協力について話し合うために、ヴェネツィアの十人委員会が一行を召喚したいのだという。コルネーリオたちは会話を切り上げて、ドゥカーレ宮殿の四階に位置する十人委員会の間へと連れていかれることになった。

「気をつけろよ」途中で合流したグリエルモが、深紅の絨毯《じゅうたん》を踏んで部屋へと向かいながら、コルネーリオの耳にささやいた。「十人委員会というのは、ヴェネツィアの貴族たちが国政の重要事項を決める最高の意思決定機関だ。普通なら、われわれのようなよそ者が同席することはない。それだけ、急いでわれわれを送り出したい、ということだ」

十人委員会の間には、すでに豪奢《ごうしゃ》な衣に身を包んだヴェネツィアの貴族たちが集まっていた。架台《かだい》テーブルの向こうに、金襴《きんらん》の長衣と大マントを羽織った老齢の男がいた。七十歳は超えているだろうか。それでも、堂々たる長身で、鋭い眼光を放っている。

「ヴェネツィアの元首《ドージェ》、アンドレア・グリッティだ」グリエルモが小声で耳打ちした。「六人の元首補佐官たちもいる。それから、テーブルの末席にいる、あの男。天鵞絨《ビロード》の黒衣に深紅の肩掛けをまとった、あの目つきの悪い男が、魔術顧問官のトマーゾ・セラフィーニ。ヴェネツィアの魔術師たちの親玉だ」

コルネーリオはその男を見た。くせのある暗い褐色の髪が、無駄を削ぎ落とした鋭い頬から、かすかに白いものの交じり始めたあご鬚《ひげ》へと続いている。

ひとしきり、書記官がコルネーリオたちの素性を説明した後、議事が始まった。

「それで――」元首が鋭い視線をアルフォンソに据えて、深い声を響かせた。揺らめく燭台《しょくだい》の光が、純白のあご鬚を照らす。「貴殿らは、レオナルド・ダ・ヴィンチが残した兵器の設計図を探すために、ヴェネツィアに来たと聞いた。相違ないか？」

「相違ございません、閣下」アルフォンソが頭を垂れて答えた。「わが国の書記官であったニッコロ・マキアヴェッリが、かつてチェーザレ・ボルジアの宮廷でマエストロと交流を持ったとき、伝え聞いた話をもとに、探索を行っていたものです」

アルフォンソは、これまでの経緯を淡々と説明していった。マキアヴェッリの手記から暗号詩を見つけたこと。最初は意味が分からなかったが、この場にも同席しているフランチェスカの機転でそれを解読して、ヴェネツィアを訪れ、リアルト橋の下を探したこと。そこで、さらなる暗号詩の記された石板と鍵を見つけたこと。

「ですが、このとき――」アルフォンソは続けた。「ヴァチカンとハプスブルクの追跡者たちが現れて、戦いの混乱に乗じて、石板と鍵を奪っていったのです」

「その者たちならば、われわれの夜警も追跡した。だが、捕らえることはできなかった。海上を封鎖し、捜索の船も出したが、闇に撒かれてしまった。恐ろしく周到で、手際の良い者たちだ。もうすでに、ヴェネツィアを脱出して、街道に出た後に違いない」

「承知しております。ですから、われわれもすぐに後を追うべきかと」

「やつらがどこへ向かったか、目算があるのだな？」

「石板に記された暗号詩を、わたしは記憶しています。それを、解読するのです」
アルフォンソは、そう言って、低く響く声で詩文を朗唱した。

われは彼岸《ひがん》への巡礼者、
水を寄せつけぬ城壁から隘路《あいろ》を抜け、
最古の聖なる顔貌へと到る。

されど、真実への道は危険と誘惑に満ち、
陸を領有し、海を支配する王が、
探求者たちを柱廊の 礎《いしずえ》に縛りつける。

解放されしは天空のみ、
けだし、秘密は迷宮の深奥にあり、
しばし翼を休めて深き底を目指すべし。

「解読できるのか？」元首が視線を上げて尋ねた。「わたしには、暗号というより、戯言《たわごと》のようにしか聞こえぬが」
「こつがあるのです。われわれは一度、フランチェスカとともに解読していますから、やり方を心得ています」

「それで、どこなのだ――次に向かうべき先は?」

アルフォンソは一言、その街の名を告げた。十人委員会の間に、さざ波のようなざわめきが広がる。元首が眉間《みけん》のしわを深めた。

「少なくとも、レオナルド・ダ・ヴィンチがその街に滞在したことがあるという記録は、わたしは寡聞にして知らぬ。確かなのか?」

「必要であれば、閣下のほうでも検証を。暗号詩の詩句は、お伝えした通りです」

「だが、石板のほかに、鍵があると言ったな。それも、ヴァチカンとハプスブルクの者たちに握られているのだろう?」

「だからこそ、やつらが秘密にたどり着く前に、追いつかねばならぬのです」

元首は了解した、というように深くうなずいた。

そうして、一夜が明け、コルネーリオたちは早朝のサン・マルコの船着き場で、ゴンドラに乗り込むのを待っている。

暗号詩の解読については、ヴェネツィアの側でも同じ結論に達した。解読したのは、ヴェネツィア一《いち》の天才を自称するイルデブランドという名の魔術師だったという。フランチェスカに対抗心を燃やして任務にも同行したいと熱烈に志願したが、即座に却下されたらしい。「変人を同行させては、ヴェネツィアの魔術師に対する心証が最悪になるからな」とフェルディナンドはぼそりとつぶやいたが、どういう意味かは謎だった。

やがて、うっすらと漂う早朝の霧の中、コルネーリオたちは黒塗りのゴンドラに乗り込んだ。舫《もや》い綱が解かれて、ゴンドラは打ち寄せて返す波に乗って船着き場を離れた。もう一艘も、フランス人たちとグリエルモ、エミーリオを乗せて離岸する。

コルネーリオが振り返ると、後続のゴンドラのエミーリオと目が合った。アルフォンソを危険にさらしたせいで、この忠実な部下はいまだに憤っている。出発前、アルフォンソが、コルネーリオは生命の恩人だから助けようとしたのだ、と事情を説明してなだめてくれたし、コルネーリオも珍しく反省の色を示して謝ったのだが、それでも、鋭くにらみつけてくる。

「もしエミーリオが魔術師なら、盛大な炎がここまで襲ってきただろうな」アルフォンソがコルネーリオの隣りで苦笑して言った。「エミーリオも、分かっているはずなのだがな。素直でないだけだ。許してやってくれ」

一行を乗せたゴンドラは、ゆらゆらと波に揺られて、ドゥカーレ宮殿の薄紅色の壁と高い鐘《しよう》楼《ろう》を右手に眺めながら、サン・マルコ広場の脇を過ぎていく。ようやくヴェネツィアの街を貫く大運河へと入ったとき、アルフォンソが魔術師たちを振り返って、尋ねた。

「わざわざ、ゴンドラを二艘に分けて乗船させたのは、何か目的が？」

「ご明察」護衛剣士のフェルディナンドが、にやりとして答えた。「もう分かっているだろう？　あのフランス人の密偵たちについて、話すためだ」

「ああ、なるほど」アルフォンソは静かにうなずいた。「それで、何を知っている？」

「セヴラン・リュファス、アンボワーズ出身の二十九歳」フェルディナンドは、あたかも紙に書かれた情報を読み上げるように、すらすらと告げた。「公証人だった父親と、屋敷に出入りしていた仕立て屋の娘の間に生まれた庶子だったが、十一歳のとき、母親が手練手管を尽くして地元の小地主の後添いに収まったことで、運が開け始める」

この突然現れた異母弟を、小領主の愚鈍《ぐどん》な跡取り息子である兄や、姉たちは嫌悪して、徹底的に冷遇した。だが、十一歳の少年はしたたかだった。陰湿ないじめをにこやかにやり過ごして、母親譲りの舌先三寸と愛想の良さで使用人たちを魅了する。柔らかな褐色の巻き毛や、どこか謎めいた微笑《びしょう》を浮かべる中性的な容貌も、少年の思惑通りの効果をもたらした。見事に籠絡《ろうらく》された使用人たちが、ことあるごとに、かれらの大切な〝無垢な天使〟を守り、かれを攻撃する兄や姉たちの横暴を主人にそれとなく伝わるように耳打ちするようになるまで、時間はかからなかった。

「そして、リュファスが二十四歳のとき、父親の所領で農民たちの蜂起が発生する。今から五年前のことだ。愚鈍な跡取り息子の兄は、これらを暴力で鎮圧しようとして、かえって騒動を大きくした。武装した農民たちは収穫小屋を占拠して、火をつけると息巻いたが、そこに単身、乗り込んでいったのが、リュファスだった」

何をどう説得したのかは分からない。けれども、鮮やかな舌先三寸でリュファスはあっという間に農民たちを丸め込み、蜂起を解散させてしまった。その噂は、国王フランソワ一世の側近の耳にまで伝わった。

「その後は、お決まりの出世の道だ。当時、フランソワ一世はようやく念願のミラノ奪還を果たしたものの、直後にパヴィーアの戦いでカール五世の軍隊に惨敗し、マドリードで虜囚となるなど激しい浮沈の渦中にあったから、有能な交渉の弁士は重宝された。綱渡りの外交と諜報の世界で、リュファスは頭角を現していった。今では、フランス王のお気に入りの密偵だ。そして、そういう油断のならない男が、われわれの探索に同行している。それが、今の状況だ」

アルフォンソは、たいした感銘を受けた様子を見せなかった。そんなことなど、とっくに分かっていたのだと、コルネーリオは気づいた。

「それで?」アルフォンソがそっけなく問い返した。「おれたちにどうしろと? フランスを切れないフィレンツェの事情は承知だろう?」

「もちろん、承知しているとも」フェルディナンドは軽く肩をすくめた。「分かっているなら、それでいい。友情のしるしに、警告しただけだ」

コルネーリオは不意に心配になって、アルフォンソの目を見上げた。フランチェスカも不安そうな表情を浮かべている。アルフォンソがそれに気づいて、二人に向かって、軽くうなずいてみせた。

こういうことがあるかも知れない、とは言われていた。ヴェネツィアとしては、フィレンツェとは手を組んだとしても、ハプスブルクと同じくイタリア半島に食指を伸ばすフランスと秘密を分け合うのは、ごめんだと思っている。だから、フィレンツェにフランスに対する離間策を仕掛けてくるかも知れない、と。

けれども、フェルディナンドの言葉には、そうした含みは感じられなかった。むしろ、あの気障《きざ》な優男《やさおとこ》のセヴラン・リュファスのほうが、よっぽど胡散臭《うさんくさ》い。自分は甘いのだろうか、とコルネーリオは思った。諜報の世界には向いていないのかも知れない。

「大丈夫だ」アルフォンソがコルネーリオに向かって言った。「お前が心配することじゃない。裏切りの兆候には、十分に目を光らせているさ」

コルネーリオは、再びアルフォンソの目を見上げて、ああ、そうなのだ、と思った。アルフォンソもまた歴戦の武人で、れっきとしたフィレンツェの密偵なのだ。

「それよりも、陸に上がったら、覚悟しろ。お前が自分で身を守れるよう、もう一度、徹底的に武器の使い方を仕込んでやる」

ゴンドラはすでにリアルト橋を過ぎて、大運河を北へと向かっていた。霧は晴れ、青空がのぞき始めている。間もなく、街を抜け、潟《かた》を渡り、対岸の本土へとたどり着くだろう。

コルネーリオは、アルフォンソの手をそっと握った。隣りには、フランチェスカもいる。それだけで、力が湧いてきた。コルネーリオは、決意を込めて告げた。

「行こう、ダイダロスの迷宮の中心へ」

「了解、船長どの」

アルフォンソが笑う。コルネーリオもつられて笑い、つかの間のひとときその声を、大運河を吹き抜ける風が空へと運んでいった。

第二部

1

「そうか、手に入れたか……」

ヴァチカンのシスティーナ礼拝堂の荘厳な天井画の下で、教皇クレメンス七世は独りごちた。広大な空間には煌々《こうこう》と火が灯されて、ミケランジェロが描いた創世の物語を浮かび上がらせている。神が光と闇を創り、天と地を創り、人間を創り、指先から魂を吹き込んでいく。その壮大な叙事詩の世界に見下ろされるようにして、クレメンスの面前に、神聖ローマ皇帝カール五世の使者が片膝をついて頭を垂れていた。

「それで――かれらは暗号詩を解いて、次の目的地に向かったのだな?」

クレメンスは、低頭した使者へと声を響かせた。使者は深く一礼した。

「間もなく、教皇猊下《げいか》に朗報をお届けできるかと」

「なら良いがな」クレメンスは純白の祭服の裳裾をさばいて、薄い笑みを浮かべた。「だが、まさかフィレンツェの愚者どもが、ヴェネツィアの魔術師と手を組もうとはな。ゆめゆめ、油断することはならぬ」

もちろん、そなたの皇帝も分かっているはずだがな、という警告を言外に匂わせる。使者はその顔に張りついた恭順の仮面を微塵《みじん》も揺るがせにせず、慇懃《いんぎん》に答えた。

「もちろん、心得ております」

「では、皇帝の〝夜の騎士〟に伝えよ。われらは、互いに得たいものを得る。それが、友情の杯を固めることになろう、とな」

冷ややかな追従の気配を残して使者が退出した後も、クレメンスは、荘厳な天井画を仰ぎ見ながら、この迷宮の探索と、巨大な陰謀の構図に思考を巡らせていた。やがて、侍従の一人が現れて、銀の杯に注いだ葡萄《ぶどう》酒を運んできた。

その紅の液体を咽喉《のど》へと流し込みながら、クレメンスは今この状況の皮肉を思った。あの凄《せい》惨《さん》なローマ劫略《ごうりゃく》で永遠の都を破壊して、クレメンスを拘禁のごとき境遇に追い込んだ張本人たるカール五世と、まさかこれほど早々に再び手を組むことになろうとは。だがこの屈辱も、メディチ一族の手にフィレンツェを取り戻すためだった。

本来なら、この上辺ばかりの同盟の裏で、カール五世をボローニャでの戴冠式へと誘い出し、始末するはずだった。だが、その暗殺劇の要であったウェルギリウスの呪文書を奪う計画は、つい数カ月前、ヴェネツィアの魔術師どもに阻《はば》まれた。だからこそ、こうして舵《かじ》を切り換えて、新たな盤上の遊戯に興じている。

この冷酷な世界で、正義や友情ほど、脆《もろ》く、移ろいやすいものはない。それが現実だ。情勢に応じて柔軟に適応できぬ者は、滅びるしかない。

カール五世の権勢にも、つけ入る隙はある。最善の筋書きは、カール五世の協力でフィレンツェを取り戻した後、東方からのオスマントルコの侵攻が、ハプスブルクの膝元であるウィーンを破滅させることだ。そうすれば、忌々《いまいま》しき皇帝の軍勢はイタリア半島から駆逐される。だから、フランスがオスマントルコに接近して、背後からウィーンを襲うよう異教徒どもを煽動《せんどう》しているのを、黙認してやってもいる。

「だが、小賢しきは、裏切り者のミケランジェロだ」

クレメンスは、銀の酒杯を手につぶやいた。ミケランジェロを見いだして、才能を伸ばしてやったのはメディチ家だ。伯父の〝豪華王〟ロレンツォはまだ少年だったミケランジェロをメディチ家の庭園に住まわせ、収集した数々の美術品に触れさせて、芸術の何たるかを学ばせた。クレメンス自身もミケランジェロの才能を愛し、サン・ロレンツォ教会のメディチ家礼拝堂や教会付属のラウレンツィアーナ図書館の構想を依頼するなど、何かと贔屓《ひいき》にして取り立ててきた。

そのミケランジェロが、あろうことか、生前は犬猿の仲だったレオナルド・ダ・ヴィンチの残した秘密とやらを頼りにして、この恩人たる自分に歯向かうとは。

「考え直すのだ、ミケランジェロ・ブオナローティよ」クレメンスは、愛憎の入り交じった声でつぶやいた。「このままでは、そなたを殺さねばならなくなる」

どうか、考え直すのだ、ともう一度つぶやいて、苛立ちのため息を抑え込む。それから、再び巨大な天井画を見上げて、杯の残りを一気に飲み干した。

鋭い音がして、アルフォンソの一撃がコルネーリオの武器を弾き飛ばした。

「——上の空だな」

アルフォンソは下草の茂みを踏んで、地面に落ちたオークの棒を拾い上げた。この日の夜営地に選んだ樹間の林間地には火が焚かれ、グリエルモとエミーリオが、集めた枯れ枝を投げ込んでいる。フランチェスカはヴェネツィアの魔術師たちと一緒に古い倒木に座り、フランス人たちは大樹の幹にもたれて弩弓《どきゅう》と剣の手入れをしていた。

アルフォンソはコルネーリオに近づいて、その手にもう一度、オークの棒を握らせた。

「緊張しているのか?」

「ううん、そんなことない」コルネーリオが、はっとわれに返ったように答えた。「少し、考え事をしていただけ。何でもない」

それが嘘なのは分かっていた。アルフォンソは一つ息をついて、武器を下ろした。

「今日は、ここまでだ。よく身体を休めておけ」

ヴェネツィアを出立してからパドヴァへと向かい、さらにイタリア半島のつけ根を横切るように街道を南西へと馬で走破して、ようやく目的の街まであと半日の距離まで到達していた。明日には、密かに城壁を越えて潜入する。

道中、アルフォンソは毎日のように、コルネーリオに武器の扱いを教えてきた。コルネーリオは有望な生徒のように思えた。森で薬草や木の実や山菜を採るだけでなく、罠《わな》を仕掛け、投石紐で礫《つぶて》を放って獲物を狩る暮らしをしていただけに、目は良く、動きも俊敏で、素質はあるように思えた。だが問題は、コルネーリオが棒術の訓練より、魔術のことを学ぶのに心を奪われていることだった。

アルフォンソにも、その気持ちは理解できた。コルネーリオは、これまでただ一人で自らの力に怯えて暮らしてきた。そこに、同じ力を持つ同類、理解者が現れたのだ。しかも、魔術師たちの技には、アルフォンソでさえ目を瞠《みは》らざるを得ないものがあった。

ヴィオレッタは氷や炎や風を操って、さらには身体能力を強化して高く跳躍したり、敏捷《びんしょう》に攻撃を放ったり、真に迫った幻影を見せたりした。青白い火焔《かえん》が標的を攻撃するさまや、氷や風が鋭い刃となって大木の樹皮を切り裂くさまを、コルネーリオは驚きに目を見開いて、喰い入るように見つめた。

ヴィオレッタが敏捷の魔術を使ったときには、不意に姿が消え、まだ距離があると思っていたのに、ほとんど目で追えないほどの加速された動きで一瞬のうちに間合いを詰められて、背後に回られていた。そうした驚異の技の一つ一つに、コルネーリオは目を輝かせて、熱心に質問を浴びせた。

だが、アルフォンソをうならせたのは、そうした攻撃の魔術だけではなかった。

「このキリスト教世界で、魔術師は〝悪魔の技〟を使う異端者だと思われている」あるとき、ヴィオレッタがコルネーリオに魔術を披露してみせるのを眺めながら、護衛剣士のフェルディナンドが不敵な笑みを浮かべて言った。「だとすれば、ヴィオレッタは、異端の中の異端と言うべきだろうな」

確かに、ヴィオレッタは治癒の魔術が得意だと、ヴェネツィアにいたときに話していたのは憶えていた。だが、それだけではなかった。ヴィオレッタは身体能力を強化して高く跳躍したり、敏捷に動いたりするのと同様に、視覚や聴覚を強化して、明かりのない暗闇の中で戦ったり、離れた場所の会話を聞いたりすることができた。むしろ、氷や炎を呼び起こす攻撃魔術より、そちらのほうが得意だという。

本当に、そのようなことができるのか、とアルフォンソは訝《いぶか》ったが、実際にヴィオレッタが月明かりもない夜に弓を射て命中させたり、宿で扉の向こうの会話を正確に再現してみせたりするのを見て驚愕した。アルフォンソのような密偵にとっては垂涎《すいぜん》の能力だった。諜報の幅は飛躍的に広がるに違いない。

だから、コルネーリオが魔術に惹かれる気持ちも理解できた。さらには、ヴィオレッタが似たような境遇で育ち、コルネーリオの母親と同じく魔女裁判にかけられた経験があることも、共感を強める一因になっていた。

ヴィオレッタはローテンブルクの郊外の村の出身で、十五歳のときに治癒の魔力を発現した。母親と二人でそのことを隠して暮らしていたが、今から五年前、二十歳のとき、凶作と疫病が重なった年に女たちに密告され、魔女裁判にかけられてしまう。そして、異端審問官の拷問によって死にかけていたところを救い出され、ヴェネツィアに帰順して、ドイツ名からイタリア名へと改名して共和国の魔術師となった。

その境遇を、コルネーリオがどこまで自分と重ねて見ているのかは、分からない。だが少なくとも、魔術に心を奪われて、武術の稽古が上の空なのは分かった。しかも、フランチェスカまでもがコルネーリオの隣りで喰い入るような目をしてヴィオレッタの説明を聞いている。少しでもコルネーリオのことを理解して、力になりたいと思っているのだ。

アルフォンソは、一つため息をついて、夜営地の焚き火のほうへと歩いていった。グリエルモが、もう終わったのか、と哀れむような視線を向けてくる。アルフォンソは、かぶりを振って、その隣りに座った。

「見事に振られたな」

グリエルモが目を細めて、視界の先で嬉々として魔術師たちとフランチェスカの会話に加わるコルネーリオの姿を見つめて言った。本人たちは気づいていないかも知れないが、笑い合うコルネーリオとフランチェスカの肩は、今にも触れ合いそうだ。

「愛やら恋やらといった感情は、われわれのような生き方とは無縁だが、どうして、なかなか奥深く、微笑《ほほえ》ましいと思わぬかね？」

「皮肉はやめてくれ」アルフォンソは、目の前の蠅を追い払うように手を振った。「恋煩《こいわずら》いの少女でもあるまいし、別に、魔術師たちと張り合うつもりはない。フランチェスカともな。おれはただ、コルネーリオに自分の身を守れるようになって欲しいだけだ」

「まあ、そういうことにしておこう」グリエルモがにやにやとして言う。

まったく、とアルフォンソは内心で舌打ちした。最近は、コルネーリオばかりでなく、グリエルモにまで言い負かされそうになってしまう。

「あんな疫病神のことなど、放っておけば良いのですよ」エミーリオが、焚き火に枯れ枝を投げ込みながら言った。ぱっと火花が散り、不機嫌な顔を照らす。「何なら、わたしが相手をして、気合いを入れ直してやっても構いませんよ」

哀れな襤褸布《ぼろぬの》のように叩きのめされて、血反吐《ちへど》を吐いているコルネーリオの姿が思い浮かんで、アルフォンソはげんなりとした。

「だから、言っただろう。コルネーリオは、おれの生命の恩人だと。だから、助けようとした。もし、おれの身が危険にさらされたら、お前だって同じことをするだろう?」

エミーリオは、いっそう不機嫌な顔をした。「それとこれとは違います」

「いや、同じだよ。何度も言うが、コルネーリオは生命の恩人だ。もし背を向けて見捨てれば、おれは恥知らずになる」

「そうとも、どうせ叩きのめすなら、あのフランス人の従者のシャサールにしておけ」グリエルモが再び割って入って、鎮火しかけた火に油を注ぎ込んだ。「あの男、わたしが馬車から降りてくる姿を見て、鼻で笑いやがった。しかも、いけ好かない薄笑いを浮かべて〝腰の調子はどうですかな、ご老体?〟などと抜かしおった」

「そう憤るような話でもあるまい」アルフォンソは、いっそうげんなりとして言った。「あんたのことを、心配しただけだろう?」

「まさか！　〝ご老体〟だぞ。悪意しかあるまい！」

「フランス人だから、トスカーナ方言の使い方を誤ったのでは？」

「――お前さんの目は節穴か？」

アルフォンソは再び押し黙った。それを同意と取ったか、グリエルモが勢いづいた。

「あの男、もとはリュファスの父親の屋敷の馬番だったそうじゃないか」グリエルモは盛大に鼻を鳴らして暴露した。おおかた、フェルディナンドにでも聞いたのだろう。「人と話すより、馬と話すほうが気性に合う変人だったが、リュファスとは子供のころから気が合ったそうだ。異母兄姉の執拗《しつよう》な嫌がらせからも、守ってやったとか」

だからなのか、とアルフォンソは合点がいくのを感じた。あの無愛想な男がリュファスにだけは従順な態度を取るのが、これまで謎だった。それに、厩舎《きゅうしゃ》の番人なら、狩りにも同行するから、弓や猟犬の扱いにも慣れている。

「まあ、馬の気持ちは分かるが、人間の気持ちは分からない。そういうやつだ」グリエルモがぴしゃりと決めつけた。「だから、平気で〝ご老体〟などと抜かしおるのだ。リュファスとは、人間の心がない者同士、気が合うのだろうよ」

「分かった、分かった」アルフォンソは、もう降参だ、というように両手を掲げて、話題をそらした。「それより、明日のことだ」

瞬時に、グリエルモとエミーリオの表情が引き締まる。アルフォンソは思考を切り換えて、これからの任務のことに集中しようとした。

明日の今ごろには、いよいよ目的の街へと、密かに城壁を越えて潜入する。どうせなら、ヴァチカンとハプスブルクの連中が自力では暗号詩を解けずに、現れなければ良いと思ったこともあった。だが、今日の午後、斥候《せっこう》として先行していたエミーリオが、街道の先で黒衣の騎士とヴァチカンの暗殺者の一団を発見した。そのことは、かれらも目的地は同じであり、ぎりぎりで追いつくことができた、ということを示していた。
アルフォンソは、ヴェネツィアで見つけた石板の暗号詩を再び思い返す。

われは彼岸《ひがん》への巡礼者、
水を寄せつけぬ城壁から隘路《あいろ》を抜け、
最古の聖なる顔貌へと到る。

されど、真実への道は危険と誘惑に満ち、
陸を領有し、海を支配する王が、
探求者たちを柱廊の　礎《いしずえ》　に縛りつける。

解放されしは天空のみ、
けだし、秘密は迷宮の深奥にあり、
しばし翼を休めて深き底を目指すべし。

今回も、解読の口火を切って一連目の三行詩の意味を解き明かしたのはフランチェスカだった。その街のことを、書物で読んだことがあったという。〝最古の聖なる顔貌〟とは、最古のキリスト磔刑像《たっけいぞう》、ヴォルト・サントのことだ。キリストの弟子のニコデモが天使の助けを得て刻んだとされる木彫りの像で、本当のキリストの顔を写し出している、と伝えられる。現在は、フィレンツェからピサへと向かうトスカーナの平原に位置する城塞都市、ルッカのサン・マルティーノ大聖堂に収められている。

それが分かれば、〝水を寄せつけぬ城壁〟という謎めいた言葉の意味も解ける。今からおよそ百年前、一四三〇年にフィレンツェがルッカの攻略を試みたときのことだ。高名な建築家のブルネレスキが、ある奇抜な作戦を考案した。ルッカのすぐ近くを流れるセルキオ川を堰き止めて、城壁へと向けて掘った水路に一気に水を流し込むことで、街を水攻めにしようとしたのだ。だが、この作戦は敵に察知され、水路の先に築堤を築かれてしまう。水路の堰《せき》は切り崩され、逆流した水がフィレンツェの陣営を襲い、ルッカ攻略はあえなく失敗に終わることになった。

この歴史上の出来事については、マキアヴェッリも『フィレンツェ史』の中で記している。もちろん、フィレンツェの密偵であるアルフォンソも知っていた。本来なら、フランチェスカより先に目的地に気づかなければならなかった。

ルッカは古代ローマ時代以前にまで遡る伝統を持つ街だ。ローマからロンバルディア地方、さらにはフランスへと続く街道の要にあり、〝最古の聖なる顔貌〟をひと目見ようと、多くの巡礼者が訪れる。だから、最初の三行詩が意味するのは、ルッカの狭い道を抜け、大聖堂へと向かえということだ。

そこまでの説明を聞いて、グリエルモが手を打って叫んだ。「ああ、そうつながってくるわけか！　ならば、二連目の三行詩は、オウィディウスの『変身物語』だな！」

フランチェスカはにっこりとうなずいた。グリエルモも気づいた通り、〝陸を領有し、海を支配する王〟とは、オウィディウスの『変身物語』を下敷きにした詩句で、クレタのミノス王のことを指している。そのギリシア神話を題材とした物語の中で、テセウスがミノタウロスを退治した後、アリアドネに糸球の策を授けたとして迷宮に幽閉されたダイダロスは、息子のイカロスとともに迷宮から脱出を図る際に、こう決意する。

〝陸と海とを封鎖することはミノスにもできようが、少なくとも空だけは開放されている。そこを通って脱出するとしよう〟

そして、まさにそのダイダロスの迷宮をモチーフにした浮き彫りが、ルッカの街には存在する。最古の磔刑像、ヴォルト・サントを収めたサン・マルティーノ大聖堂だ。ファサードを飾る柱廊の向かって右側、高い鐘楼《しょうろう》との境に位置する礎の大理石に、テセウスとアリアドネの神話とともに迷宮の図柄が刻み込まれている。〝ラビュリントス〟と呼ばれるこうした図像は、迷宮をたどる困難な道のりが聖地エルサレムへの巡礼を象徴しているとも言われる。

ここまで解ければ、あとは、リアルト橋で見つけた翼の飾りの鍵を使えということだ。どこかに鍵穴があり、差し込めば、〝深き底〟から秘密が現れる仕掛けだろう。

イタリア半島を覆う長年の戦乱の中で、ルッカは教皇庁やフランス、ハプスブルクといった大国のいずれの影響下にもなく、独立した勢力を保った数少ない都市の一つだった。地勢上、古くからフィレンツェとピサの争いにも巻き込まれてきたが、巧みな政略で乗り切ってきた。堅固な城壁で守られて、密偵の出入りも厳しく監視されている。

だから、残る問題は、どうやってそのルッカの街へと潜入して、黒衣の騎士とヴァチカンの暗殺者と戦い、秘密への手がかりを奪い返すのか、ということだった。

「戦う必要はない」そう主張したのは、魔術師のヴィオレッタだった。二日前の夜、街道の宿場に着いて、食堂に身を落ち着けたときのことだ。「確実に勝てるという見込みがない限り、決闘を申し込むのは、愚か者のすることでしかない」

では、どうするのか、と尋ねたアルフォンソに、ヴィオレッタは、まずは自分たちが飛翔の魔力で城壁を乗り越えて、敵が到着するより先回りする、と説明した。

「見張りの手薄な場所を狙えば、城壁くらいは跳躍して簡単に越えられる。そうして、先回りして身を隠して、かれらが来るのを待ち受ける」

「だが、〝戦う必要がない〟とは？　待ち伏せして、奇襲するのではないのか？」

「かれらには、迷宮に隠された秘密を見つけさせる。わたしたちが焦る必要はない」

「――つまり？」

「ここはまだ、ダイダロスの迷宮の中心ではない、ということよ」ヴィオレッタは謎めいた言い方をした。「まず間違いなく、このルッカにあるのは、レオナルド・ダ・ヴィンチが残した兵器の設計図じゃない。地縁も土地勘もないルッカに、それほど重要な秘密を隠すことができたとは思えない。秘密はきっと、もっとレオナルドにとって重要で、思い入れのある場所に隠されたはず。だから、ルッカはあくまで中継地で、ここにあるのは、恐らくは、また次の目的地への暗号詩」

「だとすれば、また石板か」

「あるいは、手稿でしょうね。ヴェネツィアでは、秘密は大運河の水中にあったから、石板に刻む必要があったけれど、大聖堂の柱廊の仕掛けに隠すなら、紙でも構わない」

「だが、それを、どうやって奪う？」

「奪う必要はない」ヴィオレッタは静かに首を横に振って、唇に微笑《びしょう》を浮かべた。「言ったでしょう、戦う必要はないと。もしかしたら、あの真鍮《しんちゅう》の鍵はまた必要になるかも知れないから、手に入れておきたいけど、無理する必要はない」

そうして、アルフォンソたちに戦術の詳細を説明した。

確かに、よく考えられた作戦だった。そのことは、アルフォンソも認めざるを得なかった。相手の意表を突き、こちらの危険は最小限に抑えられている。だが――

「コルネーリオのことが、心配か？」

不意に響いたグリエルモの声が、アルフォンソの思考を破った。焚き火の光が、穏やかな表情を照らしている。アルフォンソは、かぶりを振って答えた。

「心配がない、と言えば、嘘になるな。確かに、あの魔術師たちが考えた作戦は、合理的だと思う。最も確実性が高そうだとも思う。だが、危険がないわけじゃない」

「コルネーリオが危険にさらされるのが、気に入らないのだろう?」グリエルモが見透かしたように言った。「だが、お前も、あの子のことを信じないと」

「努力はしている。だが、ヴェネツィアでの出来事を考えると——」

「大丈夫だ。今度は戦いにはならない。そうだろう?」

「ああ、おれたちの目論見の通りに行けばな」

アルフォンソは、ふと視線をそらして、少し離れた倒木の上で嬉々として魔術師たちと語り合うコルネーリオとフランチェスカの姿を見つめた。

明日の作戦で、コルネーリオは重要な役割を担うことになっていた。しかも、その大役に自ら志願した。この強情な少年が、こうと決めたら聞かないことは分かっていた。コルネーリオの気持ちも理解できた。これまで知らなかった魔術という新たな可能性に触れ、心を動かされたことで、魔術師たちの作戦に自分も加わりたいと感じているのだ。その意思を、尊重してやりたいとも思う。

だが、妙な胸騒ぎを感じるのだ。根拠はない。密偵の勘のようなものだ。

「いいか、ぼうず」グリエルモが真剣な表情で言った。「お前の悪いくせだ。一人で、すべてを背負い込むことはできぬ。あの子を信じねば」

「だが、コルネーリオは、まだ子供だ——」

「お前が傭兵に志願したのと、同じ歳だ。それでも、何も決断できぬ子供だと？」

アルフォンソは、再び押し黙った。

「あの子も、いつまでも守られるだけの存在でいることはできぬ。お前もそうだっただろう？　わたしの言うことを、一度でも、素直に聞いたことがあったか？」

アルフォンソは、不承不承にうなずいた。「確かに、そうだったな」

「分かったら、お前も明日に備えて、早く休め。見張りには、わたしが立つ」

「老骨に鞭打って、か？」アルフォンソは、鬱々《うつうつ》としかけた気分を晴らすように、ささやかな反撃を試みた。「知っているぞ。おれが見ていないと思って、隠れて関節をさすったり、肩を押さえたりしているだろう？　目だって霞《かす》んでいるみたいじゃないか」

「む、そんなことはないぞ――」グリエルモが、むきになって反論しようとする。

「いいから、照れることはない、尊き〝ご老体〟どの」

「む、ブルートゥス、お前もか」

アルフォンソは、その肩を軽く小突いて笑った。「少し眠ったら、交替する。肝心なときに関節が悲鳴を上げては、ことだからな」

2

蒼《あお》ざめた月光の下、グスタフ・ヴァイデンフェラーは黒衣を周囲の闇に溶け込ませるようにルッカの街を歩いていた。天鵞絨《ビロード》を思わせる夜空を背景に、古代ローマ時代の雰囲気を色濃く残した広場や、教会の鐘楼《しょうろう》や家々の輪郭《りんかく》が浮かんでいる。時折、遠くを行き交う夜警の灯火をやり過ごしながら、黒衣の騎士は、ヴァチカンの〝死の天使〟サリエルと二人の配下の兵とともにサン・マルティーノ大聖堂へと向かっていた。

「あの不信心者どもの動きが、気になるか？」ヴァチカンの暗殺者が、魁偉《かいい》な容貌に狂信者めいた笑みを浮かべて尋ねた。「まさか、ハプスブルクの〝夜の騎士〟ともあろう者が、あのような悪魔の忌《い》み子どもを怖れるのか？」

「いや」ヴァイデンフェラーは、軽く肩をすくめて受け流した。「わたしが、これまで異端者どもをどのように始末してきたか、そなたも知らぬわけではあるまい」

「もちろん、知っている。ならば、次こそは、確実に息の根を止めるべきだ」

「言われるまでもない」

ヴァイデンフェラーは嫌悪を押し隠して、残忍な笑みから視線を外した。皇帝から直々に命じられた任務でなければ、このような男と行動をともにするなど、考えられぬことだった。とりわけ、戦いのために薬物を使って身体能力を増強していることが、気に障った。自らに力量がないと公言するようなものだ。薬に頼らねば、敵の動きについていけず、痛みにも耐えられない。籠手《こて》に仕込んだ刃と鉤爪《かぎづめ》も、野蛮な武器だった。しょせんはアウェンティヌスの暴力団の飼い犬だった男だ。この自分とは違う。

アンスバッハ辺境の小領主、ヴァイデンフェラー家の次男として生まれたグスタフが、教区の異端審問官として魔女狩りに血道を上げたのは、まだ二十代のころだ。伝統を重んじる厳格な父親のもとで育ったために、その仕事は、グスタフの気質に合っていた。

けれども、それだけが理由ではなかった。

時代の流れはヴァイデンフェラー家のような下層の貴族に厳しく、新興の商人階級の台頭によって、それまでの貴族の特権は脅かされつつあった。ヴィッテンベルクで修道僧のルターが教会の扉に弾劾文を叩きつけて以来、伝統的なカトリックの宗教的権威も揺らいでいた。さらには、戦場ではマスケット銃とパイク歩兵が主力となり、かつては戦場の華だった栄誉ある騎士は時代遅れとなりつつある。グスタフが叩き潰そうとしたのは、そうした伝統や権威や血統に逆らう輩《やから》だった。

思えば、幼いころから、グスタフはそうした破壊的な衝動を感じていた。屋敷の屋根裏部屋で鼠《ねずみ》を捕まえては檻に入れ、共喰いを始めるまで飢えさせて、暗い喜悦に浸ったものだった。同じ情熱を注いで、グスタフは異端審問官の務めに没頭した。

だがそれも、四年前までのことだった。あの忌まわしき農民戦争で所領に近いローテンブルクの街がフロリアン・ガイアー率いる反乱軍の側についてルター派に改宗しようとしたことが、その後の人生を大きく変えることになる。

当時、すでにヴァイデンフェラー家の所領を継いでいた兄のヨハネスも、この反乱鎮圧の城市攻めに参加したが、あろうことか攻城戦の最中に下賤な農民の槍を受けて、戦死してしまう。目の前で兄を失ったグスタフは激高した。ルター派の愚民どもへの怒りが爆発し、暗い情熱はさらに燃え上がった。

兄の死によって所領を受け継いだグスタフは、神聖ローマ皇帝カール五世の傭兵となり、軍隊を組織して、愚民どもの反乱を徹底的に叩き潰した。やがて、その偏執狂的とも言える活躍がカール五世の目に留まり、皇帝直々の密命を受ける〝夜の騎士〟となった。以来、兄を殺した逆賊や背教者どもを狩り立てることにすべてを注いできた。今でもなお、古風な騎士の長剣を使うのは、時代の流れに抗う矜持のためだ。

そして、今回の任務——

フィレンツェの共和制の愚かな信奉者どもが神の威光に楯《たて》突くのを、打ち滅ぼすべしとカール五世の面前で直々に命じられたとき、グスタフ・ヴァイデンフェラーの心は暗く躍った。これまでずっと、人文主義者の戯言《たわごと》にかぶれたフィレンツェの理想や大義というものには、心底、虫酸《むしず》が走る思いを感じていたからだ。

かれらは神の教義に疑義を差し挟む。芸術と称してギリシアの異教の神々に傾倒し、人間の裸体を美しいと礼讃し、それを彫刻や絵画に表して悔い改めることすらない。ミケランジェロはその筆頭だ。ヴァチカンの『ピエタ』で不敬にも若すぎるマリア像をでっち上げ、破廉恥《はれんち》なダヴィデの像をシニョリーア広場の政庁前に飾り、さらには、システィーナ礼拝堂の天井をおびただしい数の裸体で埋め尽くした。そうして神の聖性を貶めて、神が教皇を通じて授けた王権を否定して、人間には理性と尊厳があるなどと妄言して、共和制などという市民による統治こそ正統な政治であると主張する。

そのような愚かな理想主義者には、神の鉄槌《てっつい》が下されねばならなかった。

人間は生まれながらに原罪を背負っている。だから、信仰に疑いを抱くことなく、人間の罪を一身に引き受けたキリストに贖《あがな》い続けねばならない。なのに、あの人文主義者どもは、ギリシア時代のプラトンに立ち返り、人間は自由を謳歌《おうか》すべきだと説く。だが、そのような煽動《せんどう》は、神が七つの大罪として戒《いまし》めた欲望を解放するだけの無秩序だ。

かつてレオナルド・ダ・ヴィンチは、芸術と自然の理解のためと称して首吊り台から死体を盗み取り、腹を短刀で裂き、神の創造物である人体を解剖した。そこに神への畏敬《いけい》はどこにもない。

さらには、地獄に落とされた魔術師のシモン・マグスのように空を飛びたいと願い、神ならぬ人間の身でありながら大それた研究に没頭した。キリストの奇蹟のように水の上を歩くと吹聴し、そのための装置を考案しさえもした。キリストや聖人の後ろに光輪を描くことを莫迦《ばか》げたことだと言い、芸術は人々の信仰を強めるために存在すべきだという教会の考えを嘲《ちょう》笑《しょう》した。

当時の異端審問官は何をしていたのか、とヴァイデンフェラーは憤りとともに思う。自分なら、決して黙認などしない。火刑の炎の中へと投げ込んで、その魂が浄化されるまで焼き尽くしていただろう。

そして今、フィレンツェは、その傲慢《ごうまん》な芸術家が考案した兵器で抗おうとしている。

「笑止千万だ」ヴァイデンフェラーは思わずつぶやいた。

ヴァチカンの〝死の天使〟が振り返った。「何か言ったか?」

「いや、何でもない。こちらのことだ」

ヴァイデンフェラーは月影の射す暗がりの中を、サン・マルティーノ大聖堂へと向かって歩き続けた。人通りの絶えた街路を静寂が覆っている。夜空に向かってそびえ立つグイニージの塔のそばを過ぎ、家々の窓明かりを頼りに路地を抜けると、唐突に視界が開けて、大聖堂が見えた。

守護聖人の彫像を戴く三連アーチに支えられた巨大なファサードが、篝火《かがりび》の光に浮かんでいた。その右隣りには、高い鐘楼が濃紺の夜空を背景にそびえている。

「着いたぞ、目的の迷宮だ」ヴァイデンフェラーは、ヴァチカンの暗殺者と二人の配下を振り返った。「わたしが、秘密の隠し場所を探す。その間、周囲の警戒を」

ヴァイデンフェラーは、ファサードの三連アーチを支える最も右側の柱に歩み寄った。足を止め、篝火に照らされた柱の側面に目を凝らす。

揺らめく光の中に、石の柱に刻まれた迷宮のレリーフが浮かび上がった。中心から外へと同心円を幾重にも重ねるようにして、複雑な迷路を描いた〝ラビュリントス〟の紋様だ。

ヴァイデンフェラーは柱に手を添えて鍵穴を探した。最初は、それらしきものが見当たらず、まさか暗号詩の解読を誤ったのかと思ったが、足元へと目を落としたとき、敷石の一つにごく小さな、四角形の薄い石の蓋で覆われている部分を見つけた。それを短剣の刃の先で剝がして持ち上げると、ごく小さな鍵穴が隠されていることが分かった。

「あったぞ、この下だ」

ヴァイデンフェラーは巨大な肩を揺らして、その場に屈み込んだ。黒衣の懐《ふところ》から翼の形をした真鍮《しんちゅう》の鍵を取り出して、先端を鍵穴へと差し入れる。そのまま右に回すと、かちりと音がして、敷石がごとり、と浮き上がった。ヴァイデンフェラーは鍵を差したまま、蓋を持ち上げるように敷石の両端をつかんで引き上げた。

敷石の下には空洞があり、金属の箱が入っていた。開けると、四つに折り畳まれた紙片が入っていた。一枚だけか、と軽い落胆を覚える。ならば、これは秘密の兵器の設計図ではなく、新たな暗号詩だろう。

ヴァイデンフェラーは石畳に片膝をついて紙片を開くと、視線を走らせた。記されているのは、普通の文字ではなく、左右が反転した独特の〝鏡文字〟だった。左利きだったレオナルド・ダ・ヴィンチは、好んでこうした文字を使って手稿を記したと伝えられる。読みにくいが、訓練すれば、普通の文字と同じように読めないわけではない。

その独特の筆跡で一編の詩が綴られていた。ヴェネツィアで奪った石板と同じく、三連の三行詩からなる暗号だ。素早く詩句を唇の中で繰り返し、そこに記されたものの意味を理解したとき、ヴァイデンフェラーは思わず舌打ちした。

「どうかしたか?」ヴァチカンの暗殺者が振り返る。

「松明《たいまつ》を灯せ」ヴァイデンフェラーは片膝をついて紙片を開いたまま、配下の兵の一人に命じた。「そこに掲げて、おれがよく読めるようにしろ」

獣脂を染み込ませた松明に、火種から火が移されて、橙《だいだい》色の炎がぱっと燃え上がった。その光に紙片をかざして、もう一度、その内容を確かめる。間違いなかった。

「撤収だ」

ヴァイデンフェラーは紙片を折り畳んで、黒衣の懐へと仕舞った。それから、敷石を元の位置へと戻して、鍵を左に回して引き抜く。このとき、ふと指先に違和感を覚えた。視線を向けると、鍵の先端が濡れていて、そこから粘り気のある液体が指先へと滴っていた。匂いを嗅いでみて、油だ、と直感する。

ヴァイデンフェラーはさっと立ち上がった。このとき、頭上で短く一言、呪文を詠唱する女の声がした。次の瞬間、手の中で真鍮の鍵が燃え上がった。

その熱さのために、ヴァイデンフェラーは思わず鍵を手放した。小さな炎に包まれたそれが敷石の上に転がって、音を立てる。だが、驚愕している暇はなかった。

ヴァイデンフェラーは頭上を見上げた。刹那《せつな》、大聖堂の巨大なファサードの柱廊のアーチの上から、魔術師たちが飛翔して、蒼ざめた月光を背に舞い降りてきた。

3

黒衣の騎士の手の中で炎が燃え上がったとき、コルネーリオは、その光景を、真上に位置するファサードのアーチの上から見下ろしていた。やった、成功した、と胸を躍らせる。その瞬間、両隣りに身を潜めていたヴィオレッタとフェルディナンドが立ち上がった。腕輪に触れ、魔力を解放する。それから、コルネーリオを抱きかかえるようにして、アーチの上から飛翔した。ごう、と風が鳴り、浮遊感に包まれる。

暗号詩は、すでにヴィオレッタとフェルディナンドの二人が盗み見て、記憶した。そういう作戦だった。ご丁寧にも、やつらが松明《たいまつ》を灯して手助けしてくれた。

完璧だった――少なくとも、ここまでは。

戦う必要はない、とヴィオレッタが最初にその戦術を明かしたとき、コルネーリオは半信半疑だった。けれども、説明を聞いているうちに、考えが変わった。

「この陰の世界で諜報に携わる者たちの多くは、氷や炎や風を操って戦うだけが、魔術師の技だと思っている」ヴィオレッタは言った。「でも、本当はそうじゃない。わたしたちのような魔術師は、病や怪我を癒《いや》せるし、高く跳躍したり、敏捷《びんしょう》に動いたり、身体能力を強化することができる。同じように、わたしたちは視力や聴力を研ぎ澄まして、明かりのない暗闇の中で戦ったり、扉の向こうの会話を聞いたりすることができる」

そこまで聞いて、アルフォンソも、ヴィオレッタの言わんとすることを理解したらしかった。

「つまり、やつらはサン・マルティーノ大聖堂の迷宮で、鍵を使って秘密を取り出して、それを見る。もしそれが、手稿に記された暗号詩なら、立ち止まって、開いて読むだろう。それを、離れた場所に隠れたまま、強化した視力で盗み見るのだな?」

ヴィオレッタが静かにうなずいた。「そして、それを暗記する」

「本当に、できるのか? それほど、十分な時間があるとは思えないが」

「かれらと同じ時間しか、それを見ることができないならね」ヴィオレッタが、いつもの謎いた言い方をした。「でも、わたしたちには敏捷の魔術がある」

「だから? 素早く近づいて、眺めるとでも? やつらに斬り捨てられるだけだ」

「近づく必要なんてない。確かに、敏捷の魔術はわたしたちの動きを素早くするけれど、それは、裏を返せば、周囲の動きが遅くなるということよ。周囲の時間がゆっくりと進んで、魔力が燃え尽きるまで、時間は引き延ばされて感じられる。それは、相対的にかれらより時間が長くなるということ。だから、その間に暗号詩を記憶する」

あとは、もし可能なら、黒衣の騎士の手から鍵を回収して、脱出する。

そのために、迷宮のレリーフの下の鍵穴には、あらかじめ油を仕込んでおいた。やつらが鍵を差し込めば、先端が油で濡れる。それを引き抜いたとき、違和感に気づいて、身動きを止めて鍵を確かめるだろう。その瞬間を狙って、ヴィオレッタが火の呪文を唱えて燃え上がらせる。

単純だが、効果的な計略だった。

コルネーリオたちは、月光を背にアーチの上から舞い降りた。ヴィオレッタの魔力が見えない力場となり、羽毛を受け止めるように、落下が急減速する。コルネーリオたちは、ふわり、と石畳の上へと着地した。

目の前に、この突然の事態に身動きを止めた黒衣の騎士と、ヴァチカンの暗殺者がいた。けれども、意表を突けたのは一瞬だけだった。敵はすぐに立ち直った。黒衣の騎士が長剣を抜き、ヴァチカンの暗殺者が両腕を一振りして、籠手《こて》に仕込んだ刃と鉤爪《かぎづめ》を飛び出させる。

ヴィオレッタとフェルディナンドが、同時に腕輪に触れて魔力を発動した。青白い炎と雷撃が二筋の光となってほとばしった。黒衣の騎士とヴァチカンの暗殺者が、それぞれマントと僧衣を翻《ひるがえ》して、魔術の攻撃を阻《はば》む。閃光《せんこう》が砕け散って、視界を射た。

だが、目的は魔術で敵を倒すことではなかった。派手な演出は目眩《めくら》ましだ。閃光が激しく明滅する中を、コルネーリオは走った。それが、任された重要な役割だった。盲目になった敵たちの間をかいくぐり、黒衣の騎士のそばを駆け抜けると、コルネーリオは素早く炎を踏み消して鍵を拾い上げた。そのまま石敷きを蹴って、敵たちの間を突き抜けて走る。

振り下ろされる松明をかわして、火の粉を縫って駆ける。だが、突破した、と安堵の息をつきかけた、そのときだった。

「危ない、コルネーリオ！」

ヴィオレッタの声が鋭く警告した。コルネーリオが危険を感じて足を止めた瞬間、黒ずくめの男たちが三人、ファサードの柱の陰から突然現れて、コルネーリオの進路に立ちふさがった。手にした剣が月光にぎらりと光る。

伏兵だ、と悟った瞬間、鼓動が跳ね上がった。敵は四人だけだと思っていた。少なくとも、コルネーリオたちが先回りして隠れていたときに現れたのは、黒衣の騎士とヴァチカンの暗殺者と、その二人の部下だけだった。いつの間に、罠《わな》を仕掛けたのか。

けれども、そのことを考えている暇はなかった。コルネーリオは咄嗟《とっさ》に進路を変えて逃げようとした。その目の前に、ヴァチカンの暗殺者が立ちふさがった。

「また会ったな、小僧」

剃髪《ていはつ》した魁偉《かいい》な容貌の化け物は、にやりと唇を歪《ゆが》めた。その瞬間、薬物で強化された刃と鉤爪の攻撃が、信じられないほどの速さで襲ってきた。

やられる、と思わず目をつぶりかけた、まさにそのとき、鋼《はがね》が火花を上げて暗殺者の凶刃《きょうじん》を弾き飛ばした。フェルディナンドだった。長身の護衛剣士がさらに刃の一撃を打ち込んで、ヴァチカンの暗殺者を後退させる。

「子供を相手に大立ち回りとは、たいした〝死の天使〟だな」フェルディナンドが声を響かせて挑発した。「薬物に頼って狩る獲物が、年端もゆかぬ子供とはな」

「貴様こそ、忌《い》むべき〝悪魔の技〟に頼る軟弱者よ」ヴァチカンの暗殺者がせせら笑った。「魔術師の女の陰に隠れて奇襲とは、笑わせる」

異形の〝死の天使〟は、舗石を蹴って襲いかかった。フェルディナンドは即座に反応した。

さっと身を躍らせて、相手の攻撃をかわす。フェルディナンドは低い蹴りを放った。ヴァチカンの暗殺者がそれを跳び越えて、再び刃と鉤爪を振るう。フェルディナンドが素早くその攻撃を薙《な》いで、弾き返した。

だが、その間にも、三人の伏兵が剣を手に迫っていた。一人がフェルディナンドの背後に回り込もうとするのを見て、コルネーリオはその男に向かって突進した。懐《ふところ》に跳び込んで、もんどり打って石畳の上に転倒する。

男は剣を取り落とした。だが、背後から二人目の男が現れて、コルネーリオの襟首をつかんで引き起こした。そのまま投げ飛ばされて、地面に叩きつけられる。背中を打ちつけた激痛で、肺から息が吐き出された。そこへ三人目の男が、逆手に持った剣でコルネーリオを串刺しにしようと、体重を乗せてのしかかってくる。

ひゅっと風を切る音がして、飛来した矢が男の胸に突き刺さった。

その勢いで、男は後方へと弾き飛ばされた。コルネーリオは一瞬、今にも自分を殺そうとしていた男が目の前から消え失せたことに茫然とした。だが、跳ね起きて、後ろを振り返ったとき、広場の物陰に潜んで作戦の様子を見守っていたフランス人たちが、矢を放って掩護してくれたのだと分かった。

「逃げろ、コルネーリオ！」

広場の向こうからアルフォンソの叫び声が聞こえた。同じく物陰に潜んで情勢を見守っていたが、こちらに駆けつけて、加勢に入ろうとしている。

けれども、このときだった。不意に誰かがコルネーリオの手を引いた。

「つかまって、跳躍する!」

ヴィオレッタだった。いつの間にか、黒衣の騎士たちの隙を突いてコルネーリオのところまで来たのだと分かった。ヴィオレッタは腕輪に触れて、魔力を解放した。

「でも、アルフォンソが——」コルネーリオは後ろを振り向いてあえいだ。

「大丈夫、かれらなら自力で脱出できる」

魔力の気配がヴィオレッタの身体に流れ込むのが、コルネーリオにも感じられた。ヴィオレッタはコルネーリオを右腕で抱えると、素早く助走をつけて跳躍した。コルネーリオはしっかりとその身体にしがみついた。風が鳴り、高く舞い上がる。

次の瞬間には、広場を囲む建物の屋根に着地していた。隣りにフェルディナンドが続く。

広場を見下ろすと、大聖堂のファサードの前で、黒衣の騎士とヴァチカンの暗殺者が憎々しげな目でこちらを見上げていた。広場の向こうでは、コルネーリオたちの無事を確認したアルフォンソやフランス人たちが、すでに撤収を始めている。

コルネーリオたちは、広場に背を向けて屋根を走った。月光の下、家々の煉瓦《れんが》の上を疾駆して、傾斜を駆け上がり、次々と屋根を跳び移っていく。やがて、コルネーリオたちは街の終端まで到達すると、城壁を越えてルッカを脱出した。

アルフォンソは、樹間の小道を抜けると、ここまで駆けてきた馬から転がるように地面へと降り立った。落葉の絨毯《じゅうたん》が衝撃を受け止めて、何とか立ったまま踏みとどまる。エミーリオが続いて夜営地へと駆け込んだ。

「コルネーリオ！」アルフォンソは叫んだ。暗がりに視線を走らせて、姿を探す。

「ここよ」ヴィオレッタの声が返ってきた。

木々の向こうから青白い光が現れて、かれらの姿を照らし出した。追っ手を警戒していたのだろう。魔術師の杖の水晶に光を灯したヴィオレッタと護衛剣士のフェルディナンドが、コルネーリオを背後に守るようにして現れた。その向こうに、グリエルモとフランチェスカもいた。フランチェスカは、病弱な身体のこともあって今回のルッカへの潜入には加わっていない。グリエルモとともに夜営地で帰りを待っていた。よほど心配だったのだろう。まだ顔が蒼《あお》ざめている。

「アルフォンソ！」

コルネーリオが胸に飛び込んでくる。アルフォンソは受け止めて強く腕を回した。

「良かった。怪我はないか？」

「うん、何ともない。フェルディナンドが守ってくれた」コルネーリオが興奮冷めやらぬ声で言った。「おれ、やったよ。鍵を手に入れたんだ！」

「ああ、見ていたとも」

本当は、よくやった、と言ってやりたいところだったが、それどころではなかった。アルフォンソは、大きく一つ息を吐くと、抱擁《ほうよう》を解いて、フランス人たちを探した。

「リュファスとシャサールは？」

「ここですよ」背後から物憂《ものう》げな声が返ってきた。振り返ると、リュファスが褐色の巻き毛を風に揺らして、樹間の小道を歩いてくるところだった。「もし、今夜の戦いで、われわれが生命を落としたと考えておられたなら、ご期待に添えず残念です」

「リュファスさんにも、助けられたんだ」コルネーリオが目を輝かせた。「おれが襲われたとき、矢を放って、敵を倒してくれたんだ」

「おっと、矢を放ったのは、わたしではなくてシャサールです。礼を言うなら、かれにどうぞ。でも、まあ、かれは弓の名手ですから、たいしたことではありませんが」

コルネーリオが上気した顔で礼を言う。だが、当のリュファスの従者は馬の手綱を握ったまま、陰気な表情でじろりと少年を見ると、にべもなく言い放った。

「お前が危険にさらされると、そこのアルフォンソが大声で騒ぐからだ。うるさくてかなわぬから、救ってやった」

一瞬、場が凍りつく。リュファスが何事もなかったかのように〝翻訳〟してみせた。

「つまり、アルフォンソどのがコルネーリオを大切に思う気持ちに感動したために、気がついたら、思わず助けようと身体が動いていた、という意味ですよ」

「はん、そうは聞こえなかったがな」グリエルモが盛大に鼻を鳴らした。

「まあ、いいよ。助けてもらったのは事実だし」コルネーリオが明るく言った。

「そうです、重要なのはそこです」リュファスが強引にまとめて、微笑《びしょう》した。

「まあ、そういうことにしておきましょう」ヴィオレッタも肩をすくめて同調する。

作戦が成功した高揚感が、夜営地を包んでいた。暗号詩は記憶して、鍵も奪い取った。その光景はアルフォンソも見ていた。だが、何かがおかしい、と直感が訴えていた。

〝――おれが、考えすぎなのだろうか？〟

アルフォンソは、喜びに肩を抱き合うコルネーリオとフランチェスカを見ながら思った。だが、こうした直感のもたらす違和感が、密偵として生き抜くために、どれほど重要であるかをアルフォンソは身をもって知っていた。

最初の違和感は、黒衣の騎士が松明に火をつけさせたことだった。暗号詩の紙片をよく確認しようとした、とも言えるが、あの場でやる必要のあったこととは思えない。しかも、篝火《かがりび》の光で一度、読んでから、松明を灯させたように見えた。

伏兵たちの出現にも、腑に落ちない点があった。確かに、黒衣の騎士もヴァチカンの暗殺者も、自分たちが追跡され、襲撃されることを警戒していただろう。だが、それなら最初から一団で行動し、わざわざ伏兵として潜ませる必要はないはずだ。

それから、もう一つ――

これが、最も重大で、深刻な違和感だった。それは、伏兵が現れた瞬間に、フランス人たちが加勢に入ったことだった。手際が良すぎる、とアルフォンソは思った。まるで、伏兵が現れることを、最初から知っていたようではないか。

もちろん、問い詰めたところで、リュファスは認めないだろう。しかも、矢を放ってコルネーリオを救っている。対応としては、文句のつけようがない。

一つ一つの違和感は、思い過ごしではないか、と反論されれば、それまでという程度のものだ。だが、これらの断片が合わさると、まったく違う絵が見えてくる。

やつらが伏兵を潜ませていたのは、こちらの手の内を知っていたからだ。暗号詩を盗み見て、鍵を奪おうとする、その退路をふさぐのが目的だ。

だが、その推測は、黒衣の騎士が松明を灯したことと矛盾する。わざわざ松明の火をつけたのは、暗号詩の内容を、あえてヴィオレッタたちに読ませるためだろう。だが、それならば、なぜ伏兵が必要なのか。ヴィオレッタたちを始末するつもりなら、暗号詩を読ませる必要もない。しかも、その伏兵はフランス人たちの手際の良すぎる介入によって、あっさりと排除されている。

アルフォンソは、暗がりに目を細めて、思考を推し進める。

考えられる理由は一つしかなかった。やつらは、こちらの手の内を知っていて、本来ならば、それを逆手に罠を仕掛けて殺すつもりだった。だが、何らかの理由で、直前になって計画を変更した。松明の火をつけたのは、その合図だ。暗号詩の内容をあえて読ませ、鍵も奪わせて、コルネーリオたちを脱出させる。リュファスに伏兵を始末させたのは、アルフォンソたちに、意図的に見逃したのではなく、自力で脱出したと思わせるためだ。

〝――だが、本当に、そのようなことがあり得るだろうか?〟

アルフォンソは胸中で自問した。猜疑《さいぎ》に囚《とら》われて、冷静な判断力を失いかけているのかも知れない。リュファスを絞り上げたところで、益はないだろう。よく回る舌で、もっともらしい理由をひねり出すだけだ。内通の証拠もない。

アルフォンソは思考を中断して、周囲へと意識を戻した。コルネーリオが、自分を襲ったヴァチカンの暗殺者の恐ろしさについて、フェルディナンドと話していた。

「本当に、恐ろしい怪物みたいだった。ああいう目を、前にも見たことがある。フィレンツェの救貧院に、母さんと行ったとき、何かの薬浸けになった男がいたんだ。あれと同じだった」

「あの男とは、仲間の護衛剣士が一度、戦ったことがある」フェルディナンドがうなずいて言った。「腕の立つ男だが、短剣では仕留められず、疾走する馬車から蹴り落として退けるのが精一杯だったそうだ」

「そんな怪物たちから、鍵まで奪えたなんて、ほんと、まだ心臓がどきどきしてる」

その無邪気に弾んだ口調が、アルフォンソを苛立たせた。違和感の正体を突き止めきれない焦りもあった。アルフォンソは、ぴしゃりと言った。

「浮かれているんじゃない」自分でも思った以上に、厳しい口調になってしまった。「やつらがその気なら、お前はとっくに殺されていた。お前が、無事でいられたのは――」

思わず口にしかけて、アルフォンソは失言に気づいた。言葉を切り、押し黙る。

「無事でいられたのは、何だ?」フェルディナンドが眉根を寄せて尋ねた。

「何でもない」アルフォンソは首を振った。「ただ少し、心配しすぎて疲れただけだ」

セヴラン・リュファスが探るように、こちらを見つめていた。気づかれた、とアルフォンソは思った。こちらが察したことを、今の一言で勘づかれた。

「ひどいや」コルネーリオが、喜びに水を差されて、憤然とした声を上げた。「アルフォンソも見てると思ったから、おれ、頑張ったのに。そんなことを言うなんて」

コルネーリオは、自分が死の淵にいたことに気づいていない。だが、今ここで、それを指摘するわけにはいかなかった。

「それより、暗号詩は?」アルフォンソは視線をそらして、ぎこちなく話題を変えた。

「大丈夫よ、ちゃんと記憶した」ヴィオレッタが答えた。「同じ内容を、フェルディナンドも見てる。何なら、今ここで、暗唱しても構わないけど」

アルフォンソがうなずくと、ヴィオレッタはよく通る声で、暗号詩を朗唱した。

大理石の塔は天を衝《つ》き、
聖女レパラータの声が、
使徒とともに時を告げる。

世界の創造から天は巡り、
神話の払暁《ふつぎょう》から預言と寓意《ぐうい》を経て、
豊饒の文化の頂《いただき》へと到る。

学問と芸術を両の翼として、
今まさに飛び立つ聡き働き手の、
踏みしめる大地こそ礎《いしずえ》なり。

「どういう意味です?」リュファスが、物憂げな微笑を浮かべて訊く。

どういうことだろう、とアルフォンソは思った。聖女レパラータは、洗礼者ヨハネと並ぶフィレンツェの守護聖人だ。

その瞬間だった。不意に閃光が走るように、頭の中で、すべてがつながった。

4

ルッカを脱出して、部下たちに死体の始末をさせた後、街道沿いの宿の部屋に入ったとき、ヴァイデンフェラーが見たのは、小卓の上で青白く燃えるランプの光だった。火にかけられた硝子《ガラス》の器から、泡立つ液体が蒸気を立ち昇らせている。その低い天井の薄暗い部屋で、小卓の前にヴァチカンの〝死の天使〟が座っていた。

インド大麻か、とヴァイデンフェラーは見て取った。ほかにも、さらに幾つか得体の知れない薬物を混ぜて調合しているようだが、中身は見当もつかない。伝説の暗殺教団の信徒のごとく、痛みの感覚や疲労を遮断《しやだん》して、身体能力を増強して戦い続けるためのものだ。爛熟《らんじゆく》した匂いが鼻を突き、思わず顔をしかめかけたとき、サリエルが唇を歪《ゆが》めて笑いかけた。

「それで、どうだったかな、わたしの演技は？」

「上出来だ」大根役者めが、と心の中で毒づきながら、ヴァイデンフェラーは答えた。

「だが、なぜ、やつらを殺さなかった？」

「これが、その理由だ」黒衣の懐《ふところ》から、暗号詩の記された紙片を取り出して渡す。

「これが、どうかしたか？」

「フィレンツェだ」ヴァイデンフェラーは低く告げた。「次の目的地は、やつらの本拠地だ。

われわれも、迂闊《うかつ》には手出しできぬ。だから、手がかりはくれてやった」

ようやく、ヴァチカンの暗殺者の顔に理解の表情が浮かぶ。「だが、それで、われわれの任務に支障は生じぬのか？」

「懸念には及ばぬ。すでに手は打ってある」

もちろん、それ以上、説明するつもりはなかった。この男のことを、信用していないからだ。それは、お互いさまだろう。けれども、自分たちは列国の繰り広げる壮大な謀略の駒であり、己の役目は忠実に果たさねばならなかった。だから、最小限の情報だけを共有して、今ここにいる。

「お楽しみが済んだら、そのがらくたを片づけておけ」ヴァイデンフェラーは、小卓の上で蒸気を立ち昇らせる硝子の器を指して言った。「これからが、この盤上の遊戯の本番だからな。せいぜい、頭を冴えさせておくことだ」

深夜を回っても、硬い藁布団《わらぶとん》の寝床の上で、コルネーリオは寝つけずにいた。鎧戸《よろいど》の隙間から射し込む細い月光が、低い天井と壁をぼんやりと照らしている。静まり返った宿の部屋に、グリエルモのいびきが響いていた。

〝明日には、フィレンツェに入るからだろうか？〟

自分が眠れない理由を、コルネーリオは目を閉じて考えてみる。ルッカを脱出してからここまで、馬上から眺める街道の旅の光景は、次第に懐《なつ》かしいトスカーナの緩やかに起伏した丘へと変わり、吹き渡る風の匂いが、故郷に帰ってきたのだと、コルネーリオに感じさせていた。だから、眠れないのだろうか、と考えてみる。

それが、自分を偽る嘘なのは分かっていた。故郷が近いとか、そんなことは関係ない。宿に落ち着いて、食堂でテーブルを囲んでいたときのことのせいだ。

コルネーリオは、フランチェスカとヴィオレッタに挟まれて座っていた。これまでなら、いつもアルフォンソの隣りにいたが、ルッカでの出来事以来、何となくぎこちなくなってしまっていた。アルフォンソがコルネーリオのことを心配してくれているのは分かっていた。だからこそ、きつい言い方になるのも分かっていた。でも、アルフォンソの任務のためだと思ったからこそ、コルネーリオも奮闘したのだ。そのことを、ちゃんと認めて欲しかった。

そのアルフォンソは、少し離れたテーブルの斜め向かいにいて、エミーリオと葡萄《ぶどう》酒の杯を傾けながら、時折、フランス人たちに視線を注いでいる。

「でも、なぜマエストロは、こんな面倒なやり方をするのだろう?」グリエルモが、テーブルの上の塩漬け肉と魚のパテを取り分けながら、ヴィオレッタに話しかけた。「秘密を見つけさせたいのか、見つけさせたくないのか、よく分からない。見つけさせたくないなら、兵器の設計図を焼き捨てるだけで良かったはずだ」

「確かに、マエストロの真意は分からない」ヴェネツィアの女魔術師は、美しい眉を寄せ、少し考えてから答えた。「でも、一つ言えることがある。これは、とてもよく考えられたやり方だということよ。マエストロの故郷のフィレンツェでも、長年を過ごしたミラノでもなく、ヴエネツィアやルッカを経由しなければ、誰も秘密に到達できないようになっている。そうやって、迷宮の強度を増したのよ」

「――つまり？」

「わたしたちは、今回、ヴェネツィアからルッカに到達するまでに、その道中のほとんどをヴェネツィアとフィレンツェの勢力圏を通ってきた。だからこそ、敵に追いついて、秘密を奪うことができた。もしこれが、ヴァチカンやハプスブルクの支配地域だったら、そうはいかなかったでしょう。もし仮にヴェネツィアとフィレンツェが手を組んでいなかったとしても同じ。つまり、同じ目的に向かって協力し、同盟する者たちが多ければ多いほど、探索は有利になる。でも、戦乱の渦中で互いが互いを敵と見做《みな》して対立している状態では、秘密にたどり着くのは格段に難しくなる」

「なるほど」グリエルモが塩漬け肉を頬張りながら、うなずいた。「戦乱を制するための兵器なのに、戦乱の中では見つけられないようになっている、というわけだ」

「そう。一見、矛盾しているけど、そう考えるしかない」

もしかしたら、偉大なる〝万能の天才〟にも、迷いがあったのだろうか、とコルネーリオは思った。もし、自分に戦争の行方を左右するような特別な力があったとして、自分ならどうするか。何が正しい道なのか。分かりそうで分からなかった。

自分にも迷いがあるからだ、とコルネーリオは思った。この探索が終わったら、どうするか。森に戻り、再び隠れて暮らすのか。フィレンツェに行って、ミケランジェロやアルフォンソに庇護《ひご》されて暮らすのか。それとも、ヴェネツィアに行き、ヴィオレッタのような魔術師となるのか。

自分に与えられたこの特別な力を、どうすれば正しく使えるのか。ルッカでの作戦の成功以来、コルネーリオの心はヴェネツィア行きに傾きかけていた。けれども、まだ迷いがある。その芽生えたばかりの思いを、誰かに後押しして欲しかった。

「アルフォンソ」

コルネーリオは意を決して、テーブルの向かいへと呼びかけた。アルフォンソが、葡萄酒の杯を運ぶ手を止めて、こちらを見た。青灰色《せいかいしょく》の瞳が、心の奥まで見通すような視線を注いでいる。コルネーリオは、その視線を真っすぐに受け止めて、言った。

「おれ、この探索が終わったら、ヴェネツィアに行って、魔術師になろうと思う」

アルフォンソの目が大きく見開かれるのが分かった。衝撃を受けたように、鋭く息を呑む。

コルネーリオは、目をそらさずに尋ねた。

「アルフォンソは、どう思う？」

「それが、よく考えた結論なのか？」

アルフォンソが、ささやくように言った。夜風のように静かだが、研ぎ澄まされた刃を思わせる声だった。その有無を言わせぬ低い声に、思わず気圧されて、沈黙する。

「陰の世界に足を踏み入れることの意味を、本当に分かってるのか？」アルフォンソが、コルネーリオを見つめたまま続けた。「言っただろう？　それは、暗く、ねじ曲がり、血で舗装された道だ。大勢の者を騙《だま》して、自分以外を信じない。一度、手を血に染めたら、安らかな眠りは訪れぬ。なのに、一度の作戦の成功で、気を良くしたか？」

「やめておけ、アルフォンソ」グリエルモが割って入って、なだめようとする。

「いいや、真実を、よく知っておく必要がある。綺麗《きれい》事ではない真実をな。おれが、どれだけの血でこの手を染めてきたと？　ヴェネツィアの魔術師も同じだ」

アルフォンソの視線が真っすぐに突き刺さった。コルネーリオは、たまらずに叫んだ。

「ヴェネツィアにいたときには、ここに残れと言ったくせに！」

「あのときは、ほかに選択肢がないと思ったからだ。だが、間違いだった」

「何でだよ、おれが殺されかけたから？」

「そうだ。お前は、この道に向いていない」

「アルフォンソに、何が分かる？　おれの親でもないのに！」

その瞬間、アルフォンソの険しい表情に、傷ついた色が浮かぶのが分かった。その身体を包む混じりけのない色に、切られて血を流すような深紅の細い筋がさっと走る。それでも、コルネーリオは、傷ついたのは自分だ、と思った。

「アルフォンソは、自分がおれみたいな子供に生命を救われたことを、恥じてるんだ。おれの力を妬んでる。だから、魔術師になるのを止めたいんだ」

口にしてしまった瞬間、激しく後悔した。本当は、こんなことを言いたいわけじゃない。ただ、ささやかな決意を大切な人に後押しして欲しいだけなのに、なぜこうなってしまったのか、自分でも分からない。

「分からず屋め」アルフォンソがうめいた。

「もういいよ、アルフォンソに訊いたのが間違いだった」

コルネーリオは椅子から立ち上がって、食堂から走り出ていった。グリエルモが呼び止める声が聞こえたが、構わずに階段を上がって、寝所の部屋に駆け込んでいく。そのまま硬い寝台に横になり、自分の身体を抱くようにして丸くなる。

やがて、静かに扉の開く音がして、誰かの靴音がした。アルフォンソだ、と分かった。アルフォンソは黙って寝台のそばに立ち、それから、そっと薄い布団をかけてくれたが、コルネーリオは身体を丸めたまま、眠ったふりをした。

どのくらい、そうしていただろう。深夜になり、みながそれぞれの寝台で寝静まっても、コルネーリオはまだ眠れずに物思いに沈んでいた。そのとき、不意にかすかな物音がした。

誰かが息を殺して、部屋の中を動いているらしかった。一瞬、何者かが侵入してきたのかと考えて、コルネーリオはぎょっとした。ヴァチカンとハプスブルクの殺し屋が来たのかも知れない。けれども、扉の開く音はしなかった。さらに、このとき、かすかに床を軋《きし》ませる足音がして、何かが妙だと思った。

足音は、廊下に出る扉のほうへと向かっている。やがて、扉が開閉する音がして、足音が部屋の外へと出ていった。コルネーリオは、ようやく止めていた息を吐いて、寝台から起き上がって部屋を見回した。

アルフォンソとエミーリオの寝台が、空になっていた。

なら、先ほどの足音は二人のものだったんだ、とコルネーリオは考えを巡らせた。グリエルモは、相変わらず寝台の上でいびきをかいている。

コルネーリオは寝台から下りると、足音を殺して扉へと向かった。気づかれないように、そっと扉を開いて、廊下をのぞき見る。思った通りだった。暗い廊下を、アルフォンソとエミーリオの後ろ姿が奥へと向かっている。フランス人たちの部屋だと、すぐにぴんと来た。廊下の突き当たりの部屋には、セヴラン・リュファスとシャサールが泊まっている。

案の定、アルフォンソたちの影は廊下の突き当たりで止まった。二人はしばらく部屋の外から中の様子をうかがっていたが、やがて、慎重に扉を開けて滑り込んだ。一瞬、その手に短刀が握られているのが見えた。

コルネーリオは意を決すると、自分も廊下に出た。足音を殺して、フランス人たちの部屋の前で立ち止まる。物音はしない。コルネーリオは、わずかに開いたままの扉の隙間から中をのぞき込んだ。

鎧戸から射し込む仄かな月光の中、アルフォンソが寝台の上のリュファスに馬乗りになって、首筋に短刀を突きつけていた。エミーリオはシャサールを押さえ込んでいる。コルネーリオが驚きに息を呑んだとき、声が聞こえた。

「これは、これは、アルフォンソどの」リュファスが物憂《ものう》げな調子で言った。真夜中に突然、短刀を突きつけられるという異常な事態にもかかわらず、落ち着き払っている。「寝首を掻かれるようなことをした憶えはありませんが、物騒なものを抱えて、何かお話ですか？」

アルフォンソは押し黙ったまま、短刀を突きつけている。

「お話がおありなら、手短に願えますかね。わたしは疲れていて、貴重な睡眠時間は大切にしたいので」

「お前に警告しに来た」アルフォンソが、押し殺した声で言った。「自分では、うまく立ち回っているつもりだろうがな。だが、これ以上、お前の下手な芝居につき合うのは、うんざりだ」

「わたしが、何をしたというのです？」

「物忘れの激しい御仁だ。自分の胸に、手を置いて考えてみるんだな」

「忘れているのは、あなたのほうでしょう？　わたしは、ルッカであなたが大切にしている少年を救った恩人ですよ」

「ああ、確かにな」アルフォンソが低く笑った。「おれも、この目で見た。見事な手際だったよ。伏兵が潜んでいることを、あらかじめ知っていたみたいにな」

「ああ、なるほど」リュファスが微笑《びしょう》を洩らして応じた。「わたしが、ヴァチカンとハプスブルクと内通していると、アルフォンソどのは、そうお考えというわけだ」

「違うのか？」

「アルフォンソどのは、どういう答えをお望みで？　違う、と言っても、どうせ、すでに胸の内では答えが出ているのでしょう？　ならば、わたしに訊くまでもない」

アルフォンソが、短刀を握る手に力を込めた。「フランスの援軍が必要だから、おれがお前を殺さないとでも？　それなら、考えを改めることだな」

「もちろん、誤解はしていません」

不意にリュファスが含み笑いを消して、ぞっとするような声を響かせた。まるで別人のようだった。コルネーリオは思わず一瞬、聞き違いかと、扉の外で耳を疑った。

「――どういう意味だ」アルフォンソが一段、声を低めて訊く。

「あなたのことなら、よく知っています。あなたが思う以上にね。この陰の世界では、情報こそが、黄金の価値を持つものです。それを理解せぬ者には、死しかない」

「それで？　おれの何を知っている？」

「クラウディオ・バドエル、それから、エドガルド・ヴェルチェリオ――」突然、リュファスが名前を挙げ始めた。アルフォンソが鋭く息を呑む気配がした。「いずれも、マントヴァ公の側近だった男たちです。あなたが殺したことは分かっています。二人が暗殺された直後、マントヴァ公は、フィレンツェと敵対するカール五世との同盟から離脱しました。実に素晴らしい手際です。敬服せざるを得ません」

アルフォンソは、身じろぎ一つせぬまま、リュファスを見据えている。

「ギヨーム・グフィエの配下の槍騎兵隊長だったフィリップ・ド・シャロンも忘れてはいけませんね。ロディの守備隊長に、アレッサンドリアの門衛もだ。そうそう、わがフランスの軍勢がクレモナを攻囲して、砲撃によって城壁を破壊して、あとは突撃を残すのみとなったとき、密かに軍営に侵入して、糧秣《りょうまつ》に火を放って混乱を引き起こしたのも、あなただったそうですね。

そのせいで、わが軍は作戦の中断を余儀なくされ、敵に城壁を修復する時間を与えてしまった」

「よく調べたものだ」アルフォンソが感情のない声で認めた。

「言ったでしょう。あなたのことは、よく知っていると。だから、誤解などしません。それだけの数の者たちを、顔色一つ変えることなく手にかけてきたアルフォンソどのなら、わたしの卑小な生命を奪うことなど、一瞬たりとも躊躇《ちゅうちょ》はしないでしょう。ですが、わたしも生命は惜しい。だから、あなたには誠意を尽くしているつもりです。あなたの非情な仕事ぶりを、あなたが大切にしている少年や、ヴェネツィアの魔術師たちに伝えていないのも、その一つです」

「そうやって、おれを脅したつもりなら、生憎だな」

「とんでもない。これは、あなたとわたしの友情の証です。ですから、あなたにも、あのとき、わたしがルッカで取った行動の意味を、よく考えてみていただきたいのです」

「そのことなら、もう十分に考えたとも。あのとき、黒衣の騎士は暗号詩の紙片を見て、次の行き先がフィレンツェだと知った。だから、あえてコルネーリオたちを逃がして泳がせた。お前が伏兵の出現に弓矢をもって介入したのは、それに呼応するためだ」

「本当に?」リュファスが静かに笑った。「もし仮に、行き先がフィレンツェではなく、やつらがあなたの大切な少年を殺そうとした場合でも、同じように、わたしが伏兵を始末するべく介入した、と考えることは、なぜできないのです?」

「自分は潔白だと、そう言いたいのだな?　やつらに内通したというのは見せかけで、われわれのために、やつらの裏をかいたのだと?」

「もちろん、例えばの話です。そもそも、わたしが内通したというのも、濡れ衣です」

アルフォンソは、黙ってリュファスの目を見下ろしている。

「本当に、あなたは愉快な人だ」やがて、リュファスが再びいつもの仮面を取り戻して、微笑を帯びた声で言った。「先ほどの食堂での演説は、実に感動的でしたよ。あの少年を思う真心がこもっている。こうして、わざわざわたしに警告しに来たのも、そのためでしょう？　あの少年を危険にさらすような真似をすれば、容赦しない、と」

「コルネーリオは、関係ない。明日にはフィレンツェに到着するからだ」

「まあ、そういうことにしておきましょう。ですが、アルフォンソどの、そろそろ、この邪魔な短刀をどけてもらえませんかね？　息がしにくくて仕方がない」

「いいだろう」アルフォンソが喉元《のどもと》から刃を引いた。「だが、憶えておけ。次はないぞ」

「いいでしょう。記憶力には、いささか自信がありましてね」

リュファスが揶揄《やゆ》するように答える。アルフォンソが手振りで指示を送ると、エミーリオもシャサールを解放した。アルフォンソは素早く寝台から下りると、まだ手に短刀を掲げたまま、扉のほうへと後退しようとした。だが、そのとき、リュファスの声がした。

「一つ、訊いてもよいですか、アルフォンソどの？」

アルフォンソが立ち止まる。「何だ？」

「あなたは、レオナルド・ダ・ヴィンチが残したという兵器の設計図を探している。ですが、以前から、疑問に思っていましてね。本当に、そのようなものが存在していると信じているのかと。少なくとも、そうやって生命を賭けるほどに」

「——どういう意味だ?」

「含みはありません。そのままの意味ですよ。あなたは、ミケランジェロどのに命じられて、ここにいる。では、ミケランジェロどのはどうか? かれの立場なら、信じている、と言うしかないでしょうね。なぜなら、フィレンツェの共和国政府そのものが、ヴァチカンとハプスブルクに存続を脅かされている危急存亡のときにもかかわらず、一枚岩ではないからです。多くの内通者がいて、情報が洩れている。だから、ヴァチカンとハプスブルクの殺し屋が、まだアルフォンソどのがマキアヴェッリの手記を手に入れたばかりのあれほど早い時点から、介入することができた」

アルフォンソは、身動きを止めたまま、リュファスを見つめている。

「ミケランジェロどのは、徹底的に戦う構えを貫こうとしていますが、共和国政府の中には、裏切り者がいる。早々にメディチ家に寝返って街を明け渡して、保身と延命を図ろうとする者たちです。わたしの目には、そうした勢力を説き伏せて、祖国の防衛に向かわせるために、ミケランジェロどのがあえて無理をして、レオナルド・ダ・ヴィンチの兵器を探しているように見える。きっと、そうした強力な兵器があって敵を撃退できるという確信がなければ、誰も立ち上がろうとしないからでしょう」

「まるで、見てきたかのような口ぶりだな」

「頭があれば、誰でも分かることです。なぜ、ミケランジェロどのほどの聡明な者が、海のものとも山のものとも知れないレオナルド・ダ・ヴィンチの兵器などを、躍起になって探すのか。たとえ、もし本当にその設計図なるものが存在したとしても、ヴァチカンとハプスブルクの連合軍を退けられるほどの強力な兵器である保証はない。だとすれば、考えられる理由は一つしかありません。ミケランジェロどのは、この道に賭けねばならなかったのです。フィレンツェの内部に潜む裏切り者を黙らせて、祖国の防衛へと団結させるために、何でもいい、象徴となるものが必要だった」

「で、おれも同じ考えだと？」

「あなたにも、分かっているはずです。かつて、あなたが主人と仰ぐミケランジェロどのが、カッラーラの採石場から運ばれた巨大な大理石の塊から、巨人ゴリアテに立ち向かうダヴィデの像を彫り出したとき、それはシニョリーア広場の政庁舎の前に堂々たる姿で飾られて、フィレンツェの共和制の理想と大義を高らかに謳《うた》い上げる象徴となりました。ですが、それから二十五年の時が経ち、フィレンツェを取り巻く情勢は変わりました。今では、あのダヴィデでは、裏切り者の寝返りを止めることができないのです」

アルフォンソは無言のまま、背を向けて立ち去ろうとした。その背中へと、リュファスが物憂げな声を響かせた。

「もちろん、わたしも、偉大なるマエストロの秘密を見たいと思っています。もし本当にそれが存在し、発見者となれるなら、これほど名誉なことはないでしょう。ですが、どうしても、わたしには、あの老人がわれわれをからかって、あご鬚《ひげ》の下で微笑を浮かべているような気がしてならないのですよ」

アルフォンソは何も答えなかった。今度こそ、足を止めずに扉に近づいてくる。コルネーリオは急いでその場を離れると、廊下を小走りに部屋へと戻った。藁布団に潜り込んだ直後、静かに扉が開く音がして、アルフォンソたちが戻ってきた。

鼓動がまだ激しく胸を打っていた。目を閉じて、自分が聞いたものの意味を考えてみる。話が巨大で複雑すぎて、すぐには理解できそうにない。

けれども、一つだけ、確かなことがあった。アルフォンソがリュファスに刃を突きつけたのは、コルネーリオのためだ。もちろん、言葉ではそれを否定していたし、内通によって一行全員が危険にさらされる前に警告する意味もあっただろう。だが、あえてそのような実力行使に出たのは、コルネーリオがルッカで実は殺されかけていたにもかかわらず、無邪気にも、一度の作戦の成功に気を良くして浮かれていたからだ。このままでは、守りきれないかも知れないと危惧して、アルフォンソはリュファスと直接対決した。

〝なのに、おれは、何てことを言ってしまったんだろう――〟

今すぐに謝りたかった。けれども、話を聞いてしまったことを、アルフォンソは喜ばないだろう。初めて垣間見た本物の陰の世界は、生々しく、重すぎた。だからこそ、アルフォンソは必死でコルネーリオをそこから遠ざけようとしていたのだ。

コルネーリオは、薄い布団の中で身を縮めた。そして、瞳を閉ざしたまま、自分の身体を抱くようにして、無理に眠りに落ちようとした。

5

フィレンツェの街に入ったのは、そろそろ日も暮れようとするころだった。見渡す限りの葡《ぶ》萄《どう》畑とオリーブ園を貫く街道の先に、まずサンタ・マリア・デル・フィオーレ大聖堂の赤褐色の円蓋が見え、やがて〝トスカーナの宝石〟とも称される美しい街の屋根の連なりが、夕陽を浴びて浮かび上がってきた。コルネーリオは、フランチェスカと並んで馬車に揺られながら、その光景を浮かなない気分で眺めていた。

アルフォンソとセヴラン・リュファスは、まるで何事もなかったかのように馬を進めている。言葉も交わさないいし、目も合わせない。フィレンツェの街が近づくにつれ、見えない戦いが激しさを増してくるようだった。その間を、ヴィオレッタと護衛剣士のフェルディナンドが追っ手の気配を警戒しながら進んでいた。

コルネーリオは、そっと隣りのフランチェスカの横顔を見た。肉親のいないコルネーリオのことを気遣って表情や態度には出さないようにしているが、故郷が近づいて父親と会えるのを楽しみにしているのが、その身体を取り巻く混じりけのない色に、時折、春の木漏れ日のようにきらめく淡い緑色の光のさざ波から伝わってくる。

夕暮れどきにフィレンツェの街へと入ると、旅塵を落とす間もなく、すぐに政庁舎のミケランジェロのもとへと案内された。すでにエミーリオが先触れとして知らせを伝えていたから、その後の対応は迅速だった。

「新たな暗号詩と、鍵を手に入れたのだとか?」一行が燭台《しょくだい》の火の灯された応接の間へと入っていくと、ミケランジェロがねぎらいの言葉を告げた後、再会の喜びもそこそこに切り出した。

「このフィレンツが次の目的地だと聞いたが、本当なのか?」

「ジョットの鐘楼《しょうろう》です」アルフォンソが低頭して答えた。「われわれは、見つけた暗号詩を解読しました。鐘楼の基部のレリーフの下に、秘密は眠っています」

フィレンツェの街に十四世紀に建てられたジョットの鐘楼は、サンタ・マリア・デル・フィオーレ大聖堂に隣接し、イタリアで最も美しい鐘楼と言われている。グリエルモが故郷の素晴らしい建築を自慢するように嬉々として説明してくれたところによると、基部にはアンドレア・ピサーノの手になる浮き彫りの装飾が施され、旧約聖書やギリシア神話をモチーフに、人類のありとあらゆる芸術と科学を表現した五十六枚のレリーフが外壁を彩っているという。

アルフォンソが、衣の懐《ふところ》から一枚の紙片を取り出して渡す。ヴィオレッタが記憶した暗号詩を写したものだ。ミケランジェロが眉間《みけん》にしわを寄せて、それを読み上げた。

大理石の塔は天を衝《つ》き、
聖女レパラータの声が、
使徒とともに時を告げる。

世界の創造から天は巡り、
神話の払暁《ふつぎょう》から預言と寓意《ぐうい》を経て、
豊饒の文化の 頂《いただき》 へと到る。

学問と芸術を両の翼として、
今まさに飛び立つ聡き働き手の、
踏みしめる大地こそ 礎《いしずえ》 なり。

「これが、なぜジョットの鐘楼だと?」

ミケランジェロの問いに、フランチェスカが進み出て、一行を代表して説明した。

「ジョットの鐘楼は、カッラーラやプラート、シエナで産出された大理石で装飾された美しい鐘楼として知られています。聖女レパラータはフィレンツェの守護聖人の一人で、鐘楼の上には、その名を冠した鐘や〝使徒〟を意味するアポストリカの鐘があり、毎日、時を告げています」

だから、目的地がフィレンツェであることはすぐに分かりました、とフランチェスカは告げた。さらに、グリエルモが隣りに進み出て、続きを説明する。

「そのジョットの鐘楼の基部には、東西南北の壁に浮き彫りの装飾が施されて、旧約聖書やギリシアの神話が伝える人類の誕生や、太陽や天体の運行とともに預言者の黎明の時代から現在の文化へと、時を刻んで発展してきた人類の歴史が象徴的に描かれています。それが、この暗号詩の二連目の意味するところです」

ミケランジェロは、眉根を寄せたまま、説明に聞き入っている。

「そして、その浮き彫りの装飾の中には、ダイダロスを描いたものも存在します。レオナルド・ダ・ヴィンチがさんざん名を強調してきた、あのダイダロスです。暗号詩の三連目にある〝聡き働き手〟とは、そのダイダロスの名の由来ですから、あとは浮き彫りを探して〝踏みしめる大地〟を調べれば、秘密にたどり着けるでしょう」

「そなたらの話は、理解した」説明を聞き終えると、ミケランジェロは短い思案の後、顔を上げて言った。「すぐに、ドゥオモ広場を封鎖させる。夜が明けたら、鐘楼の基部を調べて、秘密を回収することにしよう」

ミケランジェロがことを急ぐのは、再び情報が洩れて、内通者たちが動き始める前に秘密を確保しようとしているからだろう。アルフォンソが了解のしるしに、再び低頭する。そうして、夜明けとともに捜索を行うことが慌《あわ》ただしく決められた。

翌朝は、穏やかな春の夜明けとなった。朝日の金の光芒が、高く屹立するジョットの鐘楼を照らしている。霧は晴れ、白やピンクや緑色の大理石で美しく装飾された塔が青空を背景にそびえていた。普段なら、すでに朝の雑踏が広場をにぎわせているころだろう。けれども、この日は違っていた。衛兵たちが物々しく広場を封鎖して、出入りするすべての者に目を光らせている。

コルネーリオは眩《まぶ》しさに目を細めながら、右手をひさしにして高い鐘楼を見上げた。このとき、隣りに立ったフランチェスカに背後から呼びかける声がした。

「お嬢さま」

振り向くと、屋敷の護衛のジャンパオロがいた。父親の遣いだ、と直感する。会うのは、屋敷を脱出したあの夜以来だった。すでに怪我も癒《い》えている。フランチェスカの顔が、ぱっと明るくなった。腹心の護衛がいるということは、父親も娘に会うためにフィレンツェに来ているに違いない。けれども、ジャンパオロは声を落として言った。

「申し訳ございません、お嬢さま。旦那さまから、伝言を預かって来ました。本当は、ここに会いに来られるおつもりでしたが、急な商談が入ったために、遅れると」

フランチェスカが顔を曇らせる。ジャンパオロが気遣うように続けた。

「旦那さまは、商談が終われば、すぐに会いに来るとおっしゃっています。お嬢さまが帰ってこられるのを、たいそう楽しみにしていらっしゃいましたから」

「ありがとう、ジャンパオロ」

フランチェスカは、ぎこちなく微笑《ほほえ》んで、最後にもう一度、屋敷を脱出した夜のことも含めて礼を伝えてから、父親の護衛を下がらせた。コルネーリオは、どう声をかけて良いか分からず、そっと寄り添うように隣りに立った。

「ごめんね、気を遣わせて」フランチェスカは、そう言ってから、曇りを払うように明るい笑みを広げた。「でも、お父さまには後で会える。せっかく、秘密の隠し場所も突き止めたのだから、それが掘り出されるのを楽しまなきゃ」

ドゥオモ広場には、すでにミケランジェロが衛兵たちとともに姿を現していた。かれらは鐘楼の基部のダイダロスの浮き彫りの下まで来ると、石畳の上に屈み込んで、周辺を捜索し始めた。やがて、衛兵の一人が、ルッカのときと同じく薄い石の覆いで隠された鍵穴を見つけた。ミケランジェロが歩み寄り、懐から鍵を取り出す。片膝をついて鍵穴に近づけると、手にした鍵はぴったりと合って、中へと差し込まれた。

「やった」隣りでフランチェスカが弾んだ声を上げた。

ミケランジェロが鍵を右に回すと、敷石がごとり、と浮き上がった。衛兵の一人が持ち上げて外す。ミケランジェロは中の空洞に手を差し入れると、金属の箱を持って立ち上がった。蓋を開け、一枚の折り畳まれた紙片を取り出すと、開いて読み始めた。

衛兵たちは、剣を抜いて襲撃に備えている。アルフォンソとエミーリオも緊張した面持ちで見守っていた。ヴィオレッタとフェルディナンドが魔力の腕輪に手をかけて、いつでも発動できるよう身構える。フランス人たちも弩弓《どきゅう》を手に息を殺していた。

恐れていたような襲撃は起こらなかった。黒衣の騎士も、ヴァチカンの暗殺者も現れない。やがて、ミケランジェロが紙片を閉じて箱に仕舞い込んだ。身振りで合図を送ると、アルフォンソとエミーリオが近づいて両脇を固めた。一団は、そのままコルネーリオとフランチェスカのほうへと歩いてくる。

「見せたいものがある」すぐそばまで来ると、ミケランジェロが言った。「わたしが何を考えているのか、その真情を、そなたたちにも知っておいてもらいたい」

連れていかれたのは、共和国政府の政庁舎だった。政争の歴史を繰り返してきたフィレンツェの政治の中心らしく、政庁舎の宮殿はシニョリーア広場に堅牢な砦《とりで》のようにそびている。その入口の左手側の正面に、ミケランジェロが巨大な大理石に生命を吹き込んだ『ダヴィデ』が威風堂々たる姿で飾られていた。

見事な彫刻だ、とコルネーリオは感嘆した。モチーフは、羊飼いの少年だったダヴィデがペリシテの巨人ゴリアテとの一騎討ちに挑み、石礫《いしつぶて》の一撃で倒す旧約聖書の物語だ。今まさに、左肩にかけた投石器の狙いを定めようと、全身を緩やかに湾曲させた姿勢で片足に重心をかけ、力強く敵をにらみつけている。静から動へと移り変わる一瞬の筋肉の動きや、怒張する首筋や右手の血管の細部にまで生命が宿っていた。

「驚いたかね？」

いつの間にか、隣りに来ていたミケランジェロの声がした。コルネーリオは、はっと顔を向けた。〝神のごとき〟巨匠は厳《いか》めしい表情を崩して、少し遠い目をして言った。

「わたしが、それを制作したのは、まだ二十代のころだ。完成したのは一五〇四年。もう二十五年も前だが、今でも昨日のことのような気がするよ。あのころは、まだフィレンツェの共和制は輝いていた。ピエロ・デ・メディチの危険な陰謀を退けて、チェーザレ・ボルジアの脅威から解放され、その父親の教皇アレクサンデル六世の野望から自由と独立を守り抜いたころだ。わたしはその共和国の理想と大義のために、この像を制作した。わが愛する故郷、フィレンツェの守護者たれ、とな」

ミケランジェロは、目を細めて、若き日の自分が手がけた像を見上げた。

「わたしは、ダヴィデをこの場所に置きたかった。フィレンツェの自由と独立の象徴たる政庁舎の前のこの場所にな。だが、そのことに反対した者がいた。レオナルド・ダ・ヴィンチだ。この彫像の設置場所を決める委員会が開かれたとき、あの男は言ったよ。〝これほどの彫刻を、風雨によって損傷させるのは惜しい。政庁舎の向かいのランツィの開廊の下に置くべきだ〟とな。美辞麗句《びじれいく》を連ねてはいるが、わたしは思った。この男は、ダヴィデを目立たない場所に追いやろうとしているのだと。わたしは激しくあの男を憎んだ」

ミケランジェロは静かに衣を翻《ひるがえ》すと、ダヴィデ像の前を離れて、政庁舎への入口へと向かって再び歩き始めた。コルネーリオたちも、その後を追う。

「あの男がまだ生きていたとき、わたしがかれを好ましく思ったことは一度もない。風変わりだが美丈夫で、洒落者《しやれ》で愛想が良く、社交的な男だった。膝丈まである薔薇《ばら》色のマントを着て、巻き毛の髪を整えて、見事なあご鬚《ひげ》を胸元まで伸ばしている。常に人に囲まれて生きていたあの男を、わたしは強く嫌悪していた。それが、今ではその男が考案した兵器にすがるしか、故郷を救う道がないとは、皮肉な運命だ」

ミケランジェロは声を響かせながら、政庁舎の広い階段を上がっていく。

「今でも忘れられぬ。一五〇四年、ダヴィデを完成させた直後の夏のことだ。わたしは共和国政府から一つの仕事を依頼された。政庁舎の大評議会の間を飾る壁画だ。共和制の理想と大義を讃えるために、かつてフィレンツェが歴史的な勝利を収めた戦いを描くというのが、その仕事だった。実は、その前年にはレオナルド・ダ・ヴィンチもまた同じく大評議会の間の反対側の壁に戦闘画を描くよう、委嘱《いしょく》を受けていてね。共和国政府は、われわれに壁画を競作させて、その出来栄えを競わせたがっていた。これはヨーロッパ中の話題になるはずだった。わたしは一も二もなく承諾した」

その出来事の顚末《てんまつ》なら、以前にグリエルモから聞いて知っていた。結局、二人とも途中でフィレンツェを去り、作品は未完成のまま残されてしまうのだ。

「わたしは、あの男を打ち負かす気で満々だった。題材には、フィレンツェが一三六四年にピサを打ち破ったカッシーナの戦いを選んだ。あの男は、一四四〇年にミラノの脅威を退けたアンギアーリの戦いを選んだが、競作が始まった翌年の夏、下絵を描こうとして、暴風雨のためにカルトンが破れ、絵具も溶け落ちるという不手際を犯す。結局、残ったのは、戦闘場面の中央の部分だけだった。わたしは、あの男の失策を嘲笑《あざわら》った。そのとき、わたしは教皇ユリウス二世の墓廟の制作の依頼を受けてカッラーラにいたが、わざわざ馬を飛ばして帰郷した。そして、意気揚々と大評議会の間へと乗り込んで、冷笑を浴びせようとした。だが、そのとき見てしまったのだ。あの男が描いた『アンギアーリの戦い』を」

ミケランジェロは階段を上って二階にたどり着くと、一つの扉の前で足を止めた。

「わたしは茫然とした。衝撃を受けていた、と言ってもいい。その絵は、まるで戦争そのものだった。雄叫びを上げて軍旗を奪い合う兵士に、歯を剝き出して三日月刀を振り上げる男、激しく衝突する軍馬。その足元では、敵を組み伏せる兵士があらん限りの力を込めて相手の息の根を止めようとしている。生と死を分ける一瞬が、目に見えない空気の動きさえ感じさせる筆致で切り取られている。わたしは愕然《がくぜん》として立ち尽くした」

ミケランジェロは、扉に手をかけて、大きく開け放った。

「そして――これが、その『アンギアーリの戦い』だ」

コルネーリオたちは中へと入った。一瞬、その広さに目が眩《くら》みそうになる。

〝五百人大広間〟とも呼ばれるこの大会議場は、サヴォナローナの時代、フィレンツェの共和制の象徴として、総勢五百人もの議員で構成される大評議会を開催するために設けられたものだ。見上げるほどの高い天井の空間が広がっている。

そして――その壁面の一つに、未完成の『アンギアーリの戦い』は残されていた。

コルネーリオは、魂が震えるのを感じた。確かに、残っているのは壁画の一部だけだ。それでも、圧倒的な迫真の戦闘風景に、思わずすくみ上がりそうになる。

これが戦争なのか、とコルネーリオは慄然《りつぜん》とした。この上なく野蛮な狂気と言うしかない。砲弾や矢が飛び交い、馬や兵士の動きで砂埃が舞い上がり、煙のように空気が血に染まる光景さえ、目に浮かぶようだった。膝から力が抜け、思わず倒れそうになる。咄嗟《とっさ》にグリエルモが手を差し伸べて支えてくれた。

「驚いたかね？」ミケランジェロが振り向いて言った。「わたしも同じだった。不覚にも、わたしはあの男の前で衝撃に立ち尽くして、醜態をさらしてしまった。だから、茫然としてしまった自分を押し隠して、苛立ちを込めて尋ねた。〝なぜ、このような凄惨《せいさん》な絵を描くのか？〟と。フィレンツェ政府から依頼されたのは、われらの共和制の理想と大義を讃え、それを脅かす敵へと立ち向かう戦意を高揚するための絵だ。なのに、あの男はそれを無視して、戦争を英雄たちの奮闘としてではなく、まったく無意味な野蛮な殺し合いとして描いてしまった。これを、どうして見過ごせよう？」

ミケランジェロは一瞬、言葉を切り、わずかに声を落とした。

「だが、あの男はじっと静かな目でわたしを見つめて、こう言った。〝まさしく、そのために、この絵を描いたのだ〟と。あの男は、チェーザレ・ボルジアの軍営にいた。冷酷な独裁者が殺《さつ》戮《りく》に手を染めて、容赦なく敵を皆殺しにするのを目にしてきた。戦争に英雄的精神などないと、あの男はこの絵を通じて訴えたのだ。そして、こう続けた。〝わたしが、そなたの『ダヴィデ』を政庁舎の前に置くことに反対したのも、そのためだ〟と」

ミケランジェロの声が、大会議場の広い空間にたゆたって、消える。

「〝そなたにも分かるはずだ〟と、あの男は言った。わたしの目を、真っすぐに見つめてな。確かに、その通りだった。心の奥底では、わたしにも分かっていた。だが、わたしはまだ若く、嫌悪していた男に痛いところを突かれて強く反発した。〝綺《き》麗《れい》事だ〟とわたしは精一杯、反論しようとした。〝力なき者は滅ぼされる。理想と大義も守れない〟と。あの男は、悲しげな目でわたしを見ただけで、それ以上、何も言わなかった。わたしは巨大な敗北感を抱えてこの広間を後にした」

静寂が、部屋を包み込んだ。やがて、ミケランジェロがそっと首を振り、続けた。

「今でも、何が正しいのか、答えは出ていない。あの男の言葉に強く反発する気持ちと、共感する気持ちがせめぎ合い、わたしを苦しめるのだ。今ならば、わたしにも理解できる。平和を守るために戦争が必要だ、というのは詭弁《きべん》だと。それは、権力者の論理にすぎぬ。戦争は、常に名もなき者たちや弱き者たちを犠牲にする。そうした権力者の論理を受け入れることは、弱き者たちを踏みつけにすることにほかならぬ」

胸から絞り出すように、ミケランジェロは、かすれた声で言った。

「だから、なぜ、あの男が自ら考案した兵器をダイダロスの迷宮に隠したのかも、理解できる。本当に、それを見つけるべきなのか、迷う気持ちもある。だが、わたしには選択の余地がないのだ。ヴァチカンとハプスブルクの軍靴の響きが迫る今、やつらを退けるには、いや、より正確に言えば、この未曾有の危機に対してフィレンツェが一丸となって戦うには、象徴として、それが必要なのだ。かつて、わたしがダヴィデに祖国の守護者たれと願ったように」

そこまで話し終えると、ミケランジェロはもう一度、コルネーリオたちのほうへと向き直った。それから、静かに歩み寄り、自らに言い聞かせるように言った。

「だから、今は、われわれがなすべきことを、なすしかない。再び暗号詩を解いて、次の目的地へと向かう。そして、あの男が封印しようとした秘密を、暴くのだ」

6

コルネーリオたちを待ち受けていたのは〝万能の天才〟の大量の手稿だった。

案内された政庁舎の一室で、コルネーリオたちは、ジョットの鐘楼《しょうろう》の下から発見されたものの解析に取りかかった。窓から射し込む陽光が、床の織物を照らしている。部屋の中央に置かれた巨大なマホガニーの机を囲んで、一行はスツールに腰を下ろした。ミケランジェロが持ち帰った金属の箱を開けると、中から手稿の束が現れた。

コルネーリオは、それらをのぞき込んだ。ミケランジェロが手稿を広げていく。一枚は新たな暗号詩で、さらに、レオナルド・ダ・ヴィンチ特有の〝鏡文字〟で書かれた大量のメモや、何かの兵器とおぼしきスケッチが二十枚ほど入っていた。いずれも隙間にびっしりと、細かな文字で書き込みされている。

「信じられん！」グリエルモが、興奮に目を輝かせて手を叩いた。「これだけの数の手稿を集めようとしたら、どれほどの資金が必要になると思う？　世界の収集家の垂涎《すいぜん》の的になること請け合いだ！」

「これが、兵器の設計図なのか？」アルフォンソが尋ねた。

「それは、書かれた内容を精査してみないと」グリエルモはズボンで手を拭ってから、恭《うやうや》しく手稿へと手を伸ばした。「だが、また新たな暗号詩が見つかったということは、まだ迷宮の中心にはたどり着いていないということだろうな」

「だが、これまでは暗号詩があるだけだった。今回は違う。こうして手稿の束が見つかったということは、終点が近いということを意味しているのでは？」

「だといいですがね」セヴラン・リュファスが気だるげに横から口を挟んだ。「〝万能の天才〟が、いかにも仔細《しさい》ありげな書き込みを目の前にちらつかせて、われわれをからかって喜んでいるだけかも知れませんよ」

「それを知るためにも、とにかく、手稿を分析してみましょう」ヴィオレッタが言った。「まずは、暗号詩を。わたしが読み上げても？」

ミケランジェロがうなずいた。ヴェネツィアの魔術師は机の上から一枚の紙片を取り上げて、それから、落ち着いた声で朗唱した。

新たなる永遠の契約の血は、
ロンバルディアの平原の、
約束の園へと到る。
自らの死と引き換えに、
聖杯は引き継がれる。

けだし、秘密は神の子のもとに、
明けの明星が天から落ちるがごとく、
ただ誘惑をささやく悪魔のみが、
仮面を剝いで真実を掘り起こす。

これまでと同じく、短い三行詩を三連で記したものだった。さっぱり意味が分からない。ふと隣りを見ると、フランチェスカも、眉を寄せて考え込んでいた。

「何か、どこか今までよりも、曖昧な感じだな」グリエルモが首をひねった。

「恐らく、最初の三行詩は、ミラノを指しているのだろう」ミケランジェロが、険しい表情で少し考え込んでから、解釈を披露した。「ミラノは、ロンバルディアの平原の要所にあり、かつてレオナルド・ダ・ヴィンチがイル・モーロに仕えて長く身を寄せた場所でもある。秘密を隠すなら、やはり、そこだということか」

「〝新たなる永遠の契約の血〟と〝約束の園〟は?」リュファスが尋ねた。

「ミラノには、レオナルド・ダ・ヴィンチが所有していた葡萄《ぶどう》園がある」グリエルモが、思い出したように手を打って言った。「イル・モーロの依頼でサンタ・マリア・デッレ・グラーツィエ教会の付属の修道院に『最後の晩餐《ばんさん》』を描いたとき、報酬として与えられたものだ。〝新たなる永遠の契約の血〟とは、キリストが人々の救済のために流した血、すなわち葡萄酒のことだ。ということは、それを生産する葡萄園こそ〝約束の園〟というわけではないだろうか」

「なるほど、意味は通るわね」ヴィオレッタが相槌を打つ。「なら、その約束の園で〝自らの死と引き換えに〟〝聖杯は引き継がれる〟とあるのは、レオナルド・ダ・ヴィンチが遺言か何かで、聖杯、すなわち兵器の設計図を誰かに引き継がせた、ということかしら」

「〝秘密は神の子のもとに〟は？」アルフォンソが尋ねた。

「さすがに、そこまでは推測が難しいな」ミケランジェロが眉をひそめたまま、ゆっくりと首を振った。「だが、レオナルド・ダ・ヴィンチには、遺言によって手稿を遺贈したフランチェスコ・メルツィのほかに、もう一人、お気に入りの弟子がいた。名をジャン・ジャコモ・カプロッティといい、美しい若者だったが、素行が悪く、いつも師匠を困らせていたため〝小悪魔〟を意味するサライという名で呼ばれていた。恐らくは、それが最後の三連詩に記された〝誘惑をささやく悪魔〟に違いない。サライは師匠に最後まで仕えたバッティスタ・ヴィッラーニとともに、レオナルドの死後、葡萄園を譲り受けている。サライは確か、そこに師の生前から自らの家を建てて、住んでいたはずだ」

「つまり――」リュファスが身を乗り出して、ここまでの意見を要約した。「偉大なる師匠から秘密を託された弟子のサライが、受け継いだ葡萄園に建てた自分の家の中に、それを隠したと？」

ミケランジェロはうなずいた。「最後の三連詩にある〝明けの明星が天から落ちるがごとく〟の文言も、その仮説を強く支持しているように思える。旧約聖書、イザヤ書十四章十二節だ。

〝ああ、お前は天から落ちた　明けの明星、曙《あけぼの》の子よ。お前は地に投げ落とされた　もろもろの国を倒した者よ〟、すなわち、バビロンの王の失墜になぞらえて、堕天使ルキフェルの転落を表したとされる一節だ。教父オリゲネスやアウグスティヌスによれば、明けの明星を意味するルキフェルは〝光を運ぶ者〟であり、かつては輝ける美しい天使だったが、神の恩寵を拒んで反逆する悪魔となった。美青年だが素行に問題のあった〝小悪魔〟サライを指していると、そうは思わぬかね？」

「確かに、辻褄《つじつま》は合っているようだ」グリエルモが熱心にうなずいた。「サライはレオナルド・ダ・ヴィンチが愛した弟子だったが、師匠の金銭や貴重品を盗み、嘘をつき、欲張りで大食いの問題児だったと言われている。ならば、その〝小悪魔〟に引き継がせた葡萄園が、ダイダロスの迷宮の中心というわけだ。あたかも、父親のダイダロスの言いつけを守らず高く飛びすぎて、翼の蠟《ろう》が溶けて墜落したイカロスを想起させるのも、これが正解であることを示唆しているように思える」

「それで、その〝小悪魔〟は、今どこに？」フェルディナンドが疑問を口にした。

「サライなら、すでに亡くなっている」グリエルモが、熱心な手稿収集家の知識の広さを披露して答えた。「今から、確か五年前のことだ。サライのものだった家が今はどうなっているかは知らぬが、恐らくは、葡萄園を受け継いだ家人が住んでいるのだろう」

「ならば、最後の問題は、秘密はその家のどこにあるか、ということですね」リュファスが指摘した。「暗号詩いわく、〝秘密は神の子のもとに〟ある。そして、ただ〝誘惑をささやく悪魔〟、すなわちサライだけが、その〝仮面を剝いで真実を掘り起こす〟べき場所を知っている。

その秘密の隠し場所が、家人にも伝えられていれば良いですが」

ミケランジェロが、不意にフランチェスカを見た。「そなたは、どう思う？」

フランチェスカは、かすかに困惑したような表情を浮かべた。「あまり、自信はないのですが、恐らく、皆さんのおっしゃる通りだと思います。ちゃんと意味は通っていますし、やっぱり、マエストロが秘密を隠すなら、縁の深いミラノかと」

フランチェスカにしては、珍しく歯切れの悪い答えだと、コルネーリオは思った。けれども、オリヴィエーロさんがいないからだ、とすぐに思い到る。フランチェスカの父は、急な商談があるとの伝言を寄越したまま、まだ姿を見せていなかった。だから、それが気になって、うまく考えがまとまらないのに違いない。

その後も、手稿を巡る議論は白熱した。ミケランジェロの仮説にアルフォンソが疑問点を挙げ、ヴィオレッタが考えを補足する。コルネーリオとフランチェスカもそれに加わった。グリエルモは嬉々として手稿の束を眺め回しては、何やら自分の手帳にメモを取る。その作業を、リュファスがシャサールとともに手伝った。

やがて、窓から射し込む陽光が長さを増し、床の織物の色を燃え上がらせて日が傾くと、部屋の扉が開いて、厨房《ちゅうぼう》の使用人たちが入ってきた。それぞれ銀の盆を手にして料理を運んでくる。ミケランジェロが机の上の書類を脇に寄せ、杯と皿を並べさせた。

「ささやかながら、酒食を用意した」ミケランジェロが両手を広げて、運ばれた料理を披露した。「ヴェネツィアからルッカ、それからフィレンツェへと、強行軍が続いて、さぞ大儀だったことと思う。疲れを癒《いや》して、明日に備えてもらいたい」

コルネーリオは、それらの料理を見て、思わず唾《つば》を呑み込んだ。上質のパンとチーズに、雉《きじ》のローストと仔牛のパテが並んでいる。ウナギのシチューが湯気を上げ、香草で蒸した魚が芳《かんば》しい匂いを漂わせていた。コルネーリオとフランチェスカのために、シナモン入りの甘い葡萄酒まで用意されている。

グリエルモがまず飛びついて、うっとりとした表情を浮かべた。ヴィオレッタとフェルディナンド、それからフランス人たちも手稿の束を脇に置いて饗宴に加わった。アルフォンソとエミーリオが最後に席に着いた後、ミケランジェロが葡萄酒の杯を手にして、高く掲げた。

「では、われわれの勝利に」

コルネーリオたちも杯を掲げて唱和した。シナモン入りの葡萄酒を少し舐《な》めてから、料理へと移る。雉のローストをひと切れ、口に含むと、信じられないくらい柔らかな食感がした。もったいなくてゆっくりと噛むと、肉汁が溢れて広がった。

やがて、ほど良く葡萄酒が回ると、饗宴は次第にぎこちなさも解けて、和やかな雰囲気になっていった。ミケランジェロはいつもの眉をひそめた険しい表情こそ崩さなかったが、いつになく饒舌《じょうぜつ》で、レオナルド・ダ・ヴィンチとの思い出を語った。

その大半は、いかにこの生涯の敵手が傲慢《ごうまん》で、気に喰わないかという話だったが、それでも、コルネーリオには、口調の裏にある愛憎半ばした複雑な思いを読み取ることができた。きっと、先ほどの『アンギアーリの戦い』の話を聞いていたからだろう。

「それで――」ミケランジェロが、酒杯を手にしたまま、グリエルモに水を向けた。「そなたの見るところ、ジョットの鐘楼から見つかった手稿には、何か手がかりはあったのだろうか？随分と貴重な資料だと言っていたが」

「もちろん、素晴らしい資料です」グリエルモは、半分酔いの回った口調で機嫌良く答えた。「中には、わたしも初めて見るような記述もあります。例えば、これです」

グリエルモは、がさごそと手稿の束を探って、一枚の紙片を取り出してみせた。コルネーリオはそれをのぞき込んだ。何やら円弧と直線を組み合わせた複雑な図形と、細かな〝鏡文字〟でおびただしい走り書きが記されている。

「これは、マエストロが〝燃焼鏡〟と名づけた兵器です。かつて、シラクサのアルキメデスがローマの敵船を追い払うために、鏡を並べて反射させた太陽光を一点に収束させ、その熱で炎上させたという伝承をもとにしたものです。この設計図では、光を正確に一点に集めるための鏡の曲率が計算されています。それから、その曲率を高い精度で再現して巨大な鏡を製造するために、金属を溶かして精錬《せいれん》する方法も。もしこの計算が正しければ、きわめて画期的な発明と言えるでしょう」

「それがあれば、ヴァチカンとハプスブルクの軍隊を撃退できるのか？」ミケランジェロが、興味を抱いた様子で身を乗り出した。「つまり、やつらの大砲を燃やしたり、攻城兵器を使いものにならなくさせたりとか」

「もちろんです。まあ、太陽光の熱で火がつくまで、標的が動かずにじっとしていれば、という条件つきですがね。ですから、実際に戦場に投入するとなると、よっぽど敵がお人好しか、尻に火をつけられるのが趣味というのでもない限り、難しいでしょう」

ミケランジェロの眉間《みけん》のしわが深くなる。けれども、酔いの回ったグリエルモは、まったく気づかぬ様子で続けた。

「こちらは、同じくアルキメデスの蒸気砲を発展させた兵器です。水を高温で熱すると急激に膨張《ぼうちょう》する性質を利用したもので、大砲の砲身の部分を石炭で加熱して、砲弾のすぐ後ろにわずかな水を注入し、水蒸気の圧力によって砲弾を飛ばす仕組みです。これなら火薬も必要なく、周囲に引火して大事故を引き起こす、ということもありません」

「で、それは実戦に使えるのか？」

「うーん、まあ、どうでしょうねえ。確かに、石礫《いしつぶて》くらいなら飛ばせるとは思いますが、巨大な石弾となると、ちゃんと計算してみないと分かりません」

「その中に、実戦で使えそうな技術はないのか？」

「実戦……実戦ね」グリエルモは再び手稿の束を探って、また別の一枚を取り出した。「では、これなどどうでしょう？　堅固な砦《とりで》に籠城《ろうじょう》した敵を、炙《あぶ》り出す方法を記したものです。羽毛と硫黄《いおう》、鶏冠石《けいかんせき》を長時間燃やして、煙を浴びせるとあります。さらに、干した牛馬糞とオリーブの油粕を混ぜ合わせ、それを燃やした煙で燻《いぶ》してやると、相手はあまりの悪臭に悶絶《もんぜつ》して、たまらずに城内から転がり出てくるのだとか――」

ようやく、グリエルモがミケランジェロの冷ややかな視線に気づいて、はっとしたように言葉を止めた。ミケランジェロが重々しく尋ねた。

「本当に、手稿の内容は、そのようなものばかりなのか？」

グリエルモは一瞬、傷ついたような表情をした。「まあ、例の〝自動回転串焼き機〟の図面も、あるにはありますが……」

ミケランジェロの視線がさらに険しくなる。グリエルモは慌《あわ》てて両手を振った。急に酔いが醒めたようだった。このままでは、手稿収集家の名がすたると考えたのだろう。真面目な表情になって、一つ咳払いをしてから、居ずまいを正して続けた。

「確かに、手稿を眺めていて、気づいたことがあります」グリエルモは、紙の束から何枚かを選んで抜き出して、机の上に並べてみせた。「実のところ、手稿の大半は、飛行の研究に関するものなのです。ほら、見てください」

コルネーリオは、それらをのぞき込んだ。確かに、グリエルモの言う通りだった。紙片の数枚には、鳥や蝙蝠《こうもり》の翼の構造を詳細に分析したスケッチが描かれていて、また別の紙片には、それを応用した人工の翼や、翼を動かすための装置が描かれている。翼の材料に関するものと思われる記述もある。グリエルモがそれを読み上げた。

〝強度を増すためには、軽い葦《あし》の骨組みにタフタの布を張り、牛の筋を縫《よ》ってつくった綱で補強する。十分に軽くて丈夫な材料なら、空気を孕んで膨らんでも、破れることはない〟

「こうした飛行の研究は、レオナルド・ダ・ヴィンチがミラノ時代に打ち込んだ最大のテーマでした。かの〝万能の天才〟は、イル・モーロがかつて公居として使っていた館の一部を提供され、そこで研究や実験に打ち込みました。もちろん、そうした実験は神への冒瀆と見做《みな》される危険がありましたから、レオナルドは好奇の目から自分の研究を隠すために、試作品をつくる部屋を板で覆い隠していた、とも言われています」

グリエルモは、ゆっくりと周囲を見渡して続けた。

「レオナルドが解明しようとした飛行の原理については、わたしにも、ちょっとした知識がありましてね。かれは鳥や蝙蝠の翼の動きを仔細に観察し、さらには空気の性質やその流動について考察を加えました。そして、こう結論づけました。鳥や蝙蝠は羽ばたきによって翼を下へと打ちつけることで、その下にある空気を圧縮する。圧縮された空気は抵抗力を持ち、その反発力によって翼を上へと押し上げる。こうした力学的作用を素早く繰り返すことで、鳥や蝙蝠は空を飛ぶことできるのだ、と。ほら、ここを見てください」

グリエルモは手稿の一枚を指し示した。翼のスケッチの下に書き込みがある。

「〝翼が空気を押すのは、空気がその翼の下から逃《のが》れるよりも速いから、空気は凝縮されて翼の運動に抵抗する。その翼を動かすものは、翼の抵抗に乗じてその翼の運動と反対の方向に浮《ふ》揚《よう》する〟と、そう記されています。それから、こうもありますね。〝空気は圧縮されないかぎり抵抗しない〟〝空気そのものは無限に圧縮できるし稀薄にすることも可能だ〟と。これが、レオナルド・ダ・ヴィンチが考えた飛行の基本原理です」

グリエルモはさらに、別の手稿を取り上げて示してみせた。

「レオナルドは、上空に高く上がれば上がるほど空気が稀薄になる、ということも知っていました。空気というものは非常に奇妙な性質を持っており、一つには、地表に届く太陽の光で暖められた空気が、上へと昇っていくためです。ほら、ここにこう記されています。〝空気はじぶんを暖める熱に近づくほど稀薄になる〟〝熱せられれば熱せられたものほど軽くなり、冷たくされれば冷たくされたものほど重さを身につける〟〝空気は自然の位置というものをもたず、いつもじぶんより濃密な物体の上にとまっている〟と。もちろん、そうした空気は水蒸気を含んでいて、それが上空で雲と出合うと熱を失い、重さを身につけて下向きの風となって再び地上に戻ってきますから、実際の動きはもっと複雑ですが、非常に単純化して言えば、そういうことです。だから、上空の空気は稀薄であり、鳥や蝙蝠は高く飛べば飛ぶほど、いくら翼で空気を打ちつけても、その空気が薄すぎて圧縮するのが難しくなってしまう。それが、鳥や蝙蝠がある程度の高さまでしか飛ぶことができず、さらには大きな鳥に比べてひ弱な小鳥ほど低空しか飛べない理由です」

「だが、それが、レオナルドが隠そうとした兵器の秘密と、どう関係が?」

ミケランジェロの問いに、グリエルモは少し思案するように沈黙してから、再び真剣な表情で続けた。

「空を飛べるということは、戦争の技術に大いなる変革と衝撃を与えることなのです。想像してみてください。鳥の目から、今まで見ることのできなかったすべてを俯瞰《ふかん》するところを。敵の城塞の構造や、兵力の布陣や、補給線の状況が一目瞭然になるのです。それを空から攻撃し、あるいは、逆にこちらが籠城する場合には、敵の包囲の頭上を飛び越えて物資を補給することも可能です。地上からの矢も投石機による攻撃も、怖れることはない。天空からの神の雷《いかずち》を、誰にも防ぐすべはないでしょう。恐るべき兵器です」

「では、それがレオナルドの秘密なのか？　そのような強大な力を、イル・モーロやチェーザレ・ボルジアが持つことを恐れて、ダイダロスの迷宮に封印したのだと？」

ミケランジェロが身を乗り出して訊く。けれども、グリエルモは小さく首を振った。

「それは、分かりません」

「――なぜ？」

「かれが考案した翼では、空を飛ぶことができないからです」グリエルモは、悩ましげな表情を浮かべた。「早い段階から、レオナルドは、人間の筋力や身体の構造では、たとえ人工の翼を用いたとしても十分に空気を圧縮できないことに気づいていました。つまり、筋力や敏捷《びんしょう》さが足りないために、十分な反作用による浮力を得ることができないのです。だから、ある時期からは研究の方向性を変え、翼の力で地面から飛び立つのではなく、翼は動かさず、高いところから風に乗って滑空するという実験に打ち込みます」

実際に、装置をつくってフィエーゾレ近郊のチェチェリ山から共同研究者のトマーゾ・マシーニを飛ばせたこともある、とグリエルモは言った。実験は悲惨な結果に終わり、マシーニは両足の骨を折る大怪我をした。

「結局、わたしの知る限り、レオナルド・ダ・ヴィンチの大空を飛ぶという夢は、夢のままで終わりました。もしかしたら、と考えて、この手稿も隅々まで探してみましたが、残念ながら、目新しい記述はありません。これまでの失敗の歴史が繰り返されているだけで、これを成功へと覆すような革新的な何かが記されている気配はありません」

「本当に？」ミケランジェロが、なおも信じがたい、という表情で訊く。

「恐らくは、これが、手稿のすべてではないからでしょう。まだ欠けている手稿がある。それらが、すべてそろわないと、秘密の全体像が見えないのだと思われます」

「では、その残りの秘密が、サライの葡萄園に隠されているわけだ」

「われわれの暗号詩の解読が正しければ、恐らくは」

「でも、それが正しいとして――」不意にそれまで沈黙して耳を傾けていたヴィオレッタが、疑問の声を上げた。「これらの手稿に、飛行に関する研究だけじゃなく、燃焼鏡や蒸気砲や、自動回転串焼き機の図面が含まれているのは、なぜ？」

「それを、わたしに訊かれても……」グリエルモが困惑した表情になる。「もしかしたら、炙り出しの細工がしてあって、蠟燭《ろうそく》の火に当てれば、文字が浮かんでくるのかも」

そう苦し紛れに言って、本当にランプの火で炙ろうと、手稿の一枚を手に取る。だが、そのときだった。突然、グリエルモが顔をしかめて、身動きを止めた。

「どうかしたか？」護衛剣士のフェルディナンドが立ち上がった。「おい、顔が真っ青だぞ。

大丈夫か？　いったい何が――」

　けれども、フェルディナンドもまた最後まで言い終えることができなかった。急に息が詰まったように、胸を押さえて沈黙する。ミケランジェロとヴィオレッタにも異変が現れていた。苦しげに顔を歪《ゆが》めて、机に手をついて身体を支えている。葡萄酒の杯が倒れて、料理の皿が床に落ちた。コルネーリオも咄嗟《とっさ》に立ち上がろうとして、全身が痺れて動かせないことに気づいた。フランチェスカも蒼白《そうはく》な顔で椅子に身を沈めている。

　このときには、コルネーリオも、何が起きたかに気づいていた。薬を盛られたのだ。手足の感覚が薄れ始めていた。助けを呼ばなければ、と思ったが、かすかな息が咽喉《のど》から洩れるだけで、声が出ない。

　けれども、その瞬間だった。突然、アルフォンソとエミーリオが、スツールを蹴って立ち上がった。素早く短剣を抜いて、セヴラン・リュファスとシャサールに襲いかかる。

　一瞬、どういうことか、と疑問が浮かんだが、すぐに、毒を口にしなかったのだと思い到る。アルフォンソは、フランス人たちを警戒していた。だから、何かを仕掛けてくるはずだと、ずっと気を緩めなかったのだ。

　アルフォンソの短剣が迫る。だが、リュファスのほうが一瞬、速かった。

　気づいたときには、身動きできないコルネーリオの喉元《のどもと》に、リュファスが短剣の刃を突きつけていた。アルフォンソが凍りついたように立ち止まる。

「それ以上、近づけばどうなるか、試してみますか？」リュファスが悠然《ゆうぜん》と笑った。「悪いことは言いません。その物騒な武器は捨てて、投降してください」

アルフォンソは身動きを止めて、リュファスをにらみつけた。

「いくらにらんでも、無駄ですよ、アルフォンソどの。残念でしたね。あなたがわれわれの裏切りに備えて外に配置した衛兵は、われわれの手の者がすでに排除しました。助けが来ることはありません」

リュファスはこともなげに言って、短剣を握る手にわずかに力を込めた。喉元の皮膚が薄く切れ、痛みとともに血がにじむのが分かった。アルフォンソが苦渋の表情を浮かべて、両手を見える位置に上げる。

「それでいい。短剣を捨ててください」

アルフォンソがエミーリオとともに武器を捨て、シャサールが二人をスツールに座らせて後ろ手に縛り上げるのを、コルネーリオは、なすすべもなく見つめていた。それらの作業が終わると、リュファスはようやくコルネーリオの喉元から短剣を離した。物憂《ものう》げな微笑《びしょう》を浮かべたまま、机の上の手稿を集めて箱の中へと仕舞う。それから、身動きのできないミケランジェロに近づいて、真鍮《しんちゅう》の鍵を衣の懐《ふところ》から奪い取った。

「このような結果になって、わたしも残念です」リュファスは無造作に肩をすくめた。「ですが、わが陛下からは、明確に指示を受けていましてね。滅びゆくフィレンツェと共倒れになるわけにはいかぬ、と。ですから、マエストロの秘密は、われわれが最大の外交上の果実を得られるよう、十分に活用させてもらいます」

最初から、これが狙いだったのだ、とコルネーリオは身動きできないまま思った。フランスが兵器の設計図を独占して、宿敵カール五世と戦うのか、それとも、ヴァチカンとハプスブルクとの交渉材料として使うのか、どちらかは分からない。けれども、確かなのは、最初からフィレンツェに協力する気などなかったということだ。

だとすれば、フランスの援軍が来ることもない。フィレンツェは破滅だ。

「本当に、哀れな国ですよ、フィレンツェというのは」リュファスは心から残念そうな表情を浮かべて、ゆっくりと首を振った。「共和制を貫き通したいのか、メディチ家に復権して欲しいのか、それとも、フランスに媚びを売りたいのか、まったく定見もなく、それぞれの勢力が互いを裏切り合っている。まあ、だからこそ、こうして手を回して、あなた方に薬を盛ることもできたのですがね」

リュファスは、手稿を収めた箱を机から持ち上げた。最後にもう一度、何か忘れたものはないかと部屋を見渡してから、アルフォンソに近づいて、耳元でささやいた。

「あなたは愉快な人だから、一つ助言を差し上げましょう。あなたの弱みは、あの少年です。ヴェネツィアで、あの少年を助けようとして、黒衣の騎士に斬られたときに気づきました。それから、わたしを脅しに来たときにね。いつか、これは使えると。ですから、今日この席で、ご期待に応えて差し上げたというわけです」

リュファスは、うっすらとコルネーリオの血のついた短剣を、アルフォンソの目の前の机の上に置いた。

「それから、もう一つ、教えてあげましょう。フランチェスカの父親のことです」

その陰謀めいた口調に、コルネーリオは心臓が激しく打つのを感じた。咄嗟にスツールから跳ね起きようとするが、身体が動かない。リュファスが冷笑して続けた。

「あの者を捕らえるのは、さほど難しくもありませんでした。旧知の取引先を装って商談だと告げると、いそいそとやって来たそうです。今ごろは、ロマーナ門のそばの廃屋に吊るされているころでしょう。足の血管を切り開いてね。放っておけば、少しずつ血が流れて、やがて死に到ります」

そのあまりの卑劣なやり口に、コルネーリオは胸の奥が炙られるような怒りを感じた。その憤りの視線を微笑で受け流して、リュファスが続けた。

「ですが、今ならまだ間に合います。運の良いことに、治癒の力を持つ少年もいる。この短剣を、アルフォンソどののもとに残していきましょう。それで縄を切り、ここから脱出して、助けに行ってあげてください。わたしの後を追うより有益なはずですよ。その間に、わたしはフィレンツェから失礼して、ミラノへと向かわせていただくことにします」

リュファスは優雅に一揖《いちゆう》して、ミケランジェロに向き直った。

「では、皆さま、ご機嫌よう。一応、お知らせしておきますが、皆さんに盛ったのは、ただの痺れ薬です。効き目も長くない。〝神のごときミケランジェロ〟を殺したなどと、あらぬ噂を立てられては、わが陛下に会わせる顔がありませんのでね。ですから、気が向いたら、ミラノまで追ってきていただいても構いませんよ。楽しみにお待ちしています」

もう一度、ご機嫌よう、と場にそぐわぬ一言を残すと、リュファスはゆっくりとミケランジェロに背を向けた。それから、悠然と扉を開けて消えた。

フランチェスカが駆けつけたとき、父は廃屋の低い天井から吊るされた荒縄に両の手首をつながれて、ぶら下がるようにして立たされていた。そのぐったりとした姿を、薄闇の中、取り囲むように置かれたランプの光が照らしている。あまりに悪趣味な演出だった。廃屋の隅にはジャンパオロが縛り上げられていた。フランチェスカは怒りで全身が震えた。

「お父さま!」

悲鳴にも似た声を上げて、その身体にすがりつく。アルフォンソが素早く縄を切って、エミーリオとともに、血溜まりを避けて床に横たえた。

「お父さま、お父さま!」

フランチェスカは必死で呼びかけた。父が大儀そうに、ゆっくりと目を開いて、焦点の合わない目でフランチェスカを見た。

「大丈夫よ、お父さま、動かないで――」

聞こえたかどうかは分からない。父は短くうめいて、目を閉じた。

「大丈夫、おれが助けるから」

コルネーリオが、すぐ隣りにしゃがんで、傷の具合を確かめた。それから、父の足首の傷に手を添えて、太古の歌を歌うように治癒の力を注いでいった。流れる血が止まり、やがて父の呼吸が安定して、静かに眠るように胸を上下させて落ち着くまでの時間が、永遠のように感じられた。

「これで、もう大丈夫だと思う」コルネーリオが額の汗を拭って言った。力を行使した疲労のために、ぐったりとして、唇が少し紫色に染まっている。

「ごめんなさい、コルネーリオ」フランチェスカはその手を握った。「本当に、ありがとう。父を救ってくれて」

「いいんだ。間に合って良かった」

グリエルモとヴィオレッタたちが廃屋の周囲を探したが、父をこのような目に遭わせた者たちは、すでに立ち去った後だった。拘束を解かれたジャンパオロが悄然《しょうぜん》として言った。

「すみません、お嬢さま。警戒はしていたのですが、やつらが襲うならジョットの鐘楼のほうだと油断していました……」

フランチェスカは、ようやく詰めていた息を吐いた。全身から力が抜けて、倒れそうになる。

けれども、それよりも強い怒りが、フランチェスカを奮い立たせた。

かれらは、父を謀略の手駒にした。人の生命を捨て石として利用することに、微塵《みじん》も躊躇《ちゅうちょ》しない。そのことへの憤りが、胸を震わせて、渦巻いていた。

フランチェスカは、自分がこの戦いに参加することの意味を、改めて思った。これまでは、知恵を請われ、それが嬉しくて同行していた。外の世界に出られる喜びもあった。一方で、旅の途中で無力さを感じることもあった。書物で得た知識が、すべてではないことも知った。自分に何ができるだろうかと、弱気になって自問したこともあった。

けれども、今、フランチェスカの中で何かが変わり始めていた。胸の内側で、怒りの炎が、ゆっくりとその熱で鋼《はがね》を鍛《きた》えるように、強い意思へと変わっていく。

「――絶対に、かれらには渡さない」

フランチェスカは、低くささやいた。コルネーリオが驚きを浮かべた表情で見つめた。フランチェスカは立ち上がり、アルフォンソの目を真っすぐに見上げた。

「お願いです。ミラノへは、わたしも連れていってください。絶対に、卑劣な者たちの手に、マエストロの秘密は渡さない」

それが、厳しい道なのは分かっていた。手稿も鍵も奪われて、手がかりは、解読もあやふやな暗号詩だけだ。

フランチェスカは、足元に横たわる父を見た。本当は、完全に傷が癒《い》えるまで、つき添っていたい。危険な旅に出て、これ以上の心配もかけたくない。

〝許して、お父さま――〟

フランチェスカは、胸のロザリオを握りしめて誓った。必ず、やり遂げて戻るのだ、と。

第三部

1

「これが、教訓になったのなら良いのですが」

目深にかぶった僧衣のフードの奥から、男がミケランジェロに向かって言った。フィレンツェの政庁舎の二階、燭台《しょくだい》の火が灯された〝五百人大広間〟で、ミケランジェロは、ヴァチカンの使者と向かい合っていた。高い天井の下、巨大な壁面にレオナルド・ダ・ヴィンチが描いた『アンギアーリの戦い』が、二人を見下ろしている。

「レオナルド・ダ・ヴィンチの手稿は奪われ、フランスの援軍の望みも断たれました」ヴァチカンの使者が、感情のない声で続けた。「もはや、フィレンツェに残された道は、降服しかありません。そのことが、きちんと理解できたなら良いのですが」

「本当に、これで終わりだと思うのか?」ミケランジェロは嫌悪を込めて相手を見つめた。

「自由を圧殺し、理想を踏み潰す敵に、われわれが屈するとでも?」

「そして、悲惨な末路を迎えますか? この『アンギアーリの戦い』のように。凄惨《せいさん》な殺し合いの中へと市民を巻き込んで、血溜まりの中に沈めると？」

ミケランジェロは沈黙した。ヴァチカンの使者は嘲《あざけ》るような表情を浮かべた。

「まさか、芸術の力で戦争を止められると思っているのではないでしょうね？　この絵画が、戦争というのは残酷で無意味な殺し合いだと訴えたから、われわれがフィレンツェの攻囲を思い直すとでも？　それは、お笑い草だ」

ミケランジェロは、使者から視線をそらして、その未完で残された壁画を見上げた。雄叫びを上げて軍旗を奪い合う兵士、歯を剝き出して三日月刀を振り上げる男、激しく衝突する軍馬。生々しい一瞬が永遠の中に静止して、見る者を圧倒する。

「ですが、案ずることはありません」ヴァチカンの使者がささやいた。「そうした凄惨な戦いになることは、決してないでしょう」

「――どういうことだ？」

「フィレンツェが、本気でわれわれに歯向かうことはない、ということですよ。例えば、あなたは共和国政府の軍事九人委員会の一員で、間もなく築城責任者にも就こうとしています。城壁を強化して、われわれの攻撃から都市を守るために。そして、築城責任者であるあなたは、街の南側のサン・ミニアートの丘こそ防衛の重要拠点になるとみて、砦《とりで》を築こうとしています。ここに砲台を据えつけて、われわれの軍隊を撃退するためです」

「なぜそれを――」

知っているのか、と思わず訊きかけて、ミケランジェロは口を閉ざした。重要な軍事機密が、いとも簡単に洩れている。そういうことだった。

「ですが、ご心配なく」ヴァチカンの使者は見透かしたように続けた。「あなたの城塞が、完成することはありません。なぜなら、市政長官が建造に必要な資金を差し止めて、人員を撤収させるからです。総司令官も、あなた以外の軍事九人委員会の面々も、サン・ミニアートの補強工事に興味を示さないでしょう。絹織物と毛織物の両組合は資金を提供しません。それだけではない。城塞を建造するために、かの地に建てられているメディチ家の別荘と庭園を取り壊して更地にすることに、誰もが強く反対するでしょう。フィレンツェが陥落した後の報復を怖れるためです」

そこまでひと息に言って、ヴァチカンの使者は悠然《ゆうぜん》と微笑《びしょう》を浮かべた。

「ですから、神ならぬわたしにも、予言することができます。あなたの城塞が完成することは、決してないと。教皇猊下《げいか》はあなたの才能を惜しんでいます。このまま反逆者として生命を散らせるには忍びないと。手をお引きなさい。それが、唯一の選択です」

沈黙が、巨大な広間を押し包んだ。ミケランジェロは視線を上げて、相手を見据えた。

「わたしは、民衆の力を信じている」

「もちろん、あなたがそれを信じていることは、理解しています。あなたが、かつてシスティーナ礼拝堂の天井に天地創造の物語を描いたとき、あなたは、荘厳な姿の神や天使や預言者や巫女ではなく、生身の肉体を持った者たちの裸体で一面を埋め尽くしてしまった。そうした理由を、わたしは理解しています。あなたが描いたのは、名もなき民衆だ。世界を創造し、支えているのは光輪や翼を持った聖人や天使などではなく、われわれのような聖職者などでもなく、名もなき民衆なのだと、あなたはこの絵画によって示したかった。だから、メディチ家の専制ではなく共和制を、市民による統治を望んでいる。もちろん、それは異端の萌芽を孕んだ危険な思想ですが、あなたの考えそれ自体は、わたしも理解しています」

ヴァチカンの使者は一瞬、言葉を切り、それから声を落として続けた。

「ですが、思い返してみることです。ローマ劫略《ごうりゃく》で、野蛮なドイツ傭兵とスペイン兵が踏み込んできたときのことを。ルターの危険思想に毒されたかれらも、カトリック教会の聖性を否定して、永遠の都を徹底的に破壊しました。かれらこそ、あなたが描いた名もなき民衆です。虐げられ、怒りに燃え、世界の底辺から立ち上がり、そして、虐殺と略奪の限りを尽くしていきました。あなたが天井画を描いたシスティーナ礼拝堂や、ラファエロが壁画を描いた宮殿の部屋も、かれらに占拠され、粗暴な略奪者どもの兵舎や馬小屋にされました。いいですか、馬小屋ですよ。それでも、民衆の力を信じると？」

ミケランジェロは、沈黙したまま、使者をにらみつけた。

「よく考えてみることです。芸術に、戦争を止めることはできません。民衆を自由と正義に目覚めさせることも。ですから、大それた考えは捨てて、膝を屈しなさい。それが、正しい道なのです」

それが、最後の言葉だった。ヴァチカンの使者は憫笑《びんしょう》を残して僧衣を翻《ひるがえ》すと、ミケランジェロに背を向けて、ゆっくりと大評議会の間から去っていった。

セヴラン・リュファスは、うっすらとした夜霧がけぶる中、従者のシャサールと並んでミラノの古い城壁の外へと向かっていた。目深にかぶったフードで湿った風をしのぎながら、低地に茂る桑の木々を縫って歩いていく。フランス王の命を受け、陰謀を巡らせて、ようやく、ここまでたどり着いたかと、一瞬、感慨に浸りそうになる。

だが、このとき不快な声がして、リュファスの思考を遮《さえぎ》った。

「そうやって、すぐに自己陶酔の海に溺れるのは、フランス人の悪いくせだ」

振り向くと、ヴァチカンの暗殺者が、醜い笑みを浮かべてこちらを見つめていた。剃髪《ていはつ》した魁偉《かいい》な容貌が、松明《たいまつ》の火影の中でいっそう不気味に見える。その隣りには、ハプスブルクの黒衣の騎士がいた。さらに背後には、かれらの配下の兵が続いている。

「まだ、すべてが終わったわけではないぞ」ヴァチカンの〝死の天使〟が低く笑った。「われわれは、まだ秘密を手に入れていない。陶酔に浸るのは早い」

「もちろん、心得ていますとも」リュファスは不快感をこらえて微笑した。「ですが、すでにことは成ったも同然です。あなたこそ、何を怖れているのです？」

言外に、薬物を使わなければ戦うこともできない臆病者めが、という嘲りを匂わせる。一瞬、剃髪の暗殺者は気色ばんだが、黒衣の騎士が割って入った。

「無益な争いはやめよ」それから、リュファスに向き直り、警告する。「お前もだ、フランス人。口を閉じて、そのよく回る舌は引っ込めておけ」

リュファスは微笑を残して沈黙した。もとより、このような野蛮な者たちと楽しく語り合いたいと思ったこともない。

手を組んだのは、あくまで一時的な方便だと、リュファスは胸中で独りごちた。国王フランソワ一世がナポリの奪還に失敗し、イタリア半島におけるフランスの勢いが削がれつつある今、リュファスの手勢だけで、敵と味方が混沌とした戦いを繰り広げる渦中を突破して、ミラノにたどり着くのは難しい、という現実的な判断だ。確かに、フランスは現在、そのミラノの攻略を目指して兵を起こしてはいるが、情勢は流動的であり、後押しを期待できるような状況でもなかった。

もちろん、このまま〝万能の天才〟の秘密を渡すつもりはない。ミラノには、すでに随分と前から密かに配下の者たちを潜入させてあった。レオナルド・ダ・ヴィンチが最終的な秘密の隠し場所として選ぶなら、イル・モーロの宮廷に長く滞在したミラノ以外にはあり得ないと、最初から思っていた。だから、先手を打っておいた。今この瞬間にも、兵士が葡萄《ぶどう》園を監視しているはずだ。サライの家で秘密が見つかれば、突入して制圧する。

フィレンツェとヴェネツィアの連中が、まだ姿を見せていないことは気になったが、結局、リュファスがお膳立てしてやったにもかかわらず、追いつくことができなかったのだろうと推測した。

〝――だから、あらかじめミラノに兵を潜ませておけと、言ってやったのだがな〟

最初にアルフォンソたちと合流して、ヴェネツィアに向かっていたときのことだ。だが、どうやら、それを汲み取るだけの頭はフィレンツェの密偵どもにはなかったらしい。本来なら、かれらをヴァチカンとハプスブルクの阿呆どもと相討ちにさせてから、フランス兵を突入させ、確実に制圧したかったが、残念だ。それでも、まあ、何とかなるだろう、とリュファスは冷静に計算した。

このダイダロスの迷宮で、アリアドネの糸を握っているのは自分なのだ。

誰もが、リュファスのことを舌先三寸で謀略を紡ぐ煽動者《せんどう》だと思っている。だが、それは間違いだ。弁舌とは、最後の仕上げに添える余興のようなものだ。リュファスが舌先三寸を振るうときには、とうに勝敗は決している。だが、ことの本質を理解できぬ者の、何と多いことか。リュファスは、アンボワーズの公証人の庶子として生まれた。生来の権利として受け継ぐべき父親の名もなく、援助も受けられず、成り上がるには己の才覚だけが頼りだった。そんなときだ。街でレオナルド・ダ・ヴィンチの姿を見かけたのは。

その色彩に溢れた光景を、今でもはっきりと憶えている。偉大なるマエストロは、白いあご鬚《ひげ》を胸元まで伸ばした端整な容姿に、薔薇《ばら》色のタフタのガウンを着て、濃い紫色のサテンのコートを羽織っていた。愛想良く、穏やかな微笑を浮かべて、周囲の取り巻きや弟子たちと談笑しながら歩いている。

その光景は、まだ十代だったリュファスに強い印象を残した。同じく公証人の庶子として生まれ、高い教育を受ける機会を得られなかったにもかかわらず、自然や科学に精通し、数々の名画を生み出して、フランソワ一世の寵愛を受ける身へと昇り詰めた。

このとき目に焼きつけた光景が、リュファスの人生の揺るがぬ指針となる。

何事においても対象を精緻に観察し、描き出し、機械仕掛けのように分析する。それが、レオナルド・ダ・ヴィンチから学んだことだった。相手をよく観察すれば、その者が心に抱いた欲望や、葛藤《かっとう》や、怖れていることを見抜くのは簡単だった。それを梃子にして、甘言や脅しを巧みに使い分ければ、相手を操ることなど、造作ない。

そして、また一つ、陰謀の成果が結実しようとしている。

リュファスは下草の茂みを踏んで、歩き続けた。霧の向こうに、サンタ・マリア・デッレ・グラーツィエ教会の円蓋がうっすらと浮かんでいる。かつてレオナルド・ダ・ヴィンチが、付属の修道院の食堂の壁に『最後の晩餐《ばんさん》』を描いた場所だ。そのあまりに有名な傑作の報酬として、ミラノ公だったイル・モーロは、教会の南側の向かいに広がる葡萄園を、この〝万能の天才〟に贈与した。

リュファスは教会を回り込むようにして、霧を透かして見える壮麗《そうれい》な屋敷のほうへと歩いていった。錬鉄《れんてつ》の柵を乗り越えると、広大な庭園があり、ギリシア時代の神々や英雄の彫像を飾った小道が続いていた。奥には木々の枝が絡んだ石のアーチ門があり、そこをくぐった先が葡萄園になっている。

「いよいよだな」黒衣の騎士が、暗い興奮を隠しきれない声を響かせた。

リュファスは武装した一団とともに、葡萄園の中へと踏み込んだ。サライの家へと向かって歩いていく。松明の光が、念入りに選定された生垣を照らした。石積みの井筒と花壇のそばを通り過ぎて、リュファスはその家の前へと立つ。

鎧戸《よろいど》から、ぼんやりと窓明かりが洩れていた。レオナルド・ダ・ヴィンチの弟子だったサライはすでに他界して、今では葡萄園の管理を引き継いだ者が住んでいる。だが、リュファスにとっては、誰が住んでいようと同じことだった。

扉の前に立ち、鋳鉄《ちゅうてつ》のノッカーを叩く。中から家人の声がした。やがて足音が近づいてきて、扉の向こうで止まった瞬間、リュファスたちは一斉に剣を抜き放った——

2

「やつらは、もうサライの葡萄《ぶどう》園を捜索してしまった後かしら?」

周囲の夜気に息を吐きながら、ヴィオレッタが訊いた。アルフォンソは、歩みを止めずに振り返った。かすかな月明かりの中、翡翠《ひすい》の色をした瞳と視線が合う。

「恐らく、その可能性は高いだろうな」アルフォンソは淡々と答えた。「だが、マエストロの秘密を見つけることができたとは限らない。まだ希望はある」

「そうね」ヴィオレッタがうなずいて、静かにささやいた。「そう信じないと」

アルフォンソたちがいるのは、ミラノの古い城壁の外だった。濃紺の大気の中、灌木《かんぼく》の茂みが風に震え、枯れ草が身を伏せて音を立てる。視界の先に、サンタ・マリア・デッレ・グラーツィエ教会の円蓋が月光を浴びて浮かんでいた。サライの葡萄園はすぐそこだ。

「いよいよだ」アルフォンソは、後続のエミーリオとフェルディナンドに声をかけた。「ここまで来れば、敵がどこに潜んでいるか、分からない。気をつけろ」

アルフォンソは、かつてブラマンテが設計を手がけた教会の円蓋を視界に収めながら、建物を回り込んで、南側の向かいに広がる葡萄園のほうへと慎重に歩いていった。グリエルモは、コルネーリオとフランチェスカとともに夜営地に残してきた。だから、この危険な任務に挑むのは、総勢で四人しかいない。

本当なら、もっと早くにここまでたどり着いて、敵がサライの葡萄園を捜索するのを阻止しなければならなかった。だが、ヴェネツィアからルッカやフィレンツェへと向かったときとは異なり、この一帯はハプスブルクとフランスの軍勢が混沌とした戦いを繰り広げる地域であり、常に伏兵を警戒しながら進まねばならなかった。さらには、ヴェネツィアもまたこれに一枚嚙んでおり、スイス傭兵を雇ってこの地に展開させてはいるが、ヴァチカンとの関係もあり、表立っての掩護は期待できない。そのために、想定した以上に時間がかかってしまった。

ミラノの情勢は、列国の思惑が絡み合い、複雑に入り組んでいる。フランスの前王ルイ十二世がこのロンバルディア平原の要衝の都を征服し、スフォルツァ家のミラノ公イル・モーロを失脚させたのが、今から三十年前の一四九九年のことだ。以来、ミラノはフランスとハプスブルクを軸としたイタリア戦争の主戦場の一つとなってきた。復権を狙うスフォルツァ家に、ハプスブルクやヴァチカン、ヴェネツィアやフィレンツェといったイタリア諸国の思惑が絡み合い、同盟関係が目まぐるしく変わる。

列国の手を借りたスフォルツァ家は、いったんはミラノを取り戻すが、その後はフランス王フランソワ一世と神聖ローマ皇帝カール五世の争いに巻き込まれる。ミラノはカール五世の軍隊に制圧され、勢力下に置かれることになった。だが、その支配も盤石ではなく、教皇クレメンス七世の援助を受けたスフォルツァ家のフランチェスコ二世が、フランソワ一世とカール五世の確執に便乗しながら虎視眈々《こしたんたん》と復権に向けた布石を打っている、というのが現在の情勢だった。

〝大丈夫だ。やつらは、まだ秘密を見つけてはいない〟

アルフォンソは自らの胸に言い聞かせながら、葡萄園へと近づいていった。たとえ、サライの家に本当に秘密が隠されているのだとしても、詳しい場所までは特定できていない。やつらも同じなら、焦らずとも、まだ追いついて、出し抜く余地がある。

だから、今夜の任務では、無理はせず、待ち伏せなどの気配を感じたら即座に撤収する手筈になっていた。敵がフランス人たちだけなのか、それともヴァチカンやハプスブルクとも手を組んだのか、まずは状況を探る。たった四人で来たのも、そのためだ。コルネーリオとフランチェスカは城外に残り、グリエルモがそばにいて安全を守る。昨日の夜、街道沿いの夜営地で入念に打ち合わせをしたときに、そう申し合わせたのだった。

「――まさか、このような重要な任務で、留守番をさせられるとはな」

グリエルモは、切り株の一つに腰を下ろして、ぼやいてみせたものだ。むくれた表情を、焚き火の光が照らしている。

「あんたも、もう歳だからな」アルフォンソは、微笑《びしょう》を含んだ声で言う。

「歳とは言っても、お前と二十歳しか変わらん。何度も言わせるな」

「どのみち、コルネーリオとフランチェスカを守る大人が必要だ。あんたは適任だよ」

「わたしも、グリエルモさんがそばにいてくれたら、心強いと思います」

フランチェスカが真剣な目をして言った。その隣りで、コルネーリオも強くうなずいている。

グリエルモは表情を弛めた。

「嬉しいことを言ってくれる。フランチェスカは、いい子だな」それから、アルフォンソに視線を向けて言う。「そこにいる魂の汚れてしまった大人とは、大違いだ」

アルフォンソは苦笑を浮かべて、無言で肩をすくめてみせた。グリエルモは、フランチェスカに向き直って、穏やかな笑みを浮かべた。

「もし、わたしが死んだら、集めたマエストロの手稿は、あんたがもらってくれ。価値が分かる者に、引き継いでもらいたいからな」

一瞬、フランチェスカは目を輝かせたが、すぐに嬉しそうな顔をしてしまったことに気づいて、恥じ入るようにうつむいて顔を曇らせた。

「でも、わたし、グリエルモさんが亡くなるところなんて、考えたくありません」

「おお、やはり、わたしの見込んだ通り、素晴らしい娘だ」グリエルモは手を打って称讃した。

「コルネーリオも、嫁にもらうなら、こういう気立ての良い子にするんだぞ」

この不意討ちに、コルネーリオが思わずむせ返って、顔を真っ赤にした。返す言葉もなく、一瞬、フランチェスカを見て、慌《あわ》てて目をそらす。微妙に気まずい雰囲気になりかけたところで、フランチェスカが懸命に考えを振り絞って、話題を変えた。

「そのう、グリエルモさん」おずおずと場を取り繕うように、フランチェスカは尋ねた。「サライの葡萄園のそばのサンタ・マリア・デッレ・グラーツィエ教会には、あの有名な『最後の晩餐《ばんさん》』があるのでしょう？　グリエルモさんは、見たことがあるの？」

「遙か昔にな。それは、素晴らしい傑作だ」

『最後の晩餐』は、レオナルド・ダ・ヴィンチがミラノ公だったイル・モーロの依頼で、教会付属の修道院の食堂の壁に描いた傑作として知られている。キリストの処刑前夜、弟子たちと最後の食卓を囲んだとき、この中に裏切り者がいると告げた衝撃の一瞬を、大胆な構図と精緻な筆致で切り取ったものだ。

作品が完成するや否や、評判はヨーロッパ中を駆け巡った。多くの文化人や芸術家が一目見ようと押しかけて、画家たちが熱心に模写をした、と伝えられる。

「わたしは、お父さまが取り寄せてくれた模写でしか、見たことがないの。一度でいいから、この目で本物を見てみたい」

「確かに、その通りだな」グリエルモが強くうなずいた。「わたしも、この厄介な任務のせいで、あの絵のことはすっかり念頭から抜け落ちてしまっていた。だが、確かに、せっかくここまで来ているなら、もう一度、見てみたいものだ」

「そんなにすごい絵なの、その『最後の晩餐』って?」コルネーリオが身を乗り出した。

「ああ、お前さんも、見れば分かる。この絵が描かれた直後にミラノを征服したフランス王ルイ十二世は、都に到着した翌日、さっそく見に訪れている。そして、側仕えの者に尋ねたという。たとえ、この食堂が崩壊することになったとしても、何とかして、この絵を持ち帰れないだろうか、とな。費用はいくらかかっても構わぬと言って、技術者たちに方法を検討させたほどだ。それから十五年ほど後に、同じくミラノを訪れた今の国王のフランソワ一世も、まったく同じことを求めたという。だが、壁から剝がすことも、壁ごと動かすこともできず、結局、持ち帰ることはできなかった」

グリエルモは、手稿収集家の博識を見せて、嬉々として説明した。

「それだけじゃないぞ。あの絵は、マエストロの兵器の秘密を解き明かす手がかりとなるかも知れぬ。あの絵には、かれがミラノ時代に研究に没頭したすべての成果が詰め込まれている、と言われている。解剖学から幾何学、光学、遠近法、人相学まで、すべての探究や実験の成果を注ぎ込んだ傑作だと。だから、仔細《しさい》に観察すれば、偉大なる〝万能の天才〟の思考をたどることができ、兵器の秘密にも迫れるというわけだ」

「すごいや」コルネーリオが目を輝かせた。「おれにも、そんな才能があったらなあ」

「卑下することはないぞ。お前さんにも、素晴らしい才能があるじゃないか」

「――おれに？」

「その治癒の力だよ」グリエルモは慈しむような目をして言った。「教会は、お前さんの力は魔術であり、忌《い》むべき〝悪魔の技〟だと言う。だがそれは、自らが理解できぬものを理解しようとする努力を放棄して、拒絶しているだけだ。だって、そうだろう？　それを言うなら、ミケランジェロが巨大な大理石から『ピエタ』や『ダヴィデ』といった傑作を削り出し、レオナルド・ダ・ヴィンチが無からあの素晴らしい絵画を生み出した奇蹟は、魔術とは違うのかね？　どちらも、常人には到底、なし得ぬ技だ。わたしには、優れた才能というのは、それぞれ形は違えど、どれも魔術のようなものだと思えるね」

「おれ、そんなことを言われたのは、初めてだ」コルネーリオが声を弾ませた。

「もちろん、才能だけではないぞ。努力も必要なのは、言うまでもない。レオナルド・ダ・ヴィンチが『最後の晩餐』を描いた様子については、当時の者たちの証言が幾つも残っている。マエストロは、明け方になると修道院にやって来て、足場を上ると、宵闇《よいやみ》で絵が見えなくなるまで食事も忘れて描き続けることもあれば、三、四日もまったく筆を動かさないままじっと壁を見つめて、深く思案に耽《ふけ》っていることもあった、と言われている。あるときは、少し筆を加えただけで食堂を立ち去ったこともあったそうだ。そうやって瞑想と試行錯誤を繰り返しながら、マエストロは『最後の晩餐』を制作した。だから、お前さんも、そうした真摯《しんし》な姿勢を忘れてはならぬ」

「まったく、たいした名演説じゃないか」アルフォンソは苦笑しながら割り込んだ。「だが、頼むから、その子たちを修道院に近づけないでくれよ。危険すぎる」

「相変わらず、無粋な男だな」グリエルモが、ふんと鼻を鳴らした。「これほどの傑作がすぐそばにあるのに、殺戮《さつりく》の兵器を探して、やり合うことしか考えられんとはな。しかも、これを逃したら、もう二度と目にする機会はないかも知れぬというのに」

「それは、どういうこと?」フランチェスカが眉を曇らせた。

「劣化が、激しいのだよ。いつ消えてなくなってしまうか、分からない。さっきも説明したように、マエストロは思索と試行錯誤を巡らせながら『最後の晩餐』を描いた。だから、そのために壁画としては一般的なフレスコ画の手法を採用しなかった。フレスコ画というのは、漆喰《しっくい》を塗ったら生乾きのうちに絵を描き、それを乾燥させることで、絵具をしっかりと壁に定着させるという技法だが、そうしたやり方では、じっくり考えて筆を入れたり、後から描き直したり、色を重ねたりできないからだ」

だから、レオナルド・ダ・ヴィンチは乾いた漆喰の壁に鉛白の下塗りをして、その上に絵具で描くテンペラ画を応用した手法で『最後の晩餐』を制作した、とグリエルモは説明した。これにより、幾度も手直しを加えたり、納得がいくまで層を重ねたりして、微妙な陰影を表現することが可能になる。絵具を壁に定着させ、かつ絵に光沢を与えるため、油を加えた卵の白身に顔料を溶かすという独特の手法を編み出しさえもした。

「確かに、こうした実験的な手法のお陰で、『最後の晩餐』は見事な仕上がりとなり、世紀の傑作となった。だが一方で、マエストロが意図したほどには顔料が定着せずに剝落し、数年後に色が変わり始め、さらには食堂の湿気のために絵が消え始めてしまった。修道院やミラノの為政者は、この傑作を救おうと、必死で修復を試みているが、今見ておかねば、いつ消えてなくなるか分からない、というのが現実だ。だから、まだ絵画が存在するうちに、もう一度、目に焼きつけたいと願っているのだ」

フランチェスカが、一段と心配そうな顔つきになる。アルフォンソは、やれやれ、と小さく首を振って、グリエルモをたしなめた。

「ほら、これ以上、焚きつけるんじゃない。これでは、まるで、おれだけが芸術を解さぬ石頭みたいじゃないか。さては、自分が作戦に同行できないから、意趣返しか？」

「フィレンツェで痺れ薬を盛られることも、教えてもらえなかったからな」グリエルモが澄ました表情で言う。「コルネーリオも怒ったほうがよいぞ。お陰でひどい目に遭った」

「あんたは、考えていることがすぐに顔に出るからな」アルフォンソは指摘した。

「ヴェネツィア人たちにまで、教えなかったのは？」

「あの時点では、かれらがフランスと組んでいないと、確証がなかったからだ」

「ああ、そうやって、誰も信じられぬとはな」グリエルモは大仰な仕種でかぶりを振ってみせた。「いいか、コルネーリオ、決して、ああいう大人にだけはなってはいかんぞ」

「分かったよ、グリエルモさん」コルネーリオが嬉々とした声で返事をする。

ああ、またそう来たか、とアルフォンソは嘆息した。このところ、口ではまったくかなわない。しかも、徒党を組まれてはたまらぬと、白旗を掲げて退散しようとする。そうした考えが顔に出てしまったのか、フランチェスカがアルフォンソを見て、くすりと笑った。不覚というほかない。密偵が、これほど簡単に表情を読まれるとは。

「さあ、子供はもう寝る時間だ」アルフォンソは手で厄介事を追い払う仕種をした。「ほら、フランチェスカも、体調を崩さぬように、身体を休めておけ」

やがて、グリエルモが夜営地の隅へと引き揚げて、フランチェスカがヴィオレッタのほうへと立ち去った後も、コルネーリオはなぜか、ぐずぐずとして、その場に残っていた。

「どうかしたか？」アルフォンソは尋ねた。

「ううん、何でもない」

コルネーリオはぎこちなく首を振った。ルッカでの出来事以来、少し関係がぎくしゃくしていたから、切り出しにくいのだろう。それでも、コルネーリオはありったけの勇気をかき集めた様子で、懐《ふところ》に手を入れて、小さな木彫りのペンダントを取り出した。

「これ、母さんの形見なんだ」わずかに伏し目がちに、アルフォンソを見上げて言う。「ほら、オリヴィエーロさんも、フランチェスカにロザリオを渡してただろ？　だから、アルフォンソにも、明日、サライの葡萄園に行くときに、持っていってもらおうかと」

アルフォンソは、じっとコルネーリオの目を見つめた。少年は、少し慌てたような表情をして、言い訳するように言った。

「本当は、母さんの髪を残しておきたかったんだけど、ほら、魔女だと言われて、連れていかれてしまっただろ。だから、これしかなくて――」

「そんなに大切なものを、おれが受け取るわけにはいかない」アルフォンソは少年の手にペンダントを戻して、そっと握らせた。「だが、気持ちは受け取った。おれなら大丈夫だ。心配しないで待ってろ」

コルネーリオは、それでも、すぐには立ち去りがたいような表情をして、とどまっていた。アルフォンソは手を伸ばして、その楓葉《ふうよう》色の髪をくしゃくしゃとかき回した。コルネーリオが、咄嗟《とっさ》に身をすくめて逃れようとする。

「おれはもう、十三歳なのに、そんな子供扱いはやめてくれよ」

「分かった、分かった」アルフォンソは笑った。

その昨夜の、柔らかな髪の感触が、まだ手に残っていた。アルフォンソは現在へと意識を戻して、任務に集中しようとした。月明かりの中、サンタ・マリア・デッレ・グラーツィエ教会を回り込んで、その向こうの屋敷の前に出る。錬鉄《れんてつ》の柵が庭園を囲んでいた。

「誰もいない」ヴィオレッタが鋭くささやいた。「静かすぎる。罠《わな》かも知れない」

「あるいは、すでに捜索を終えて、完全に撤収したかだな」アルフォンソはささやき返した。

「いずれにせよ、中の状況を確かめねば。手早く済ませよう」

ヴィオレッタがうなずいて、後続のフェルディナンドと視線を交わした。アルフォンソもエミーリオに合図を送る。そして、錬鉄の柵を越えて庭園へと踏み込んだ。

3

最初に感じたのは、全身の肌を刺すような張り詰めた静寂だった。夜気に包まれた庭園には、屋敷から洩れる明かりも、門番も使用人の気配もない。だが、アルフォンソの密偵としての感覚が、明らかに、何かがおかしいと告げていた。

夜露で濡れた丸石敷きの道を慎重に進む。ヴィオレッタと並んで石のアーチ門をくぐり、庭園と隣り合う葡萄《ぶどう》園へと入っていく。エミーリオとフェルディナンドも続いた。

「やはり、奇妙ね」ヴィオレッタが言った。「ここは良く手入れされている。荒らされた形跡もない。なのに、誰もいないなんて」

「やつらに先を越されたのは、確実だろうな」アルフォンソは短く思案して答えた。「もしかしたら、フランス人たちはヴァチカンとハプスブルクのことも裏切るかと思ったが、少なくとも、ここまでは手を組んで来たようだ」

「まあ、そうでしょうね。ハプスブルクとフランスの混戦の地だもの。手を組むしかない」

「だが、その後、何かが起こった」

「それが、この異様な静けさの理由だと？」

それ以上のことは、アルフォンソにも推測できなかった。その場で立ち止まり、もう一度、周囲に警戒の視線を注いでから、腰の剣を抜く。

「行ってみるしかないな」

アルフォンソは、葡萄園の奥へと足を踏み入れた。念入りに剪定された生垣に沿って進み、枝々の絡んだ樹木の連なりを抜ける。石積みの井筒と花壇のそばを過ぎると、そこがサライの家だった。やはり明かりはついておらず、人の気配もない。

無理に押し入った形跡はなかった。よほど圧倒的な戦力で迅速に制圧したか、家人が自ら明け渡したか、いずれかだ。さすがに、やつらがまだ到達しておらず、たまたま家人が留守にしているだけだという楽観的な考えを抱くことはできなかった。

「待って、中の物音を探ってみる」

ヴィオレッタがそう言って、短く呪文を詠唱した。それから、扉に近づいて、耳を澄ます。魔術で聴力を強化して、気配を探っているのだと分かった。ヴィオレッタはアルフォンソを振り返って、首を横に振った。

「誰もいない」

どうすべきか、とアルフォンソは思案を巡らせた。すでに家人や使用人たちは殺されたか、連れ去られたかのどちらかだろう。敵が待ち伏せの罠《わな》を仕掛けているのなら、ヴィオレッタが家の中に気配を感じたはずだ。だが、それもない。

「とりあえず、二人を外に残して、わたしたちで中を調べましょう」ヴィオレッタが提案した。

「外で何かあれば、フェルディナンドが呼び笛で知らせる」

アルフォンソは了解のしるしにうなずいた。ヴィオレッタが、もう一度、扉の向こう側の気配を探る。その間に、エミーリオとフェルディナンドは壁際の暗がりへと身を隠した。アルフォンソは剣を鞘《さや》に収めて、代わりに右腰の短剣を抜いた。狭い家の中で、もし戦いになれば、長さのある得物は邪魔になるからだ。

扉に手をかける。鍵はかかっていない。軽く引くと、かすかに蝶番《ちょうつがい》の音がして開いた。アルフォンソは身動きを止めて反応を待ったが、何も起こらなかった。家人も使用人も現れず、敵が襲ってくることもない。ただ静寂が広がっているだけだ。

「反応はなし」ヴィオレッタが素早くささやいた。「罠の気配もなし。入ってみる」

ヴィオレッタは中へと身体を滑り込ませた。アルフォンソも後に続いてから、扉を閉めた。ヴィオレッタが腰帯から魔術師の杖を抜き、短く呪文を唱えて先端の水晶に光を灯す。その瞬間、家の中の様子が青白く浮かび上がった。

簡素な調度や装飾をしつらえた空間だった。玄関の先に小広間があり、そこから食堂や応接室へと続いている。室内は暗く、冷えていた。少なくとも、この数日の間、家が無人だったのは間違いない。

「荒らされた形跡はなし」ヴィオレッタが周囲を観察して言った。「戦いや血の跡もない。家人は抵抗する間もなく、制圧されたに違いない」

「そうしておいてから、悠々と家の中を調べて回ったというわけだ」アルフォンソにも、その光景が目に浮かぶようだった。「だから、荒らす必要すらなかった」

「でも、これじゃ、かれらがどこを調べて、どこを調べなかったのかすら分からない」

「ああ。おれたちで一から調べ直さねば。とんだ手間だな」

アルフォンソたちは一階の食堂と厨房《ちゅうぼう》から調べ始めた。テーブルも椅子も、鍋や皿も整然と並べられており、やはりここ数日、使われた形跡がなかった。暖炉や壁のタピストリの裏側も調べたが、新たな手稿らしきものも、秘密を隠す仕掛けもない。食材や葡萄酒の置かれた貯蔵室も探したが、手がかりになりそうなものは皆無だった。

応接室も同じだった。戸棚や寝椅子や羽毛のクッションの中までしらみ潰しに調べたが、収穫はなかった。こつこつと壁を叩き、音の響き方に耳を澄まして中に空洞がないかも探ったが、徒労に終わっただけだった。

「だんだん、自分が滑稽《こっけい》に思えてきたよ」アルフォンソは、床に置かれた長持の中の衣服をかき分けながら言った。「マキアヴェッリの山荘で手記を探していたときには、少なくとも、必ず何かが見つかるという確信があった。だが、ここは何か変だ」

上階の寝所や使用人たちの部屋を調べ終わるころには、完全に無駄足を踏んだという思いが強まっていた。寝台や長持の中にも、書棚や蔵書の中にも、それらしきものはない。暗号詩にあった〝秘密は神の子のもとに〟という文言を思い出して、家の祭壇に飾られたキリスト像や聖書も手に取って調べたが、何も見つからなかった。

半刻ほどかかって、ようやくすべての部屋の捜索を終えたときには、二人とも空振りに終わった疲労とともに、どこか釈然としない違和感を覚えていた。

「これ以上、探しても、何も見つかりそうにない」ヴィオレッタが小さくかぶりを振った。「わけが分からない。かれらは、すでに秘密を見つけて、持ち出した後なのかしら？」

「だとすれば、今ここが、無人である説明がつかない」

「つまり？」

「やつらは、一瞬でこの家を制圧して、中を調べて回った。そうして、秘密を見つけてしまいさえすれば、もうここには用はないはずだ。兵器の設計図か、新たな暗号詩か、いずれにせよ目的のものさえ手に入れれば、家人や使用人は解放して、撤収するだろう」

「口封じのために連れ去ったか、殺してしまったのかも知れない」

「そもそも、口封じをする意味がない。葡萄園から突然、人が消えれば、かえって妙な噂が立つだけだ」

「でも、現実に、人は消えてる」

「それはまだ、やつらが秘密を手に入れていないからだと思う」アルフォンソは、短く思案して言った。「やつらは、秘密を見つけられなかった。だから、まだ調べ続けている。家人や使用人が戻っていないのは、そのためだ」

「でも、それなら、かれらは今どこに？　ここには誰もいない」

アルフォンソは沈黙して、さらに思考を推し進めた。おぼろげな霧の中から浮かび上がってくるように、一つの推測が、脳裏で形を取る。

「やつらは、おれたちが秘密を見つけるのを、待っている。どれだけ探しても、やつらは秘密を見つけることができなかった。だから、家人や使用人たちをどこかへと連れ去って、家の中を整然と元通りにしておいた上で、おれたちに探させて、それを奪う」

「で、もし、わたしたちにも見つけられなかったら？」

「そのときは、もう、用なしということだろうな」

アルフォンソが言い終えた、まさにその瞬間だった。家の外で鋭い呼び笛の音がした。

4

外へと走り出た瞬間、アルフォンソの目に映ったのは、葡萄《ぶどう》園の木々の間から次々と現れる男たちだった。月光にぎらりと幾筋もの剣が光る。エミーリオが弩弓《どきゅう》の矢を放って応戦し、フェルディナンドが剣を手に敵へと向かっていく。

このとき、夜気の向こうから、巨大な二つの影が現れた。

ハプスブルクの黒衣の騎士と、ヴァチカンの暗殺者だった。戦いの様子を悠然《ゆうぜん》と眺めながら、獲物を追い詰めた獣のように、ゆっくりとこちらへ向かってくる。さらに、その背後に、もう一つの影が見えた。降り注ぐ月光が、ほっそりとした身体と褐色の巻き毛を照らした。セヴラン・リュファスだった。背後にシャサールもいる。

「先に逃げて」ヴィオレッタが腕輪に手をかけて、鋭くささやいた。「わたしたちには、魔力がある。あなたたちを逃がしたら、すぐに飛翔の魔術で脱出する」

アルフォンソは、ルッカでの脱出の光景を思い起こした。確かに、ヴィオレッタの言う通りだった。あのとき、ヴェネツィアの魔術師たちは敵の手の届かない建物の屋根へと跳躍して、脱出した。むしろ、足手まといになるのはアルフォンソたちのほうだ。

「分かった、恩に着る」

短く告げて、エミーリオに向かって指笛を吹く。撤収の合図だ。

その瞬間、武装した男たちが押し寄せてきた。ヴィオレッタが腕輪の一つを発動した。青白い光がその右手を包んで、力を注ぎ込んでいく。ヴィオレッタは腰の巾着《きんちゃく》から銅貨をつかみ取った。つかみ損ねた銅貨がこぼれ落ちるのにも構わず、それらを指に載せ、魔術で強化された力を使って弾き飛ばす。銅貨が幾筋ものきらめく軌跡を描きながら、放射状に拡散して敵へと襲いかかった。

直撃を受けた男たちが苦痛のうめき声を上げる。その中を、アルフォンソは走った。剣を払って血路を切り開き、エミーリオと合流する。

「急げ、突破する」

返事の代わりに、エミーリオが素早く剣を振るって敵の刃を弾いた。そのがら空きになった敵の脇腹を、アルフォンソの剣が薙《な》ぐ。血飛沫《ちしぶき》が散った。アルフォンソは男たちの壁を突き破ると、サライの家を回り込んで、葡萄園を囲む外塀へと向かった。立ちはだかった男に刃の一閃《いっせん》を浴びせて、衝撃で弾き飛ばす。

そのまま勢いを殺さずに、外塀までの最後の距離を駆け抜けていく。跳躍すれば、手をかけて乗り越えられそうだった。だが、踏み切りに備えて力をためようとした、その瞬間だった。背後でヴィオレッタが驚愕に息を呑む鋭い気配がした。

〝振り返るな、跳べ――〟

アルフォンソは自分に言い聞かせた。ヴィオレッタには魔術がある。だから、自力で敵を振り払って、脱出できるはずだ。

だが、異変を無視できなかった。跳躍の寸前、アルフォンソは立ち止まり、振り返った。月光に照らされた視界の先で、ヴィオレッタが黒衣の騎士と戦っているのが見えた。一目見て、想像以上の素早さで間合いを詰められたのだと分かった。巨大な影が圧倒するように迫る。ヴィオレッタは腕輪に触れて、魔力を解き放った。

黒衣の騎士が哄笑《こうしょう》して、マントを掲げて魔力を遮断《しゃだん》しようとする。

だが、ヴィオレッタが放ったのは、炎や稲妻《いなずま》ではなかった。何度も同じ手は繰り返さない。

放たれたのは、拘束の魔術だった。ヴィオレッタの手から青白い光を帯びた蜘蛛《くも》の糸のような魔力の縛めが走ったかと思うと、ヴァイデンフェラーの巨軀に巻きついて身動きを封じた。一瞬、黒衣の騎士の哄笑がやみ、時が静止する。ヴィオレッタは間髪を容れずに、身動きのできない相手に向かって、さらに腕輪を発動した。

灼熱《しゃくねつ》の火焰《かえん》がほとばしる。だが、今度こそ仕留めたか、とアルフォンソが息を吞んだとき、黒衣の騎士が咆哮《ほうこう》を上げて全身の縛めを破った。魔力が絶鳴のような甲高い軋《きし》みの音を立てて、ばらばらに千切れていく。常人の想像を超えた膂力《りょりょく》だった。黒衣の騎士はマントを翻《ひるがえ》すと、紙一重の差で炎を遮断した。

だが、このときには、すでにその目の前へと、護衛剣士のフェルディナンドが躍りかかっている。かろうじて魔力の攻撃を防いだ直後の相手へと向かって、剣を掲げて踏み込むと同時に、素早い動作で上段から斬り下ろすのが見えた。

黒衣の騎士は動かない。鋭く目を細めたまま、迫り来る刃を見つめている。フェルディナンドの剣が真っすぐに吸い込まれるように、黒衣の騎士を肩から切り裂いた。

切り裂いたように見えた。

フェルディナンドの剣は、黒衣の騎士の身体を素通りして、空を切った。一瞬、アルフォンソは目を疑ったが、幻影だ、とすぐに直感した。フェルディナンドの姿が不意に揺らめいて、明滅して消える。同時に、本物のフェルディナンドの姿が見えた。すでに相手の背後にいて、黒衣の騎士に襲いかかろうとしている。

だが、この恐るべき敵は、微塵《みじん》も動揺した気配を見せなかった。素早く巨軀を翻して、背後のフェルディナンドへと鋭い長剣の斬撃を放つ。フェルディナンドは危険を感じて、攻撃を中断した。危ういところで刃をかわし、退いて間合いを取る。

ヴィオレッタが愕然《がくぜん》とした表情を浮かべて、その光景を見つめていた。アルフォンソもまた、ようやく何があったのかを理解した。ヴィオレッタたちはこの強敵を始末するために、二重の詭計《きけい》を仕掛けていたのだ、と。魔力の縛めが圧倒的な膂力によって破られるのは、予測済みだったに違いない。それを見越した上で、間髪を容れずに幻影を用いて敵の目を欺《あざむ》いて、背後からフェルディナンドがとどめを刺す。だが、あっさりと見破られた。

黒衣の騎士が、ゆらり、と巨大な肩を揺らして笑った。

「愚かな魔術師どもよ」豪然とした声が響き渡った。「そのような児戯で欺けると思うとはな。戦場で、われらが視覚だけに頼って戦っていると思うか？」

確かに、ヴァイデンフェラーの言う通りだった。手練《てだ》れの武人なら、常に周囲の足音や息遣い、殺気のすべてを感知して反応する。

黒衣の騎士は再び哄笑すると、長剣を掲げて襲いかかった。ヴィオレッタはかろうじて後退して、うなりを上げる刃をかわした。そのヴィオレッタの背後へと、さらにヴァチカンの暗殺者が迫る。護衛剣士のフェルディナンドがそれを阻《はば》もうとしたが、ハプスブルクの兵とフランス人たちが殺到して、釘づけにした。

鋭利な鉤爪《かぎづめ》と刃が、ヴィオレッタの背中に迫る。

アルフォンソは、ヴァチカンの暗殺者に向かって突進した。あえて全身から殺気を発して躍りかかる。その気配に、ヴァチカンの暗殺者が振り返った。薬物で強化された尋常ならざる敏《びん》捷《しょう》さで、僧衣を翻してアルフォンソの鋭い突きから逃れる。エミーリオが加勢して、ヴァチカンの暗殺者をさらに後退させた。アルフォンソは息をつく間もなく、そのままヴィオレッタを背後にかばうように躍り出て、黒衣の騎士と対峙した。

「また、貴様か」黒衣の騎士が、新たに現れた獲物を認めて凄絶《せいぜつ》な笑みを浮かべた。「酔狂なことだ。何度も死にかけて、まだ懲《こ》りぬとはな」

アルフォンソは無言で踏み込んで、低い姿勢から突きかかった。黒衣の騎士が素早く反応して、体重を乗せた一撃でねじ伏せようとする。アルフォンソは左にステップを踏んでかわすと、低く沈み込み、下段から剣を跳ね上げるように相手の喉元《のどもと》を狙った。だが、一瞬遅く、刃は残像を突いただけだった。

黒衣の騎士が狙い澄ましたように、再び襲ってくる。アルフォンソは素早く後退した。機械仕掛けのような正確さで、互いに斬り結び、刃をかわし、突き返しを入れる。鋼《はがね》が鳴り、火花が散った。アルフォンソは、またしても自分の鏡像と戦っているような感覚を覚えた。相手の顔に、アルフォンソ自身の顔が重なって映る。

〝己の犯してきた罪を、思い返してみろ――〟

アルフォンソは、一瞬、自らの剣の動きが鈍るのを感じた。その動揺を振り払うように、思わず大きく剣を薙ぎ払った。無駄な動作だった。黒衣の騎士が悠然と受け流して、逆に正確な一撃で喉元を狙ってくる。アルフォンソは間一髪のところで跳びすさった。危ういところだった、と自分を戒《いまし》めて、素早く戦況に視線を走らせる。

隣りでは、エミーリオがヴァチカンの暗殺者と戦っていた。ヴィオレッタはフェルディナンドの加勢に入って、ハプスブルクの兵士とフランス人たちと対峙している。今のところは、何とか持ちこたえている。だがそれも、時間の問題でしかないように思えた。

〝くそ、敵が多すぎる――〟

肩で荒い息をつき、何とか自分を奮い立たせようとした、そのときだった。

突然、夜を切り裂いて、松明《たいまつ》の光が飛び込んできた。

一瞬、何が起こったのか、分からなかった。炎が濃紺の夜気に躍り、ヴァチカンの暗殺者の目の前に迫った。火の粉が舞い、残像が視界を射る。ヴァチカンの暗殺者が身体をのけぞらせて、咄嗟《とっさ》に左腕で目をかばった。それでも、手を緩めることなく果敢に松明を振るい続ける少年の姿を見て、アルフォンソは鋭く息を吞んだ。

「コルネーリオ！」

さらに、グリエルモがその背後から参戦した。手にした瓶を投げつけると、石敷きの上で砕けて、ヴァチカンの暗殺者の足元に油が飛び散った。コルネーリオが松明を近づける。その瞬間、炎が燃え上がった。

再びグリエルモが瓶を投げつけて、炎の絨毯《じゅうたん》を広げた。効果は絶大だった。それまで残忍な笑みを浮かべてエミーリオと戦っていたヴァチカンの暗殺者が、怯えた表情で後ずさった。その隙に、エミーリオがハプスブルクの兵士を斬り伏せて、ヴィオレッタとフェルディナンドを敵の群れの中から救い出す。

「今だ、逃げて、アルフォンソ！」

松明を手にしたコルネーリオが叫んだ。すでに小鹿のような敏捷さで、葡萄園から石のアーチ門のほうへと駆け出している。アルフォンソも後を追おうとした。だが、その目の前に、巨大な漆黒《しっこく》の影が立ちはだかった。

「そうはさせぬぞ」黒衣の騎士が長剣を振り上げた。「もう一度、殺してやる」

その瞬間だった。ヴィオレッタの声が響いた。「伏せて、アルフォンソ！」

アルフォンソが身を沈めるのと、雷撃の魔力が放たれるのが同時だった。閃光《せんこう》が黒衣の騎士の長剣を撃った。完璧に狙いを定めた稲妻が刃を捉えた瞬間、電光が鋼を伝わって腕へと到達した。黒衣の騎士は一瞬、激しく痙攣《けいれん》して剣を取り落とした。

アルフォンソは、ヴィオレッタの狙いを瞬時に理解した。胴を狙ったのでは、また火浣布《かかんぷ》のマントで阻まれる。だから、剣を狙ったのだ。

「今よ！」ヴィオレッタが叫んだ。

アルフォンソは、松明を揺らして走るコルネーリオの後を追った。背後でグリエルモが騒動を煽《あお》り立てるように叫んでいる。

「燃えるぞ、サライの家が燃える！　マエストロの秘密が燃えるぞ！」

グリエルモが放った火焔瓶によって燃え広がった炎が、敵兵たちを混乱に陥れていた。アルフォンソたちを追うべきか、火を消し止めるべきか、判断がつかずに右往左往する男たちに向かって、黒衣の騎士が命じる声が聞こえた。

「火を消せ！　何をぐずぐずしている、サライの家を救え！」

アルフォンソたちは敵を置き去りにして走った。アーチ門を抜け、丸石敷きの道を駆ける。それから、庭園を囲む錬鉄《れんてつ》の柵を乗り越えて、夜闇の中へと脱出した。

5

「まったく、お前というやつは――」コルネーリオが夜営地に到着して、馬から降りた瞬間、アルフォンソが息せき切って駆け寄ってきた。肩をつかんで、無事を確かめるように身体の隅隅に視線を走らせる。「あれほど、ここに残っていろと言ったのに」

それから、鞍上で手綱を握ったままのグリエルモへと向き直り、詰め寄るように言う。

「あんたもだ、グリエルモ。なぜ、危険な真似をした？」

「グリエルモさんは悪くないんだ」コルネーリオは慌《あわ》てて割って入った。「おれが無理に頼んで、アルフォンソたちを助けに行かせて欲しいって言ったんだ」

アルフォンソが、さっと振り向いた。「なぜ、そのような無茶なことを？」

「フランチェスカが気づいたんだ。探してる秘密は、サライの家にはないって。それで、やつらは秘密を見つけることができないから、きっと、あそこで待ち伏せしているに違いないって。だから、アルフォンソたちが危ないと」

「――どういうことだ？」

「わたし、考えてみたんです」フランチェスカが、コルネーリオの隣りに進み出て言った。馬上で激しく揺られた直後だからだろう。蒼《あお》ざめた顔をしているが、口調はしっかりしていた。

「あの暗号詩のことを。でも、考えるほど、おかしいと思えてきて」

アルフォンソが、無言でフランチェスカの目をのぞき込む。

「だって、サライは素行の悪い〝小悪魔〟だったのでしょう？　言いつけを守らず、食べ物やお金を盗んで、師匠を困らせた。なのに、レオナルド・ダ・ヴィンチほどの賢い人が、大切な秘密を託そうと思うのはおかしいって」

「確かに、フランチェスカの言う通りだと思うだろう？」グリエルモが掩護するように続けた。

「わたしも、迂闊《うかつ》だと思ったよ。フィレンツェで暗号詩を解読したときには、一言一句の解釈に気を取られるあまり、誰もそんな素朴な疑問に気づかなかった。だから、罠《わな》が仕掛けられているに違いないと思って、お前さんたちを助けに行ったのだ」

「だが、それが、どれほど危険なことか――」

「でも、大丈夫だっただろ？」コルネーリオはアルフォンソに近づいて、その手を握った。

「おれも、考えたんだ。やつらを追い払う方法を」

アルフォンソは驚きの表情を浮かべている。コルネーリオは嬉しくなって続けた。

「ずっと前に、母さんとフィレンツェの救貧院に行ったときに、見たことがあるんだ。あのヴァチカンの暗殺者みたいに薬物浸けになった男をね。その人は、恐ろしい怪物に襲われる幻覚を見て、悲鳴を上げてた。その日の朝、部屋の窓が開け放たれた瞬間に、射し込んだ日の光が刺激になったって、救貧院の院長は言ってた。薬物のせいで視覚が鋭敏になりすぎているからだって。だから、同じように松明《たいまつ》の炎で刺激してやれば、ヴァチカンの暗殺者だって追い払えるに違いないって思ったんだ」

　そこまでひと息に言って、コルネーリオは胸をそらした。アルフォンソは、コルネーリオとフランチェスカの二人を代わる代わるに眺めていたが、やがて、ようやく安堵したように、つぶやいた。

「まったく、お前たちには、本当に驚かされることばかりだ」

　コルネーリオは得意に感じて、隣りに立つ少女の横顔を見つめた。フランチェスカは、まだ蒼ざめた頰をうっすらと染めて、はにかんだように少し顔を伏せている。

「なら、わたしたちも二人に感謝しないと」ヴィオレッタが、アルフォンソの隣りに立って言った。「あなたたちは、立派な恩人よ」

　コルネーリオは、褒《ほ》められていっそう嬉しくなった。このとき、さらにアルフォンソの背後から、エミーリオが進み出た。苦虫を潰したような顔で、唇を噛んでいる。一瞬、コルネーリオは、また何か怒らせるようなことをしてしまっただろうかと、身構えた。

　エミーリオは渋面のまま、じっとコルネーリオとフランチェスカを見つめていたが、やがて、ほとんど聞き取れないほどの声で、何かをつぶやいた。

「え？」コルネーリオは、眉を寄せて聞き直した。「何だって？　よく聞こえないや」

「助けに来てくれたことに、感謝する」不承不承に咽喉《のど》の奥から絞り出すような声で、エミーリオはつぶやいた。「もちろん、助けがなくても切り抜けられたはずなのだが。その、つまりだな、われわれだけでも劣勢にあったわけではなく……だが、まあ、それでも、武人の心得として、加勢を受けたなら、礼を言わねばならぬ」

「まったく、何を言っとるのか、さっぱり分からん」グリエルモが呆れたように言う。

感謝というより、まるで決死の討ち入りにでも挑むようなエミーリオの表情に、コルネーリオは思わず吹き出した。フランチェスカもくすりと笑い、アルフォンソがやれやれ、と首を振る。ようやく逃走劇の緊張が解けて、人心地のついた雰囲気が戻ってきた。

「だが、喜ぶのは、まだ早いぞ」グリエルモが表情を引き締めて言った。「マエストロの秘密が、サライの家にないことは分かった。だが、それなら、いったいどこにある？」

アルフォンソが、フランチェスカへと視線を移して尋ねた。「そこまでは、突き止めたわけではないのだな？」

「ええ、ごめんなさい」

「謝ることはないわ」ヴィオレッタが落ち着いた口調でささやいた。「振り出しに戻っただけ。わたしたちが先に暗号詩を解けばいい」

つかの間、沈黙が夜営地を押し包んだ。木々の枝葉を透かして注ぐ月光が、薄闇を青白く染めている。コルネーリオは、もう一度、暗号詩を思い起こした。

新たなる永遠の契約の血は、
ロンバルディアの平原の、
約束の園へと到る。

自らの死と引き換えに、
聖杯は引き継がれる。
けだし、秘密は神の子のもとに、

明けの明星が天から落ちるがごとく、
ただ誘惑をささやく悪魔のみが、
仮面を剝いで真実を掘り起こす。

「やっぱり分からないや」コルネーリオはつぶやいた。

「だが、いずれしても、また戦いになることは避けられないだろうな」アルフォンソが半ば思案に沈んだまま言った。「たとえ、暗号詩を先に解いたとしても、やつらは街に監視の網を張っているだろう。秘密を見つけても、また力ずくで奪われてしまう」

「でも、どうやって、あの化け物たちを倒せばいい？」ヴィオレッタが翡翠《ひすい》色の瞳に口惜しげな表情を浮かべた。「今度こそ、と思ったのに、倒せない。魔術の技のことを、よく研究してる。さっきは剣を落とさせたけれど、致命傷を与えたわけじゃない」

「ヴァチカンの暗殺者も、似たようなものだ」護衛剣士のフェルディナンドが言った。「薬物で身体能力を強化しているから、攻撃が異常に速い上に、多少、剣で斬りつけたところで、痛みを感じずに、動きも鈍らない」

「敏捷《びんしよう》の魔術を使って、仕留められないのか？」アルフォンソが尋ねる。

「開けた場所で、一対一なら、何とかなるかも知れない」ヴィオレッタが、少し考えて答えた。

「でも、混戦になると難しい。魔力はすぐに燃え尽きてしまうから、背後に回ったときには、効果が切れてしまう」

「そうなると、あの鉤爪《かぎづめ》と刃の間合いに、中途半端に入ってしまうことになる」フェルディナンドが補足して説明した。「しかも、あの二人は、いつも配下の兵が巧妙に楯《たて》になるように計算して位置を取っている。狡猾《こうかつ》で、隙のないやつらだ」

「しかも、今ではあのフランス人たちも敵だからな」グリエルモが鼻を鳴らした。「とりわけ、あのいけ好かないシャサールの野郎の弓は、厄介だ」

沈黙が再び夜営地を押し包んだ。その後も全員で意見を出し合ったが、ヴァチカンとハプスブルクにフランスも加わった大勢の敵を相手にどう戦うか、妙案は浮かばず、何となく、靄が晴れないような雰囲気のまま議論は終わってしまった。

コルネーリオは、みなが散会した後の夜営地でアルフォンソを探した。アルフォンソは古い倒木に腰かけて、形見の剣を磨いていた。夜風が下草の茂みを揺らしている。コルネーリオは落葉の絨毯《じゆうたん》を踏んでそちらへと歩いていくと、隣りにそっと腰を下ろした。

「まだ怒ってる？」

アルフォンソは、静かに視線を上げた。「何のことをだ？」そう言って、かすかに表情を弛めて首を振る。「いろいろありすぎて、どれのことを尋ねているのか、分からないな」

「今日のこと。言いつけを守って、ここにいなかった」

「怒ってはいない。お前に助けられたしな」

「でも、良くは思ってないみたいだ」

「いいか、コルネーリオ」アルフォンソが剣を下ろして、向き直った。その真剣な目が、強い光を湛えている。「お前は頑固者だから、言っても聞かないかも知れない。だが、もう一度、言っておく。決して無茶はするな。生命は粗末にしていいものじゃない」

「でも、アルフォンソだって、無茶をして、おれを助けてくれた」コルネーリオは、身を乗り出して反論した。「フィレンツェで、おれが人質に取られて短剣を突きつけられたとき、アルフォンソは自分の剣を捨ててまで、おれを守ってくれた。大切な手稿が奪われようとしてたのに、それでも、おれを見捨てなかった。無茶をするなって言うなら、なぜそんなことをしたの？」

アルフォンソは、黙ってコルネーリオの目を見つめている。

「あのときは、おれ、自分が恥ずかしかった。おれのせいで、アルフォンソはフィレンツェを守る大事な手がかりを奪われてしまったんだって。おれのことなんかには構わず、フランス人たちと戦えば良かったんだって、思ったこともある。でも、分かったんだ。なぜアルフォンソがおれを助けたのか。うまくは言えないけど、大切な何かを守るのは、理屈じゃないんだと。だから、おれも助けに行ったんだ」

「手稿を奪われたのは、お前のせいじゃない」アルフォンソがそっとささやいた。「悪いのは、フランス人のやつらで、お前は何も悪くない。なのに、ずっと、そんなことを考えていたのか?」

「ルッカからフィレンツェへの帰り道で、宿にいたとき、見てしまったんだ。その、アルフォンソが、リュファスに短刀を突きつけているところを」

アルフォンソの目が驚きに見開かれる。コルネーリオは慌てて続けた。

「ごめん。盗み見る気はなかったんだ。でも、あのときは、おれ、アルフォンソにひどいことを言ってしまっただろ? ヴェネツィアに行って魔術師になるのに反対するのは、おれみたいな子供に生命を助けられて、力を妬んでいるからだって。だから、よく眠れずにいたら、アルフォンソたちが部屋を出ていくのに気がついて。それで、分かったんだ。アルフォンソは、ずっと、おれを守ろうとしていたんだって」

「リュファスの言ったことを、すべて聞いたのか?」アルフォンソが、かすれた声で尋ねた。

「おれが、過去に何をしてきたか。すべて聞いたのだな?」

コルネーリオはうなずいた。アルフォンソは一瞬、沈痛な面持ちで目を閉じたが、やがて、深く息を吐いて、コルネーリオを見た。

「お前に、話しておかなければならないことがある」

かすかな月光に照らされた夜営地に、染み入るように声が響いた。アルフォンソは、どこから話すべきか、思案するように、しばらく沈黙していたが、やがて切り出した。

「おれのこの剣が、父の形見だということは知っているな？」

コルネーリオはうなずいた。グリエルモから聞いて知っていた。アルフォンソの父親は、フィエーゾレ出身の傭兵だったが、あるとき、アレッツォの戦いで手にかけた敵の将校の息子が復讐に現れて、殺されてしまった。アルフォンソは、家族の反対を押し切って傭兵となり、男を探し続けた。そして、父親の仇を討って剣を取り戻した。

「男が、復讐のために父の前に現れたとき、おれは十三歳だった」アルフォンソの声は、どこか遠くから響いてくるようだった。「剣の技量だけなら、決して父は負けなかっただろう。殺されることもなかったに違いない。だが、やつは、おれを人質にした」

コルネーリオは息を呑んで、アルフォンソを見つめた。その青灰色《せいかいしょく》の目に、冬の薄日ような悲しみがにじんでいる。

「男は言ったよ。〝息子の生命が惜しければ、剣を捨てろ〟とな。父は、剣を捨てた。そして、殺された。おれの目の前で、刃に胸を貫かれて。血溜まりが、おれの足元にまで広がってくるのを、おれはただ茫然と見ていることしかできなかった」

コルネーリオは、胸が締めつけられて、息が詰まるのを感じた。だからなのだ、とコルネーリオは思った。家族の反対を押し切って、絶縁されてまで、アルフォンソが復讐の道を選んだのは。

「おれは、自分を許すことができなかった。それから、そのような思いを息子に抱かせたまま死んでしまった父を恨んだ。もちろん、筋違いなのは分かっていた。だが、その怒りが、おれを駆り立てた。おれは、復讐に身を焦がさずにはいられなかった」

そして、四年後、アルフォンソは誓いを果たして、男の咽喉を掻き切った。

「おれは、男の目を見つめて言ってやったよ。〝情けなど見せず、おれのことも殺しておくべきだったな〟と。やつは笑った。おれは、やつが怯えて命乞いするところを想像していたが、実際は違った。やつは言った。〝おれを殺しても、虚しさは消えぬ。心が、闇に墜ちるだけだ〟と。そして、その通りになった」

アルフォンソは、言葉を切り、夜の虚空へと息を吐き出して続けた。

「本当に、やつの言った通りだった。復讐は、心の空漠を埋めはしない。色褪せた夢のように、空虚を感じるだけ。それから、激しい飢えのような感覚が、おれを責め苛《さいな》んだ。グリエルモに出会ったのは、そんなときだ。おれはフィレンツェの密偵となった。失われた生命は戻らない。ならば、悲劇のそもそもの発端を根絶やしにすれば良い。戦争という惨禍《さんか》を引き起こす者を、殺してでも止めれば良いのだと」

それ以来、ずっと人殺しの任務を背負ってきた、とアルフォンソは言った。やがて、感覚は麻痺《まひ》していき、機械仕掛けのように、粛々《しゅくしゅく》と与えられた任務をこなし、手が血に染まっても、何も感じなくなった。

「おれはこう思っていた。これは、必要な犠牲なのだ、と。マントヴァ公の側近だったクラウディオ・バドエルと、エドガルド・ヴェルチェリオを殺したとき、おれはこう思った。この二人が死ぬことで、マントヴァ公はフィレンツェと敵対する同盟から離脱して、起こるはずだっ

ろ

ア

の

戦いは回避できる。二人を殺すことで、大勢の生命を救えるのだと。ギヨーム・グフィエの配下の槍騎兵隊長だったフィリップ・ド・シャロンや、ロディの守備隊長やアレッサンドリアの門衛を殺したときもそうだ。おれは、自分が手にかけた生命と、それによって救ったであろう生命の重さを天秤にかけることで、自分の罪悪感を慰めた。殺した相手にも家族があり、愛する者がいたはずだということには、目をつぶった。そうしなければ、心が耐えられなかったからだ」

コルネーリオは身じろぎ一つせず、アルフォンソの言葉に聞き入っていた。

「だが、あの森で、黒衣の騎士と初めて戦ったとき、おれは、やつの目の中に自分と同じ闇を見た。まるで、自分の影と戦っているような気分だった。その影が、己の犯してきた罪の重さを、おれに突きつけてくるのだ。気づいたときには、斬られていた。そして、足を踏み外して、渓谷の底へと転落した。そのときに、一度、おれは死んだのだ。お前に救われて、目覚めたとき、ようやく、おれは自分の過ちを悟った」

あれ以来、なぜ、自分が生かされたのか、ずっと考えてきた、とアルフォンソは続けた。父を奪った戦争を憎み、いつの日か、そのような非情な世界を変えたいと願っていたはずなのに、なぜ、どこで誤ってしまったのか。

「だが、お前と出会って、初めて分かった。生命の重さを天秤にかけるのは、間違いだと。ずっと、大義や理想や、大勢の生命のために一人を殺すのだと、そう自分に言い聞かせて、己の罪悪感に折り合いをつけてきた。だが、それは間違いだ。それでは、あの黒衣の騎士やヴァチカンの暗殺者と同じなのだ」

アルフォンソの声が、夜の静謐《せいひつ》に染み入っていく。

「お前は訊いた。なぜフィレンツェで、フランス人たちに大切な手稿を奪われてまで、お前を助けたのかと。それは、生命の重さを天秤にかけるのを、やめたからだ。確かに、手稿を守れば、フィレンツェの大勢の生命を救えるかも知れない。だが、それが何だ。今ならば、なぜ父が剣を捨てたのか分かる。わが子に刃が突きつけられた状態で、そのような重さを天秤にかける親などいない。だから、おれも心の底から守りたいものを、初めて守った。後悔はしていない。お前にも、そのことを知っていてもらいたいのだ」

アルフォンソは、そこまでひと息に言うと、コルネーリオを静かに見つめた。

「だが、お前には驚いたな。ヴェネツィアで、お前の母親が魔女裁判で亡くなった話を聞いたときだ。おれは、異端審問官に復讐しようと思ったことはないのかと尋ねた。お前は、こう答えた。〝母さんを殺したのは、異端審問官じゃない〟と。魔術は悪だという偏見が、お前の母親を殺した。だから、これを正さない限り、ただ復讐をしても意味がない、と。お前のほうが、おれなどより、よほど聡明だ」

コルネーリオは、返す言葉が思い浮かばなかった。胸がいっぱいで、声が出てこない。

「最初は、わがままで、生意気で、強情なやつだと思っていた。言い出したら、人の言うことなど聞きやしない。だが、今では自分の半身のように思っている。復讐に取り憑かれるあまり、失ってしまった過去の自分だと」

コルネーリオは、少し首をかしげて、眉根を寄せた。「それって、褒めてるのか、けなしてるのか、分からないや」

「一応、全力で褒めているつもりだが」

「でも、じゃあ、おれ、アルフォンソみたいな大人になっちゃうの？」

「言うじゃないか」アルフォンソが笑って、コルネーリオの髪をくしゃくしゃにした。

だから、そういう子供扱いはやめてくれって言ったのに、と思わず口にしかけた言葉を、コルネーリオは呑み込んだ。まあいいか、と思い直して、コルネーリオも笑った。

6

　夜が明け、茜《あかね》の輝きが次第に空を染めるのを眺めながら、フランチェスカは、夜営地のそばを流れる小川へと向かって歩いていた。風が雲を散らして、大気は澄み渡っている。フランチェスカは下草の茂みを踏んで、清流へと続く緩やかな斜面を下りていった。

　顔を洗おうと、さらさらと流れる水辺に近づいていく。このとき、先客に気づいた。

「コルネーリオ」

　フランチェスカが呼びかけると、コルネーリオは振り返り、ぱっと顔を明るくした。

「おはよう。もう起きたんだ」

「何だか、暗号詩のことが気になって、よく眠れなくて」

　フランチェスカが少し伏し目がちに言うと、コルネーリオは表情を曇らせた。

「身体の調子は、大丈夫なの？」

「うん、大丈夫、調子はいいの」フランチェスカは慌《あわ》てて首を振って、心配はいらないと伝えようとした。「本当に、屋敷にこもってたときより、調子がいいくらい。外に出て、広い世界の空気に触れられたからかな。コルネーリオが一緒だからかも知れない」

　その言葉に、コルネーリオが少し顔を赤くした。「おれは、きっと関係ないよ。最近は、もうほどんと治癒の力も必要ないみたいだし」

「そうかな。でも、自分でも不思議なの。以前のことだけど、聖ニコラの祝祭で踊ったときのことを、憶えてる？」

「ああ、憶えてる」

「あのときも、不思議に思ったの。それまで、身体がつらくて、ダンスなんてできたことがなかったのに、あのときは、不思議と息も切れなかったし、胸も痛くならなかった。あんなこと、初めてで、すごく楽しかった」

「おれも、すごく楽しかった。その、母さんが死んで、落ち込んでいるときに、フランチェスカがおれを心配して、踊ってくれたから。お父上も、よく許してくれたと思う」

「だって、わたしのせいだもの。わたしがいなければ、コルネーリオが治癒の力を使うことはなかったし、お母さまを失うこともなかった」

「フランチェスカを助けたのは、おれが決めたことだ」コルネーリオがきっぱりと言った。

「それに、母さんを殺したのは、フランチェスカでも、オリヴィエーロさんでもない」

「そうね……」フランチェスカは、その強い光を浮かべた瞳を見つめた。「でも、わたしもお父さまも、今でも気にしてる」

「それは、おれも同じだよ。今回は、フランチェスカとお父上も巻き込んでしまった」

「ううん、それはいいの。あなたのせいじゃないのは、分かってる」

「なら、おあいこだ」コルネーリオが屈託なく笑った。「それに、お陰で、一緒に旅もできた。

世界がこんなにも広いってことも分かったし、悪いことばかりじゃない」

フランチェスカも、心が軽くなって笑った。「確かに、そうね。ミケランジェロさまにも会えたし、褒《ほ》めてもいただいた」

互いにくすくすと笑い合い、爽やかな朝の大気に声を響かせる。フランチェスカは、ずっとこんな時間が続けばいいのにと思った。心が翼を得たように、軽やかに高く舞う。

けれども、これが永遠でないのは分かっていた。探索の旅が終わりに近づいていることを、フランチェスカは感じていた。マエストロの秘密が敵の手に渡るのは、絶対に阻止しなければならない。でもそれは、任務の完了とともに旅も終わり、コルネーリオとも別れなければならなくなることを意味していた。

ずっと一緒にはいられない。そのことは分かっていた。今は気安く接しているけれど、もとの世界に戻れば、身分という名の溝が二人を隔てている。父の許しは、絶対に得られないだろう。そのことを思うと、息が苦しかった。名前を変え、どこか湖のほとりの木立に家を建て、誰もいない場所で隠れて住めたらいいのに、と夢想する。戦争も、迫害もなく、平和で、静かに暮らせれば、それだけでいいのに――

不意に梢《こずえ》から鳥が飛び立つ音がして、フランチェスカは、はっとわれに返った。随分と長いこと、コルネーリオの目を見つめていたのだと気づいて、慌てて視線をそらした。コルネーリオが、気まずい雰囲気を切り替えるように、一つ咳払いをしてから、真剣な表情に戻って言った。

「その、マエストロの秘密のことなんだけど」

フランチェスカも居ずまいを正して、コルネーリオの声に耳を傾けた。

「フランチェスカは、本当に、秘密が見つかったほうがいいと思う？」

「——どういうこと？」

「おれたちは、フィレンツェを救うために秘密を探してるけど、考えてみると、それは恐ろしい兵器の設計図なんだ。それで戦争が止まればいいけど、もし、ヴァチカンとハプスブルクがフィレンツェを攻撃するのを諦《あきら》めずに、戦争になったら、きっと、その兵器が使われることになる」

その言葉で、フランチェスカにも、コルネーリオが心配していることが分かった。

「もっとひどい殺し合いになってしまう、ということね？　わたしたちがフィレンツェで見た『アンギアーリの戦い』みたいに」

「それが、正しいことなのか、おれには分からない。本当は、そんな殺し合いにならないために、秘密を探しているはずなのに」

「でも、わたしたちが見つけなくても、ヴァチカンやハプスブルクやフランスは秘密を探すのをやめない。かれらが見つければ、結局、戦争の道具として使われてしまう」

「それって、ダイダロスの迷宮からミノタウロスを解き放ってしまうっていうことだよね？　マエストロが、わざわざそれを封印するために、苦心したはずなのに」

「でも、その一方で、手がかりを残してる。本当は、見つけて欲しいと思ったのかも」

「そんなの矛盾してる。おれたちは、どうすればいい?」

「わたしたちが、秘密を見つけて、そして——戦争に使われないように葬り去る」

フランチェスカは、思わず口にしてしまってから、はっとした。コルネーリオも驚いた表情をして、こちらを見つめた。

「そんなこと……でも、駄目だよ。アルフォンソは必死に探してるのに」

「もちろん、わたしも、本当にそんなことができるのかどうか、分からない」

「それに、もし本当にそうするにしても、どのみち、やつらより先に見つけないと」

コルネーリオの言葉に、フランチェスカもうなずいた。

「そうよね。まずは、秘密を奪われないことが重要だわ」

「サライの家には、秘密はないんだろう? なら、ミラノですらないのかも」

「それはない、と思う」フランチェスカは少し考えて言った。「やっぱり、秘密はミラノのどこかにある。だって、思い出してみて。わたしたちが盗み聞きしているのを見つかった後、ミケランジェロさんが説明してくれたときのことを。マエストロがチェーザレ・ボルジアのあまりの残虐さを目にして告げたという言葉について、マキアヴェッリは手記にこう書き残してた。〝だから、わたしはこの秘密の怪物を、ダイダロスの迷宮に閉じ込めたままにしておこうと決心した〟とね。〝閉じ込めておこう〟じゃない。〝閉じ込めたままにしておこう〟よ。そのことは、マエストロがマキアヴェッリにそう告げた一五〇三年には、すでに秘密を隠し終えていたことを意味している」

コルネーリオが、分かった、というように手を打った。「つまり、ミラノからチェーザレ・ボルジアの宮廷に来る前には、秘密を隠し終えていた、ということか!」

「確かに、マエストロはフランスのミラノ侵攻によってイル・モーロが失脚した後、ヴェネツィアやチェーザレ・ボルジアの宮廷を遍歴してから、フィレンツェに戻ってる。でも、そのときにはすでに秘密を隠し終えていたのなら、やはり秘密はフィレンツェやヴェネツィアや、そのほかの街ではなく、ミラノにある可能性が高いと思う」

「でも、サライの家じゃないなら、どこなんだろ?」

「もしかしたら、暗号詩と一緒に見つかった手稿の束に、手がかりがあったのかも」

「ああ……手稿がフランス人たちに奪われていなければ良かったのに」

「奪われてしまったものは、仕方ない。思い出しながら考えましょう」

フランチェスカは、フィレンツェで目にした手稿を脳裏に思い浮かべてみる。

「でも、おれには、正直、よく分からなかったな」コルネーリオが考え込んで言った。「それほど、たいしたことは書かれていなかったって、グリエルモさんも言ってたし。鏡に反射させた太陽光で船を燃やすとか、蒸気で石を飛ばすとか、籠城《ろうじょう》した敵を牛馬の糞で燻《いぶ》し出すとか、そういうやつ」

「あと、自動回転串焼き機の図面もね」

「だろ? そんなので、ヴァチカンとハプスブルクの大軍を撃退できるわけがない」

「でも、手稿の大半は、飛行に関する研究だった。それが、鍵なのかも」

「グリエルモさんの話では、あの手稿には、マエストロがミラノ時代に研究に打ち込んで得られた成果がほぼ書かれていたって。翼の構造のスケッチから、それらを構成する材料や、飛行の仕組み、空気の性質まで、ちゃんとまとめて書かれてる。飛行の研究に関する思考をたどるには、十分な内容だって」

「でも、マエストロの飛行実験は、結局、成功しなかった」

「確かに、チェチェリ山から墜落してる」

「だとすると、あの手稿の束は、わたしたちに何を見つけさせたいんだろう？」

コルネーリオはうーん、とうなって、首をひねった。フランチェスカも口を閉ざして、レオナルド・ダ・ヴィンチが残した暗号詩と手稿の束の意味を読み解こうとした。今にも何かがつかめそうなのに、つかめない。

霧の中を手探りするような、もどかしい思いだった。頭で考えるな、とフランチェスカは自分に言い聞かせた。心で寄り添うのだ。きっと、これは運命なのだから。フランチェスカは、母が残してくれたマエストロの童話を思い出しながら、心の中で、綺麗《きれい》な火が生まれるところを想像した。目を閉じて、ばらばらの事実の断片をつなぎ合わせながら、レオナルド自身になったつもりで考えを巡らせる。

一見、脈絡のない手稿の束のことを、フランチェスカは思った。燃焼鏡に蒸気砲、それから、籠城した敵を煙で燻し出す戦術。いずれも、レオナルド・ダ・ヴィンチがイル・モーロやチェーザレ・ボルジアの軍事技師として、売り込もうとした技術だろう。けれども、一つだけ、異質な手稿が交ざっていたことに、フランチェスカは気づいた。

自動回転串焼き機の図面。

なぜそのようなものが、とフランチェスカは思った。もしかしたら、冗談のつもりで交ぜておいただけかも知れない。でも、もしそれに意味があるのだとしたら？

フランチェスカは、グリエルモの説明を思い返した。〝料理場の暖炉に取りつけて使うものだ〟とグリエルモは言った。〝火で熱せられた空気が上昇すると、その気流の力が煙突の内側に設置された回転翼を回す。それが、軸棒を動かして、歯車とギアで連結された焼き串を自動で回すのだ〟

「まさか――」フランチェスカは、思わずつぶやいた。

コルネーリオが視線を上げて、こちらを見た。けれども、フランチェスカはそれに応える余裕もなく、考え続けた。グリエルモが説明した手稿の内容を、一つ一つ検証する。

――確かに、間違いない。

今やすべての真実の断片が、連関をもって目の前に並んでいた。フランチェスカはレオナルド・ダ・ヴィンチの思考の経路をたどることができた。まったく脈絡がないと考えていた記述の数々が、意味を持って立ち上がってくる。

「分かった」フランチェスカは言った。「〝万能の天才〟が何をしようとしていたか」

その思考の巨大さに、フランチェスカは圧倒された。偉大なるマエストロには分かっていた。分かっていて、あえてダイダロスの迷宮の奥に封印した。ミラノで行った数々の実験さえ、あるいは、冷酷な君主を欺《あざむ》くための壮大な偽装だったのかも知れない。

どのような気持ちで、レオナルド・ダ・ヴィンチはそれらの一つ一つの計画を推し進めていったのだろう、とフランチェスカは思った。遠大な計画を実現するために、マエストロが地道に手稿の一つ一つに筆を走らせていく姿が、脳裏に思い浮かんでくる。揺らめくランプの光の中、独特の〝鏡文字〟で少し書き込んでは、思案して、修正する。また少し書き込んで、考え直しながら、また書き進めていく。

少し書き込んでは、思案して、修正する――

まるで時を遡って、かれが生きていた時代を追体験しているようだった。思考がかれの思考に伴走し、共鳴し、そして、答えを導いていく。

「ああ、まさか――」再び唇からつぶやきが洩れた。「まさか、それが真実だなんて」

「どういうこと？」コルネーリオが身を乗り出して訊く。「何が分かったの？」

「すべてよ」フランチェスカは胸が張り裂けそうな思いで答えた。「レオナルド・ダ・ヴィンチが残した秘密とは何か。そして――それを、どこに隠したか」

7

夜になって少し強まった風が、ざわざわと灌木《かんぼく》の茂みを揺らしていた。

コルネーリオは、フランチェスカと並んで最後の舞台への道を歩いていた。二人の周囲をアルフォンソとグリエルモ、エミーリオの三人が固めるように守り、ヴィオレッタと護衛剣士のフェルディナンドがしんがりを務めている。コルネーリオは、そっとフランチェスカの横顔を見た。きゅっと結んだ小さな唇に、緊張と決意が浮かんでいる。

「本当に、これでいいんだね？」

コルネーリオは、その横顔に向かって尋ねた。フランチェスカが静かにうなずいた。

周囲に敵の姿は見えない。けれども、今この瞬間も、やつらの手の者がどこかで監視しているのは間違いなかった。すぐに襲ってこないのは、コルネーリオたちが秘密の在り処へと導いてくれるのを待っているからだ。

本当に、やり遂げられるだろうか、とコルネーリオは思った。敵は多勢なのに、こちらは七人しかいない。しかも、そのうちの二人は子供だ。圧倒的に不利な状況にあることは、コルネーリオにも分かっていた。

だから、作戦については何度も打ち合わせた。今朝、夜営地ですぐに全員を起こして、フランチェスカが気づいた真相を一つ一つ、説明していった。グリエルモが目を見開いて、アルフォンソが鋭く息を呑む。エミーリオは静かな彫像のように身じろぎもせず、ヴィオレッタとフェルディナンドは驚きを隠せぬ表情で目を見合わせた。

やがて、説明が終わると、アルフォンソが息を吐き出した。

「まさか、それが、レオナルド・ダ・ヴィンチの秘密とは――」

「ミケランジェロさまなら、どうすると思いますか？」フランチェスカが真剣な表情で尋ねた。「二人は、かつて競い合う関係でした。でも、今ではミケランジェロさまは、フィレンツェの防衛の責任の一端を担っていて、難しい立場におられます」

「ああ、あの人なら、きっとレオナルド・ダ・ヴィンチの意思を尊重するだろう。確かに、二人は折り合いの良い関係ではなかったが、おれには分かる。もし、おれたちが〝万能の天才〟の意思を踏みにじれば、あの人は、決しておれたちを許さない」

「わたしたちも、その意見に賛同する」ヴィオレッタが厳粛に告げた。「ヴェネツィアの十人委員会も、わたしたちが正しい選択をしたと理解してくれると思う」

「なら、決まりですね」フランチェスカが全員を見渡して、緊張した面持ちで告げた。「秘密は、わたしたちで守り抜く」

「だが、どうやって？」グリエルモが片眉を上げて尋ねた。「敵はハプスブルクとヴァチカン、それからフランスの連合だ。まともに戦っても、万に一つも勝ち目はないぞ」

「その点なら、心配ありません」フランチェスカは悪戯《いたずら》っぽく笑った。「かれらの数が多くて、わたしたちが少なくて弱そうに見えるほど、こちらの有利になるのです」

グリエルモは、わけが分からない、といった表情をした。フランチェスカが作戦を説明した。それを聞く全員の顔に、やがて驚きと、理解の色が広がった。

「確かに、勝ち目はあるかも知れないな」アルフォンソがうなずいて、低くつぶやいた。「だが、問題は、あの黒衣の騎士とヴァチカンの暗殺者をどうするかだ」

「おれに、考えがあります」コルネーリオは決意を込めて言った。

そうして、みなで話し合い、さらに作戦の詳細を詰めて、夜を待った。そして今、その最後の舞台へと、コルネーリオたちは向かっている。

視界の先に、月光を浴びたサンタ・マリア・デッレ・グラーツィエ教会の円蓋が、天鵞絨《ビロード》のような夜空を背景に浮かんでいた。このまま歩き続ければ、サライの葡萄《ぶどう》園へとたどり着く。けれども、今夜の目的地はそこではなかった。

コルネーリオたちは教会のファサードの前を通り過ぎた。薔薇《ばら》色の煉瓦《れんが》造りの建物を回り込んで、隣接する修道院の前に立つ。

「やつらの気配を感じる」アルフォンソが周囲に視線を走らせて、ささやいた。「おれたちの後を尾けてきている。相当な数だ」

「計画通りね」ヴィオレッタが落ち着いた声で応じた。「誘い込めれば、わたしたちの勝ち。秘密を知りたいという誘惑には、かれらも勝てないはずよ」

「では、行こう」

深夜をすでに回り、修道院の扉は固く閉ざされていた。けれども、ヴェネツィアの魔術師にとっては問題ではなかった。ヴィオレッタが飛翔の呪文を唱えた。うっすらとした青白い光とともに、魔力が流れ込む。ヴィオレッタはその力を足元へと解放して跳躍した。高く舞い上がり、次の瞬間、修道院の屋根の上へと着地する。

ヴィオレッタは用意していた荒縄を手近な突起部にくくりつけてから、修道院の壁沿いに下へと投げて寄越した。コルネーリオたちはそれを手繰って屋根へと上がった。屋根瓦を踏み越えて、反対側の端に移動する。眼下をのぞくと、修道院とそれに隣接する教会の建物で四方を囲まれた広い中庭があり、篝火《かがりび》の光が石敷きの空間を照らしていた。

「下りられるか？」

アルフォンソが、コルネーリオとフランチェスカを振り返って尋ねた。二人がうなずくと、アルフォンソは屋根の終端に手をかけて、窓枠を伝って少し身体を引き下げてから、地面へと跳び降りた。グリエルモとエミーリオが続く。

コルネーリオたちもアルフォンソと同じように中庭へと下りていった。フランチェスカの番のとき、少し身体がこわばって、危なっかしく屋根に手をかけたまま揺れたが、下でアルフォンソがしっかりと受け止めてくれた。最後にヴィオレッタとフェルディナンドが下りてきて、無事に全員がそろった。

「さて、時は満ち、審判は近づいた」

アルフォンソが祈りを捧げるように、最後の戦いの時を告げた。コルネーリオは息を殺して、周囲を見回した。修道僧たちに気づかれた気配はなかった。建物の中に動きはなく、かすかに窓明かりが洩れているだけだ。

ヴィオレッタが中庭を囲む柱廊のほうへと移動した。短く呪文を唱えて聴力を強化して、修道院の中の気配を確認する。ヴィオレッタがうなずいて合図を寄越すと、アルフォンソが無言でうなずき返して、中庭から修道院へと入る扉をそっと開けた。もう一度、気配を確認して、静かに身体を滑り込ませて侵入する。

全員が中に入って扉を閉めるのを待ってから、ヴィオレッタが魔術師の杖に光を灯した。青白い魔力の光に、部屋の様子がぼうっと浮かび上がった。

そこは、修道院の食堂だった。明かりを落とした部屋には架台《かだい》テーブルが並べられ、簡素だが、静けさに包まれた荘厳な空気が漂っている。ヴィオレッタがテーブルを回りながら、その上に置かれた蠟燭《ろうそく》に一つ、また一つと火を灯していった。幾つもの小さな橙《だいだい》色の光が揺れ、それらに新たな光が加わるたびに、食堂の奥に描かれた巨大な壁画が、まるで生命を宿して息を吹き返すように、薄闇の中から姿を現した。

「これが――」コルネーリオは、畏怖に打たれた声を上げた。

レオナルド・ダ・ヴィンチの描いた『最後の晩餐《ばんさん》』が、そこにあった。その圧倒的な存在感に、コルネーリオは目を見開いて、茫然と立ち尽くした。

描かれているのは、ヨハネによる福音書、十三章二十一節の場面だった。処刑の前夜、イエス・キリストは弟子たちと囲んだ最後の食卓で、このうちの一人が自分を裏切ると告げる。弟子たちは驚き、騒然とする。不意を打たれるユダ、身を乗り出してヨハネに耳打ちするペテロ。トマスは動揺して人差し指を上に向け、アンデレは驚愕のあまり両手を上げている。まさにその衝撃の波紋が広がる一瞬を、レオナルド・ダ・ヴィンチは切り取って、永遠に静止した絵画に封じ込めた。

〝いったい、裏切り者とは誰なのか――〟食卓の中央に座って静謐《せいひつ》な表情を湛えたキリストから、左右の弟子たちへと感情の揺れが波紋のように広がる光景が、巨大な壁画に描かれて、迫真の存在感をもって迫ってくる。

どのくらい、言葉を忘れて、それを見上げていただろう。突然、修道院の外で響いた物音が静寂を破った。コルネーリオは、はっとして視線を向けた。教会のファサードのほうだった。それだけではない。修道院の裏手からも、大勢の男たちの声と靴音が響いてくる。

「来たぞ」アルフォンソが鋭く声を響かせた。

今や建物の中でも、修道僧たちが何が起こったのかと部屋から溢れ出していた。中庭を松明の光が行き交って、慌《あわ》ただしく外の物音のほうへ向かっていく。

このとき、遠くで扉が蹴破られる音がして、外から男たちが乱入する怒声が聞こえた。修道僧たちが抗議しようとして、不意にその声が悲鳴へと変わる。何かが倒れる音や、乱れた靴音が響いたかと思うと、やがて喧騒がやみ、再び静寂が訪れた。

「やつらが、修道院を制圧した」グリエルモが緊張した声で告げた。

コルネーリオも息を呑んだ。もちろん、敵が踏み込んでくるのは予想通りだった。それでも、緊張と不安が胃の腑からせり上がってくる。
食堂の外から、ゆっくりと足音が近づいてきた。

一歩、また一歩と、足音が迫ってくる。アルフォンソが剣を抜き放った。グリエルモとエミーリオもそれぞれ曲刀と剣を抜き、ヴィオレッタとフェルディナンドが魔術の腕輪に手をかけた。フランチェスカはぎゅっと拳《こぶし》を握って、恐怖と緊張に耐えている。コルネーリオは、そっとその肩に手を添えて、うなずいてみせた。

足音が、食堂の扉の前で立ち止まった。そして、永遠のような一瞬の後、扉が蹴破られ、武装した男たちが雪崩れ込んできた。

抵抗する間もなかった。ハプスブルクの黒衣の騎士とヴァチカンの暗殺者を先頭に、押し寄せた兵士たちが素早く食堂の全体に展開して、『最後の晩餐』を背にして立つコルネーリオたちを取り囲んだ。セヴラン・リュファスとフランス兵たちが現れて、さらに包囲を厚くする。ヴィオレッタとフェルディナンドが腕輪を突きつけて、それ以上、近づくなと牽制した。アルフォンソたちも剣を手に、応戦の構えを崩さない。彫像のように互いに対峙した姿勢のまま、時が張り詰めて静止した。

「これは、これは、なかなか愉快な道化芝居ではないか」黒衣の騎士が、地の底から響く声で笑った。「せっかく、サライの葡萄園で助かった生命を、むざむざ捨てに来るとはな。しかも、妖術遣いの少年と、それを匿《かくま》った娘まで、雁首《がんくび》そろえてとは」

その間にも、コルネーリオたちを包囲した男たちが、抜き身の剣を手にじわじわと距離を詰めてくる。黒衣の騎士が悠然《ゆうぜん》と暗い笑みを広げた。

「まさか、教会の中は聖域だから、われらが手出しをせぬと？　それとも、この愚かな茶番劇に終止符を打って、命乞いするか？」

「あなたたちに、命乞いするつもりはありません」

フランチェスカが、凛《りん》とした声を響かせて、すっと前に出た。無数の蠟燭の光が蜂蜜《はちみつ》色の髪を照らした。ぎゅっと拳を握って恐怖を押し殺しながら、それでも胸を張り、毅然《きぜん》として巨大な影に立ち向かう。

その姿に、コルネーリオも思わず一歩、前へと進み出た。心臓が口から飛び出しそうになるのをこらえながら、フランチェスカの隣りに並んで叫ぶ。

「そうとも、おれたちは、あんたみたいなやつらには屈しない」

「威勢のいいことだ」黒衣の騎士が二人を見下ろして、唇を歪《ゆが》めた。「だが、現実を見ろ。お前たちに何ができる？」

「可哀想な人」フランチェスカが、その視線を受け止めて、深い同情の響きを込めて言った。「現実が見えていないのは、あなたたちのほうよ」

一瞬、黒衣の騎士は、そのフランチェスカの声音に込められた思わぬ響きに、身動きを止めて、気圧されたように息を吞んだ。

「それから、裏切り者のあなた」

フランチェスカが、セヴラン・リュファスへと視線を移した。不意に呼びかけられた褐色の巻き毛のフランス人が、視線を上げて、こちらを見る。

「あなたは、自分がこの場所に呼ばれた意味を分かっていない。わたしたちの後ろにある絵を、ご覧なさい。裏切り者のユダが、主を銀貨三十枚で売ることを、まさに予言した場面よ。そして、それがそのまま、あなたの運命になる」

「確かに、意味が分かりませんね」リュファスは物憂《ものう》げな微笑《びしょう》を浮かべて応じた。「ご親切にも、わたしの運命を予言してくれるとは。あなたは、自分が神になったとでも勘違いしているようだ」

「あなたには、まだ、わたしたちがここに来た理由が分からないの？」

「理由？　いくら探しても、秘密が見つからないから、聖域に駆け込んで、命乞いに来たのでは？」

「残念ね。秘密なら、もうとっくに見つけてる」

その言葉に、リュファスが息を止める。黒衣の騎士が目を見開いた。ヴァチカンの暗殺者が身を乗り出して、いつでも跳びかかれるよう姿勢を低くする。

「わたしたちが、ここに来た理由はただ一つ――」フランチェスカは、巨大な壁画を背に、すっくと立ったまま、声を張り上げた。「あなたたちを倒して、秘密を守るためよ。奪えるものなら、奪ってみるがいい。レオナルド・ダ・ヴィンチが残した秘密は、あなたたちの目の前にある『最後の晩餐』の絵の下よ！」

8

まるで、イエス・キリストが裏切り者の存在を告げた瞬間のようだった。コルネーリオは、リュファスが驚愕に打たれた表情で、よろめくように後ずさるのを見た。黒衣の騎士が身体をこわばらせ、ヴァチカンの暗殺者が声を失う。

「――どういうことだ？」

ようやく、リュファスが口を開いた。表情から余裕が消えている。フランチェスカが背筋を伸ばして、敢然とした声で告げた。

「言った通りよ。レオナルド・ダ・ヴィンチは、自らが考案した兵器の設計図を、この食堂の壁に書き記した。そして、その上に重ねて『最後の晩餐《ばんさん》』を描いたのよ」

「まさか――」リュファスの視線がフランチェスカの頭上を通り越して、背後にある巨大な壁画を見上げた。「まさか、そのようなことが、あるはずがない――」

「どうして、ないと思うの？　暗号詩を思い出してみて」

リュファスが衝撃に打たれた表情のまま、茫然とつぶやいて暗唱する。

新たなる永遠の契約の血は、

ロンバルディアの平原の、
約束の園へと到る。
自らの死と引き換えに、
聖杯は引き継がれる。
けだし、秘密は神の子のもとに、

明けの明星が天から落ちるがごとく、
ただ誘惑をささやく悪魔のみが、
仮面を剝いで真実を掘り起こす。

「確かに、ロンバルディアの要衝であるミラノに秘密が隠されている、という推測は正しかった」フランチェスカが、リュファスの朗唱を引き継いで言った。「でも、最初の詩句にある〝新たなる永遠の契約の血〟、すなわちイエス・キリストが人々の救済のために流した血、つまりは葡萄《ぶどう》酒を意味するこの詩句を、レオナルド・ダ・ヴィンチがミラノ公から与えられた葡萄園だと考えた時点で、間違えた」
「契約の血は、約束の園へと到る——イエスが捕らえられたゲッセマネの園のことか」リュファスがうめいた。「そうして、自らの死と引き換えに、聖杯は引き継がれる。だから、その処刑の前夜、葡萄酒とパンによって弟子たちに血と肉の犠牲を示した『最後の晩餐』なのか——」

「そう。なら、二連目の詩句の〝秘密は神の子のもとに〟は？」

「『最後の晩餐』に描かれたイエスの絵の下に、だ」

「その通りね」フランチェスカは、そっとうなずいた。「でも、わたしたちは、三連目の詩句の〝悪魔〟の文字を見て、その意味を〝小悪魔〟サライのことだと解釈した。だから、自分たちの間違いに気づくことができなかった」

「だが、その直前の〝明けの明星が天から落ちるがごとく〟とも、辻褄《つじつま》は合っている」

「旧約聖書、イザヤ書十四章十二節ね。〝ああ、お前は天から落ちた　明けの明星、曙《あけぼの》の子よ。お前は地に投げ落とされた　もろもろの国を倒した者よ〟確かに、その通り。でも、解釈が違う。ここで言う〝明けの明星〟とは、輝ける美しき天使でありながら神の恩寵を拒んで反逆する悪魔となった堕天使ルキフェルのことだけれど、それは、美青年だが素行に問題があったサライを指すというわけじゃない」

「……美しき芸術の仮面の下に、恐るべき秘密が眠っている、という意味か」

「それだけじゃない。一方で、〝明けの明星〟はイエス・キリストの象徴でもある。ヨハネの黙示録、二十二章十六節よ。〝わたしは、ダビデのひこばえ、その一族、輝く明けの明星である〟これは、決して偶然じゃない。偉大なるマエストロは、この暗号詩に、何重もの意味を持たせたのよ」

「そして、その輝けるイエスの描かれた偉大なる芸術を、天から投げ落とすがごとく——」

「戦争と破壊に奉仕する死の技術を手に入れたいという、悪魔の誘惑に屈した者のみが、壁から剝ぎ取って、秘密を掘り起こすの」

リュファスはもう一度、フランチェスカの背後の巨大な壁画を見上げた。その目に映っているであろう光景のことを、コルネーリオは思った。イエス・キリストは処刑前夜、葡萄酒とパンを添えた最後の食卓で、弟子たちの一人が自分を裏切ると告げる。不意を打たれるユダ。そして、衝撃が波紋となって広がっていく――

「そうやって、レオナルド・ダ・ヴィンチは、自らの秘密を封印しようとした」フランチェスカが食堂中に響く声で続けた。「チェーザレ・ボルジアが北イタリアの小領主を次々と血祭りに上げていく中で、偉大なるマエストロが何を思ったのか。少しでも考えれば、分かるはず。だから、秘密が欲しければ、『最後の晩餐』の絵具を壁から削ぎ落として、その下に描かれた設計図を手に入れるしかないようにした」

リュファスは何も答えない。ただ目を見開いて、巨大な壁画を見上げている。

「レオナルド・ダ・ヴィンチは、この『最後の晩餐』を一般的な壁画の手法であるフレスコ画では描かず、テンペラ画を応用した技法を採用した。なぜだか分かる？　フレスコ画では、漆喰《しっくい》を塗ったら生乾きのうちに絵を描く。そして、それを乾燥させることで絵具をしっかりと壁に定着させる。でも、上から重ね描きはできないし、いったんその日の漆喰を塗る作業を始めたら、途中で中断はできない。それだと、いつ人が出入りするかも分からない修道院の食堂で、誰にも気づかれないよう兵器の設計図を少しずつ描きながら、その上に『最後の晩餐』を上書きするなんてできないからよ」

だから、レオナルド・ダ・ヴィンチは、あえてテンペラの技法を用いてこの巨大な壁画を描き上げた。もちろん、幾度も手直しを加えたり、納得のいくまで層を重ねて微妙な陰影を表現したりする意図もあっただろう。そうした幾つもの理由が積み重なった選択の上に、『最後の晩餐』は世紀の傑作として完成した。

「当時のレオナルド・ダ・ヴィンチの様子を見た人たちは、こう伝えている。かれは明け方になると修道院にやって来て、足場を上ると、宵闇《よいやみ》で絵が見えなくなるまで食事も忘れて描き続けることもあれば、三、四日もまったく筆を動かさないまま、じっと壁を見つめて、深く思案に耽《ふけ》っていることもあった、と。あるときは、少し筆を加えただけで食堂を立ち去ったこともあった。誰もが、それは、かれが思索と試行錯誤を繰り返しながら描いていたからだと思っていた。でも、ほかにも理由があったのだとしたら？」

「秘密の設計図を描いているところを、誰にも見せたくなかったからか」リュファスが、ようやく声を取り戻して言った。「しかも、場所は修道院の食堂だ。多くの人が出入りする場所に、人知れず秘密を描こうとすれば、膨大な時間が必要だっただろう」

「その通りよ。そうやって〝万能の天才〟は、このダイダロスの迷宮を築き上げたの」

「だが、本当に、そのようなことが可能なのか？　壁から絵具が剝落して、絵が消えれば、その下の設計図も一緒に消えてしまうのではないか？」

「どうして、不可能だと思うの？　下絵やデッサンのように、特別な顔料やチョークで描いたかも知れないし、偉大なるマエストロのことよ、あらゆる可能性を検討したはず。わたしたちがまったく思いも寄らない手法を使ったとしても不思議じゃない」

「だが、なぜ、そのようなことを？　秘密を暴かれたくないなら、わざわざ書き残す必要などない。墓場まで抱えていけば良いだけだ」

「分からない？　かれが何を考え、何をしようとしたか？　かれは、人間を信じようとしたの。強く願ったに違いない。戦争と死に奉仕する技術を、自らの魂を込めた芸術の下に封印することで、それを暴こうとする者が、決して現れぬことを」

その行為と願いに込められた意思を、コルネーリオは想像しようとした。壁の上へと絵筆を走らせる、その一塗り一塗りに、祈りが込められているに違いない。この秘密を剝いで奪い取る悪魔が現れぬことを願いながら、色彩の一つ一つを重ねていく。その強靭な意志こそが、この偉大な芸術を、胸を打つ、永遠に不朽の傑作にしているのだ。

「でも、そうしてフレスコ画の技法を採用せず、テンペラの手法によって秘密を封印した代償に、この傑作は、絶え間のない劣化の恐れにさらされることになった。フレスコ画のようには顔料が定着せず、数年後には色が変わり始め、さらには、食堂の湿気のために絵が消え始めてしまう」

フランチェスカは一瞬、言葉を切り、それから、静かな声で続けた。

「でも、今ではそのことすら、偉大なる天才の意図だったようにも思える。修道院やミラノの為政者は、この傑作が失われないように、ずっと必死で保存や修復を試みてきた。そうした努力が途絶えたとき、絵は消えて、その下から恐るべき秘密が現れる。でも、人々が懸命にかれの魂を込めた芸術を守ろうとしている限り、秘密が現れることはない。そうやって、かれは人間を信じようとしたの」

重い沈黙が、修道院の食堂を押し包んだ。やがて、リュファスが血の気を失った表情で、歯嚙みするような声を洩らした。

「だから、われわれをここに誘い込んだのか。後戻りできない地点に引き込んだ上で、真実を暴露する。そうすれば、われわれの手足を縛れると?」

「そうね。よく分かってる。イエス・キリストが裏切り者の存在を告げて、ユダが衝撃に打たれて蒼《あお》ざめる。これ以上、あなたにふさわしい舞台はないでしょう」

「まさか、そこまで考えて――」

リュファスがうめいて、言葉を途切れさせた。フランスの兵士たちにも動揺が走る。蠟燭《ろうそく》の光の中で、男たちが不安げに視線を交わすのが見えた。

「だから、言ったでしょう。ユダの運命が、あなたの運命になる、と」フランチェスカがリュファスを真っすぐに見据えて続けた。「この『最後の晩餐』には、逸話がある。かつて、あなたたちの国王ルイ十二世がミラノを占拠した三十年前のことよ。この絵に魅せられた王は、たとえ食堂が崩壊することになったとしても、壁から剝がして持ち帰りたいと願い、家臣たちに命じて建築家と技術者を探した。でも、結局、この傑作を傷つけずに運ぶのは無理だと断念した。さらに、その後には、今の国王フランソワ一世もまた同じことを考えて、同じく断念してる」

リュファスは唇を嚙みしめて、フランチェスカをにらみつけている。

「あなたたちの歴代の国王さえ、畏敬《いけい》の念から手をつけられなかった『最後の晩餐』よ。この下に秘密が眠っているからといって、あなたに手を出せるとは思えない。まして、フランソワ一世は晩年のマエストロを自らのそばに呼び寄せて、余生を過ごさせたほどに心酔していた。その尊敬と信頼に傷をつけたら、どうなると思う？」

リュファスは憎悪を込めた眼光を浮かべたまま、押し黙っていた。きっと舌先三寸で他人を陥《おとしい》れることには長《た》けていても、自分が罠《わな》にかけられることには慣れていないのだろう。今やフランス兵たちの間にも、はっきりと動揺が広がっているのが分かった。

「だから、あなたに選択の余地はない」フランチェスカが、リュファスに最後の通告を突きつけた。「わたしたちは、偉大なるマエストロの秘密を守りたいと思っている。この傑作を傷つけたりはしない。でも、そこにいるヴァチカンとハプスブルクの者たちは？　あなたが今、何をすべきかは、よく分かってると思う。だから、決断して」

訪れたのは、恐ろしいまでの静寂だった。リュファスは強く唇を嚙んだまま、瞑目して天を仰いだ。フランス兵たちは固唾《かたず》を吞んで命令を待っている。黒衣の騎士とヴァチカンの暗殺者が視線を交わして、急転する事態を何とか把握しようとしているのが見えた。

やがて、リュファスがそっと目を開いて、大きく一つ息を吐いた。

「いいだろう。お前の勝ちだ、女よ」

その瞬間、フランス兵たちが一斉に動いた。無数の蠟燭の光に刃を閃《ひらめ》かせて、その切っ先を突きつける。けれども、男たちが剣を向けた先は、フランチェスカやコルネーリオではなかった。フランス兵はヴァチカンとハプスブルクの者たちに刃を突きつけると、いつでも襲いかかれるように姿勢を低くして、相手の動きを牽制した。

「まさか、裏切るのか?」黒衣の騎士が、重い声を響かせた。「秘密は、もはや目の前にある。栄光の瞬間は目前だというのに」

リュファスが吐き捨てるように言った。「生憎だな。偉大なるマエストロの傑作を、傷つけるような危険は冒せない」

黒衣の騎士が双眸《そうぼう》を鋭く細めて、フランチェスカに眼光を向けた。

「それで、フランスを裏切らせて、われわれを倒したつもりだと?」

「つもり、じゃない。必ず、そうしなければならないの」

「いい度胸だ」

黒衣の騎士が、ゆらり、と巨大な肩を揺らして長剣を掲げた。ヴァチカンの暗殺者が両手をさっと振り、籠手《こて》に仕込まれた刃と鉤爪《かぎづめ》を飛び出させた。アルフォンソとエミーリオが、同時にすっと前に出た。グリエルモが曲刀を構え、ヴィオレッタとフェルディナンドが腕輪に手をかけて息を止める。

その瞬間、殺気が堰《せき》を切り、戦いが始まった。

9

修道院の食堂は、一気に乱戦へと突入した。ヴィオレッタは、魔術の腕輪に手をかけたまま、素早く視線を走らせて敵たちの位置を確認した。護衛剣士のフェルディナンドとともに、フランチェスカを背後にかばって壁際へと後退する。戦いが終わるまで、何があってもこの少女を守り抜く。それが、ヴィオレッタたちの役割だった。

周囲で鋼《はがね》の音が響き、火花が散る。架台《かだい》テーブルの並んだ食堂の中で、フランス兵たちがヴァチカンとハプスブルクの男たちと剣を打ち交わしていた。男たちがぶつかり合い、何本もの蠟燭《ろうそく》が床に落ちて消える。

ヴィオレッタは素早く戦況を見て取ると、戦術を組み立てた。腕輪は六つしかない。一つも無駄にするわけにはいかなかった。しかも、貴重な壁画を傷つけてしまう恐れがあるために、炎や氷といった破壊的な魔術は使えない。

「フェルディナンド！」

叫ぶと同時に、左手の腕輪の一つを発動する。一瞬、青白い霧が生成して、今まさにこちらに襲いかかってこようとしていた二人の敵を包み込んだ。魔力が作用して、男たちの足が止まる。眠りの霧だ。男たちが、魔力に抗おうとして激しく首を振る。そこへ、フェルディナンドが駆け込んで、剣の柄で殴り倒した。

ヴィオレッタは短く息をついて、さっと視線を巡らせる。グリエルモが円舞のように曲刀を振るって、同時に二人を相手に斬り結んでいた。だが、次々と襲いかかる刃をしのぐのが精一杯で、反撃に転じる機会を得られず、息が上がり始めている。ヴィオレッタは加勢するために次の腕輪に手を触れて、魔力を解放した。

刹那《せつな》、紅蓮《ぐれん》の火焔《かえん》が、グリエルモの目の前の敵たちに向かって奔出した。

男たちは燃え盛る火焔に包まれた――かのように見えた。実際には、ヴィオレッタが放ったのは幻影の炎だった。熱くもなく、敵を焼き尽くしもしない。けれども、足を止めさせるには十分だった。立ちすくんだ男たちを、グリエルモの曲刀が薙《な》ぎ払った。

「恩に着る」グリエルモが、叫び返して次の敵へと向かっていく。

ヴィオレッタは、食堂の隅でセヴラン・リュファスがヴァチカンの僧兵らしき男たちと戦っているのに気づいた。やたらと華美な装飾の施された細剣を巧みに扱って、芸術的な舞いのように斬り結んでいる。その姿を見て、ヴィオレッタは、ほうと思った。口先だけの気障《きざ》男かと思っていたが、剣術の訓練は受けているらしい。

リュファスが細剣の一撃を放って、僧兵の一人を後退させる。だが、その瞬間、別の一人が斬りかかった。リュファスは咄嗟《とっさ》に上体をひねってかわしたが、わずかに足がもつれて、動きが鈍った。二人の敵が狙い澄ましたように、同時に躍りかかろうとする。

ヴィオレッタは、一瞬、思案した。フランス人たちは卑劣な裏切り者だが、今では敵の敵となり、共通の敵であるヴァチカンとハプスブルクと戦っている。

〝なら、仕方ない。味方しておくか――〟

ヴィオレッタは腕輪を発動して、右手に力を注ぎ込んだ。同時に、腰の巾着《きんちゃく》から銅貨をつかみ取ると、それらを指に載せ、魔術で強化された力を使って弾き飛ばす。銅貨は二筋のきらめく軌跡を描いて、リュファスと斬り結んでいた二人の敵を正確に撃ち倒した。

驚いた表情のリュファスと視線が合う。ヴィオレッタは、そっけなく言った。

「今のは貸しよ。いつか、返してもらう」

「そいつは、高くつきそうだ」

リュファスがにやりとして、細剣を胸の前で掲げて一礼する。やっぱり気障な男だ、とヴィオレッタは目をそらした。それから、フランチェスカを守るために、さらに次々と襲いかかってくる敵兵たちのほうへと向き直った。


修道院の食堂で乱戦が始まった瞬間、アルフォンソは、素早く黒衣の騎士の前へと躍り出た。周囲でフランス兵がヴァチカンとハプスブルクの男たちと激しく打ち交わすのにも構わず、巨大な漆黒《しっこく》の影と対峙する。背後の守りは、エミーリオに任せてある。アルフォンソは、ただこの黒衣の騎士を倒すことだけに集中した。

油断なく敵に視線を据えたまま、右手で剣の柄を握り、左手を刃に添えて構える。甲冑《かっちゅう》を着込んだ重装備の騎士を相手に編み出された剣技の一つで、左手で刃を支えることで堅固に防御すると同時に、鎧《よろい》のわずかな隙間を正確に刺し貫くことを可能にする戦い方だ。普通に剣を振るうより間合いは短くなり、この幾つものテーブルの並んだ食堂の中で戦うような接近戦で、最大限に威力を発揮する。

もちろん、黒衣の騎士も同じ構えで対峙していた。まるで、鏡を見ているようだった。アルフォンソは、じりじりと間合いを詰めながら、相手の隙を探った。こうした戦いでは、無駄な一撃を放ったほうが死ぬ。

「その長剣では、戦いにくいだろう?」アルフォンソは挑発するように声を響かせて、中庭へと続く扉を指し示した。「邪魔者抜きで、決着をつけようじゃないか」

「いいだろう」黒衣の騎士が低く笑った。「上等だ。望み通りに死なせてやる」

二人は互いに剣を構えたまま、ゆっくりと扉のほうへと移動した。混戦の中、一瞬たりとも相手の動きから目を離さずに、扉を抜けて中庭に出る。

石の柱廊に囲まれた広い中庭には、篝火《かがりび》が焚かれ、揺らめく光が闇を照らしていた。食堂の中の喧騒が嘘のように、静まり返っている。

「これでいい」

アルフォンソは身体を低くたわめて、素早く相手を一瞥《いちべつ》した。黒衣の騎士は何も答えず、無言で長剣を閃《ひらめ》かせて襲いかかってきた。

アルフォンソはその斬撃を受け流した。すでに何度も戦っており、相手の膂力《りょりょく》や速度は把握していた。返す刃で突きを入れ、革鎧《かわよろい》の接合部を狙う。黒衣の騎士は上体をそらして、アルフォンソの剣を跳ね上げようとした。だが、その反応ならすでに見切っていた。アルフォンソは剣を引き、相手の刃をかわしてから、再び踏み込んで喉元《のどもと》に突きを放った。黒衣の騎士が巨軀をひねって左へ避け、紙一重の差で免れる。

アルフォンソは、再び自分の鏡像と戦っているかのような錯覚を感じた。互いに冷静な機械仕掛けのような正確さで、相手の隙を突き、攻撃をかわして、反撃する。

鋼が鳴り、火花が散る。もうどれくらい戦っているのか、時間の感覚がなくなり始めていた。息をつく余裕さえない。背中に冷たい汗が伝うのを、アルフォンソは感じた。目の前の敵の顔に、アルフォンソ自身の顔が重なって映る。このとき、自分自身の声が脳裏に聞こえた。

〝逃げられると思ったか？〟執拗《しつよう》な悪魔のように、暗い影がささやきかけてくる。〝己の犯してきた罪を、思い返してみろ。暗黒からは逃げられぬぞ――〟

長剣がうなりを上げて襲いかかってくる。アルフォンソは、はっとして跳びすさった。刃の風圧が頬をかすめた。アルフォンソは鋭く息をついて、体勢を立て直した。

心を落ち着けて、巨大な漆黒の影と向かい合う。

〝――こいつは、おれの心の闇だ〟

アルフォンソは思った。この手は血に染まっている。生命の重さを天秤にかけて、機械仕掛けのように効率的に人を殺してきた。一人を殺すことで大勢を救えるのだと、自らに言い聞かせて、感情を磨耗《まもう》させながら、血で舗装された道を歩いてきた。

だが、自分はあの森で一度死んだ。そして、コルネーリオに救われた。

己の犯してきた罪から、逃れることはできない。けれども、これからは、心の底から守りたいものを守るために、剣を取る。

怖れは消えていた。復讐心も、怒りもない。思考は澄み渡り、感覚は研ぎ澄まされていた。アルフォンソは視線を上げて、黒衣の騎士を見た。その瞬間、清浄な混じりけのない色の光が、闇を追い払うのを見たような気がした。

アルフォンソは、喊声《かんせい》を発して躍りかかった。膂力を振り絞り、剣を振り下ろす。黒衣の騎士は咄嗟に受け流したが、剣圧を殺しきれずに体勢を崩した。そのわずかな隙を狙って、再び一閃《いっせん》を浴びせかける。刃が相手の左腕を捉えて、切り裂いた。

アルフォンソはコルネーリオのことを思った。生意気で、わがままで、強情な少年の姿を。それは、まるで遠い昔に失ってしまった自分の分身のようだった。苛酷な運命にもかかわらず、生き生きとして、いつの間にか、かけがえのない存在となっている。その一つ一つの記憶が、アルフォンソの剣に力を与えた。

刃が黒衣の騎士の右腕を切り裂いた。アルフォンソは、まるで鏡に映った自らの思考を読むように、相手の剣筋を読むことができた。黒衣の騎士が苦痛に顔を歪《ゆが》めながら、手首を一閃して、アルフォンソの剣を振り払おうとする。その長剣の刃の下を剣舞のようにかいくぐって、アルフォンソは相手の脇腹を薙ぎ払った。

漆黒の胴衣を裂いた確かな手応えがした。相手の口から驚愕の声が洩れる。さらに、アルフォンソは身体を鋭く旋回させて、相手の負傷した脇腹へと蹴りを放った。黒衣の騎士が巨体を折り、うめき声を上げる。

目の前に、必死の形相を浮かべた顔が見えた。黒衣の騎士は雄叫びとともに長剣を振るったが、その攻撃には焦りがにじんでいた。力ずくで真っ二つに斬り払おうとした攻撃を、アルフォンソは楽々とかわした。相手の体勢が崩れ、長剣の重みで腕が泳ぐ。

その瞬間を、アルフォンソは逃さなかった。素早く踏み込んで、振り上げた剣を打ち下ろす。刃が右の手首を捉えて、肉と骨を砕いた。黒衣の騎士が長剣を取り落とす。鋼が石敷きの上で乾いた音を立てた。

黒衣の騎士は、痛みと衝撃でのけぞるように上体をそらして、何歩か後退すると、地面にどうと崩れ落ちて膝をついた。まだ今この瞬間の状況を信じられないように、大きく目を見開いている。その表情を冷静に見下ろしながら、アルフォンソは、最後の一閃を相手の胸へと振り下ろした。

殺気が堰《せき》を切り、戦いが始まった瞬間、コルネーリオは、短剣を抜いてヴァチカンの暗殺者の前へと躍り出た。視界の隅で、フランチェスカが素早く後退し、ヴィオレッタとフェルディナンドに守られるのが見えた。そのことに安堵の息を吐きながら、異形の怪物と向かい合う。

ヴァチカンの暗殺者は、突然、目の前に躍り出てきた少年を見て、一瞬、魁偉《かいい》な容貌に意外そうな表情を浮かべた。だがすぐに、残忍な笑みが取って代わる。

「誰かと思えば、松明《たいまつ》を振り回していたガキではないか」ヴァチカンの暗殺者は、両手の刃と鉤爪《かぎづめ》を蠟燭の光にぎらつかせた。「貴様は、いずれ火炙《ひあぶ》りになる運命だ。怪我をしないよう引っ込んでいろ」

「お前こそ、悲鳴を上げていたくせに」コルネーリオは、負けじと声を張り上げて挑発した。「頭が薬物漬けで、もう忘れたか？」

相手との間合いを測りながら、短剣を掲げて牽制する。最後はこれで自分の身を守れと、アルフォンソから渡されていたものだ。けれども、使い方などよく分からない。せいぜい、丸腰よりはまし、という程度だ。

ヴァチカンの暗殺者は、唇を歪めて笑みを広げた。眼光が暗く燃える。刃と鉤爪が閃いた。そう思った瞬間、薬物で強化された人間離れした速さで攻撃が襲ってきた。

気づいたときには、短剣が弾き飛ばされていた。ほとんど反応する暇もなかった。コルネーリオは思わずのけぞった拍子に、テーブルに腰を打ちつけた。間髪を容れずに、さらに踏み込んできた敵の一閃が迫る。

コルネーリオは背中からテーブルに倒れ込んで、その凶刃《きょうじん》をかわした。ヴァチカンの暗殺者が、上からのしかかるように襲ってくる。コルネーリオは手近にあった蠟燭をつかんで、相手の顔を目がけて投げつけた。

一瞬、暗殺者の動きが止まるのが分かった。やったか、とコルネーリオは思った。サライの葡萄《ぶどう》園のときのように、炎の刺激で幻覚を見せてやることができれば、上出来だ。

だが、次の瞬間、ヴァチカンの暗殺者はコルネーリオを見下ろして、ぞっとするような笑みを浮かべた。

「そのような子供騙《だま》しの手が、二度も通用すると思ったか？　わたしは、あらゆる拷問に耐える訓練を受けている。お前が試みたような手も、その一つだ。不意を突かれさえしなければ、怖れるほどでもない」

言うが早いか、ヴァチカンの暗殺者は再び鋭利な刃と鉤爪を振るった。咄嗟に身を引いていなければ、咽喉《のど》を掻き切られていただろう。何が起こったのか、考える間もなく、さらに次の一撃が襲ってくる。コルネーリオは左腕を切り裂かれた。痛みが走り、コルネーリオは危うく集中力を途切れさせるところだった。

ヴァチカンの暗殺者は攻撃の手を緩めない。次の刃と鉤爪が襲ったとき、コルネーリオはテーブルの上を転がって相手の間合いから逃れたが、一瞬、遅かった。左腕に続いて右肩も切り裂かれて、鋭い痛みに思わずあえぎが洩れた。

「口ほどにもないな」

嘲笑《ちょうしょう》とともに、さらなる鉤爪の一撃が襲ってくる。コルネーリオは素早く半身をひねって、ぎりぎりのところで空を切らせた。同時に、テーブルをさらに転がって、相手の攻撃の届かない位置まで後退する。

「どうした、逃げるだけか？」ヴァチカンの暗殺者がなぶるように言う。「先ほどの威勢はどうした？　まさか、逃げ続ければ勝てるとでも？」

再び圧倒的な速さで右手の刃が迫る。コルネーリオは、身をよじってかわした。

かわしたつもりだった。

痛みを感じたときには、左の鎖骨《さこつ》の下を切り裂かれていた。あと少しでも遅ければ、咽喉を裂かれていただろう。薬物で強化された敏捷《びんしょう》な動きは予想を超えていた。咄嗟にテーブルの上から飛び降りて、続けて放たれた鉤爪を避ける。

けれども、その瞬間だった。不意に目の前の視界から、暗殺者の姿が消えた。

一瞬、何が起こったのか、理解できなかった。次の瞬間、足元に強烈な衝撃が走って、コルネーリオは床に転倒した。姿勢を沈めて足元に蹴りを放たれたのだと、ようやく理解する。再びのしかかるように鉤爪が襲ってきた。コルネーリオは咄嗟に跳ね起きて致命的な攻撃をかわしたが、腕をえぐられて灼熱《しゃくねつ》の痛みが走った。

コルネーリオは顔を歪めて、肩で息をした。だがそこへ、狙い澄ました刃が一閃する。今度は脇腹に鋭い痛みが走った。流れ出た血が衣を染めるのが分かった。コルネーリオは精神を集中して、痛みをこらえようとした。雷光のような速さで迫る刃の下をかいくぐり、鋭い蹴りを回避して、コルネーリオはただひたすら攻撃をかわし続けた。

すでに幾つの手傷を負ったのか、分からなくなっていた。周囲の喧騒は消え、聞こえるのは、自分とヴァチカンの暗殺者の息遣いだけだ。

ヴァチカンの暗殺者が、冷笑を浮かべて刃を繰り出してくる。コルネーリオがそれを避けようとした瞬間、相手が躍りかかって手首をひねり、剃刀《かみそり》のような凶刃を閃かせた。避けられない、とコルネーリオは一瞬、身動きを止めた。

正確な軌道を描いて、刃と鉤爪が、鎖骨と脇腹に突き刺さった。

自分の唇からうめき声が洩れるのが分かった。刃と鉤爪がさらに喰い込んで、容赦なく傷をえぐった。激痛が全身を貫いて、意識が遠ざかりそうになる。

けれども、ここで倒れるわけにはいかなかった。コルネーリオは最後の力を振り絞ると、決然と視線を上げて、ヴァチカンの暗殺者を真っすぐに見据えた。

そして――揺るぎのない声で、治癒の歌を歌い始めた。

自分とヴァチカンの暗殺者の息遣いを聞きながら、身体を包む脈打つ生命の色を見て、壊れたリュートを調律するように、音階と強弱を決めて声を響かせる。

「どうした、自分を癒《いや》すつもりか?」ヴァチカンの暗殺者が笑った。「だが、到底、間に合うまい。火炙りより先に、貴様は今、死ぬのだ」

コルネーリオは歌声を止めなかった。声に呼応して、色が現れた。清冽な泉の水を思わせる青色の光が、揺らめきながら視界に広がっていく。その色が、脈打つ音と色に和して重なるように、さらに音律を変えて歌う。

コルネーリオは震える手を伸ばして、ヴァチカンの暗殺者の身体に触れた。

その瞬間、治癒の光がヴァチカンの暗殺者を包み込んだ。暗褐色の僧衣から発する毒々しい赤銅色と黄褐色の影を、清冽な青色が覆って、重なり合った。泥のように濁った緑色の染みが、明るく透き通った緑へと変わっていく。

コルネーリオは、わずかに音階を上げて声を強めた。それに合わせて色合いが微妙に変わり、明るさを増す。さらに音階を調整して、色彩が完璧に溶け込むように合わせた瞬間、ヴァチカンの暗殺者が苦悶の表情を浮かべて、後ずさった。

「貴様――いったい、何をした?」

何が起こったのか、この残忍な敵には分からなかっただろう。けれども、これこそがコルネーリオの待ちわびた瞬間だった。コルネーリオは、刃と鉤爪を身体に突き立てられたまま、治癒の歌を歌い続けた。太古の歌のように、なだらかに音階と声の強弱を起伏させながら、色の調和を整えていく。

激痛で意識を失いそうになるたびに、コルネーリオは母のことを思った。あの裁判所の光景が胸に甦《よみがえ》る。フェデリーコおじさんが涙を流しながら、それでも強情な鸚鵡《おうむ》みたいに、その女が魔女だと叫び、村人たちが一斉に魔女を糾弾《きゅうだん》していくのを、母は限りない悲しみと、いたわりを込めた微笑《びしょう》を浮かべて見つめている。

〝母さん、どうか、おれに力を貸して――〟

コルネーリオは泣きながら、それでも微笑《ほほえ》んで歌い続けた。

母が魔女として処刑されたあの日から、運命に与えられたこの力が、呪いか祝福か、ずっと知りたいと願っていた。だからこそ、コルネーリオは志願して、この残忍な刺客と対峙した。今この瞬間まで、何度切りつけられても耐えたのは、この戦いの喧騒の中で、ヴァチカンの暗殺者の発する生命の脈打つ音と色だけを、確実に見極めて識別するためだ。ほかの者たちと混ざった状態では、十分な効果が発揮できなくなる。

ヴァチカンの暗殺者が薬物で痛みを遮断《しゃだん》して、身体能力を増強していることは分かっていた。そうした麻薬は精神を高揚させ、恐怖を忘れさせ、戦士を無敵にする。だがそれが、魔力によって〝治癒〟されたとき、どうなるか。そうした薬物漬けの患者を、かつて救貧院で見たことがあった。

治癒の力とは、お伽話《とぎばなし》に出てくるような奇蹟などではない。それは、人間が持つ自然の治癒力を高めて傷を癒し、体力を回復し、体内の毒物を浄化するものだ。そして、コルネーリオが浴びせた治癒の力は、この目の前の男の麻薬をも浄化する。薬物は、急激な速さで代謝され、効力が切れ、体内から抜け落ちていく。

すでに恐ろしい禁断症状が、ヴァチカンの暗殺者を蝕《むしば》み始めていた。コルネーリオに向けられた瞳は焦点を失って、刃と鉤爪を突き立てた手が激しく震えている。額や首筋は発汗し、強烈な悪寒に苛《さいな》まれていた。唇は紫色に染まり、切れ切れの呼吸の奥から喘鳴《ぜんめい》が洩れている。

コルネーリオは、ヴァチカンの暗殺者の震える両の手首を握ると、身体に突き立った刃と鉤爪を引き抜いた。鋭い痛みが走るのにも構わずに、コルネーリオは真っすぐに相手の目の奥をのぞき込んだ。その双眸《そうぼう》は、すでにコルネーリオを見てはいない。その目に映るのは、神の姿か、あるいは悪魔の幻覚か。激痛に悶えるように巨軀が痙攣《けいれん》する。

そして、その身体が生気を失って床へと沈んでいくのを見届けてから、コルネーリオもまた微笑んだまま、意識を失って、ゆっくりと倒れていった。

10

トスカーナの森は、春の息吹に包まれていた。

アルフォンソは、平坦に踏み固められた樹間の小道を、フランチェスカと並んで歩いていた。陽光がヒノキの森に降り注いで、濃い緑色の葉を透かして木漏れ日がきらめいている。小道の脇にはエニシダとアイリスが美しい黄色と青紫色の花をつけ、ツバメが空を飛び交っていく。穏やかな風を頰に感じながら、アルフォンソとフランチェスカは、その色彩に満ちた光景の中を歩き続けた。

目的の場所は、暖かな斜面に色とりどりの花が咲く村の耕地の外れにあった。澄んだ空気に光が戯《たわむ》れて、満々と春の水を湛えた小川がさらさらと岸辺を洗っている。明るく、心地の良い光景だからと選ばれた場所だった。

そして、風が花びらを揺らすその片隅に、ささやかな墓石はあった。

アルフォンソは、その光の射すほうへと、そっと近づいていった。少しでも音を立てれば、死者との思い出の場所を穢《けが》してしまいそうで、アルフォンソは沈黙したまま、ゆっくりと歩いた。フランチェスカも少しうつむき加減で押し黙ったまま、墓石の前へと進むと、静かに跪《ひざまず》いて、鮮やかな黄色のミモザの花を捧げた。瞑目《めいもく》し、祈りを捧げる。

どのくらい長い間、そうしていただろう。アルフォンソは、そっと目を開いた。

「コルネーリオ」

墓石の前でまだ跪いている少年に、声をかける。コルネーリオは、はっとしたように顔を上げた。それから、隣りにアルフォンソとフランチェスカがいるのを見て、驚いたように目を見開いた。祈りに集中していたために、二人が来たことに気づいていなかったのだろう。そのはしばみ色の瞳に、ゆっくりと理解の色が染み入って、コルネーリオは静かに微笑《びしょう》した。

「ああ、アルフォンソ。それに、フランチェスカも」

その少年の肩を、アルフォンソはそっと抱きしめた。フランチェスカもそれに加わって、上から腕を回した。

「きっと、お母さまは、あなたを誇りに思ってる」

柔らかな風が吹き抜けて、墓石の上を渡っていく。ここは、コルネーリオの母親のルイーザが眠る場所だった。もちろん、魔女として処刑されたために、髪の毛すら残らず、灰は撒かれてしまっていた。だから、亡骸《なきがら》が安置されているわけではない。夫と同じ村の墓地にも入れない。それでも、村人たちが弔うためにと、特別に用意してくれた場所だった。

アルフォンソは、少年の身体を抱きしめたまま、ミラノでの出来事を追想する。

黒衣の騎士を倒したアルフォンソが修道院の食堂へと戻ったとき、目にしたのは、すでにこと切れたヴァチカンの暗殺者と、そのすぐそばで血を流して倒れたコルネーリオの姿だった。ヴィオレッタがすぐに駆け寄って、治癒の魔力を封じた腕輪を解放した。このような事態に備えて、あらかじめ準備していたものだ。青白い魔力の光がコルネーリオを包み込んで、傷を癒《いや》していく。

そうして、戦いは終わった。後で調べて分かったことだが、ヴァチカンの暗殺者は歯の奥に仕込んだ毒を仰いで自死していた。恐らくは、敵に捕らわれて薬物を断たれたとき、不利な情報を吐いたりしないよう、そう訓練されていたらしかった。

ヴァチカンとハプスブルクの男たちのほとんどは、フランス兵と相討ちになって床に倒れ、生き延びた者たちも手傷を負っていた。セヴラン・リュファスとシャサールが、残党たちを手際良く縛り上げていった。

「われわれはこの者たちを連れて、ミラノ奪還のために陛下が派兵した軍に合流する」リュファスが疲れきった表情を浮かべて言った。「この者たちの口から、マエストロの秘密が洩れる危険を冒すわけにはいかないのでね」

その後は、奔流《ほんりゅう》のような日々の中で事後処理が行われた。フィレンツェとヴェネツィアは、ミケランジェロを介した秘密の交渉の末に、レオナルド・ダ・ヴィンチの秘密を手に入れることは断念することで正式に合意した。『最後の晩餐《ばんさん》』がヨーロッパ中に与えた評判を考えれば、さすがに壁から剝いで秘密を暴くという選択肢はあり得なかった。内通者の恐れがあるために、情報はごく限られた者たちだけにとどめられた。

ミケランジェロが求めた兵器の設計図は得られなかったが、それでも、成果がないわけではなかった。ヴァチカンとハプスブルクを最後にフランスが裏切ったことで、フィレンツェはそれを、フランスの援軍を引き出すための交渉材料として活用する。もちろん、表向き、陰の戦場で何があったのかは闇で処理されてしまうから、どれだけ有効な材料となるかは分からない。けれども、希望がないよりはいい。

ヴァイデンフェラーに捕らわれていた村人のフェデリーコも、配下の供述から監禁場所を突き止めて救い出した。フェデリーコは拷問を受けて秘密をしゃべってしまったことを悔いたが、コルネーリオは、おじさんは何も悪くない、もとはと言えば、おれのせいなんだからと謝って、互いに許し合った。

アルフォンソは、もう一度、コルネーリオの身体に回した腕に力を込めてから、抱擁《ほうよう》を解いて、立ち上がった。コルネーリオとフランチェスカの手を取って、そっと立たせてやる。コルネーリオはアルフォンソを見上げて、何か言いたそうに口を開きかけたが、結局、言葉が溢れたように声を詰まらせて、押し黙った。

けれども、アルフォンソには分かっていた――これが、別れだと。

コルネーリオは、森を離れてヴェネツィアに向かう。そして、魔術師になる。

その決断を、アルフォンソは祝福して、認めてやりたかった。だが、これほど何かを怖れたことは、今までになかった。

フランチェスカが、思い詰めた表情でコルネーリオを見つめていた。小さな拳《こぶし》をぎゅっと握りしめて、華奢《きゃしゃ》な身体を震わせている。突然、涙が頰を伝った。フランチェスカがこらえきれないようにコルネーリオに抱きついて、叫んだ。

「コルネーリオ、わたしを連れて逃げて！　一緒なら何も怖くない。どこへでも行く。アルフォンソだって、きっとそう思ってるはずよ！」

　胸が張り裂けるような声が、穏やかな春の森に響き渡っていく。コルネーリオは抱擁に肩を震わせて、涙がこぼれ落ちそうになるのに耐えていたが、やがて、フランチェスカの肩に両手を置いて、そっと目をのぞき込んだ。

「ありがとう、フランチェスカ」無理に微笑《ほほえ》んだようなその表情が、アルフォンソの胸を突いた。「でも、おれには、やらなくちゃならないことがある。もう二度と、母さんのように犠牲になる人がいなくなるような世界をつくりたいんだ」

　コルネーリオは、そっと母親の墓石へと目をやって、ささやいた。

「母さんは、魔女だという理由で、おれをかばって殺された。本当は、殺される理由なんてないはずなのに。なぜ、特別な力があるというだけで、殺されなきゃいけないのか。そんなの理不尽だろ？　だから、おれが変えるんだ」

　フランチェスカはうつむいて、じっと悲しみに耐えている。

「でも、そのためには、まずは魔術について学ばないと。この力が何なのか知らないと、おれたちを殺そうとしているやつらに、お前たちは間違ってるって反論できないだろ。だから、ヴェネツィアに行って、魔術師になる。そう決めたんだ」

「でも、あなたのお母さまは言ったわ。〝自由に生きなさい〟って」

「そうだね、分かってる。でも、自由になるためには、苦しい道を歩まなくちゃならないんだ」コルネーリオはそう言ってから、少し小首をかしげて、アルフォンソを見た。「あれ、おれ、言ってること、何かおかしいかな？　おれ、フランチェスカみたいに賢くないから、よく分からなくなってきた」

「お前は聡明だ」アルフォンソは言った。「そして、素晴らしい才能を持っている」

「でも、なぜ？」フランチェスカが、拳を固めて、コルネーリオの胸を叩いた。「なぜ、自分を苦しめてまで、困難な道を選ぼうとするの？」

「だって、フランチェスカ」コルネーリオが優しく言った。「人を救う力があるのに、おれだけ自由に生きるなんて。そんなことできないと、フランチェスカだって思うだろ？」

フランチェスカはしゃくり上げて、もう一度、拳でコルネーリオの胸を叩いた。弱々しい力で、まるで運命に抗議するかのように。

「アルフォンソなら、きっと分かってくれるよね」コルネーリオは、フランチェスカの拳をそっと手で包み込みながら言った。「母さんに救ってもらった生命で、今度はおれが、たくさんの生命を救うんだ。アルフォンソは、魔術師が歩むのは暗く、ねじ曲がり、血で舗装された道だと言ったけど、きっと、そうじゃない。おれが、変えてみせる」

「そうとも、コルネーリオ」アルフォンソは、強くうなずいた。「お前は強情で、わがままで、何物にも束縛されはしない。ならば、お前は道を切り開く者となれ。誰かが敷いた道ではなく、自分の思う道を進め。それが、お前だ」

神はこの小さな身体に、あまりに重い責任を負わせた、とアルフォンソは思った。それでも、コルネーリオは歩んでいくだろう。そして、いつの日か、迷信と偏見に打ち克って、魔術師とキリスト者を結ぶ架《か》け橋となるに違いない。今はまだ互いに分かり合えない者たちが引き起こすのが迫害であり、憎悪であり、争いであるのなら、コルネーリオが架け橋となったとき、人は戦争という悲劇にすら打ち克つことができるのではないか。

「アルフォンソ……」

コルネーリオが、何か言いたそうに口を開こうとした。けれども、言葉が口をついて出る寸前、無理に思いとどまるようにそれを呑み込んで、唇をきゅっと結んでうつむいた。

その表情を見て、アルフォンソにも分かった。コルネーリオが何を言おうとしたのか。それから、アルフォンソのことを思って、言葉を呑み込んだことも。

アルフォンソの脳裏に、幾つもの思いが去来した。ミケランジェロのこと、フィレンツェのこと、迫り来る戦争のこと。けれども、それらを天秤にかけようとしている自分に気づいたとき、最も大切なものが分かった。

「コルネーリオ」アルフォンソは、静かに心を決めて告げた。「いつか、お前は魔術師になる。そのときには、おれが護衛剣士となる。隣りに立って、お前を支えよう」

コルネーリオが目を見開いて、アルフォンソを見上げた。瞳が揺れている。息を呑み、何かを言おうとするが、言葉が出てこない。アルフォンソはその手を握って続けた。

「だから、約束して欲しい。決して諦《あきら》めぬと。お前が描く理想を、おれにも見せてくれ」

コルネーリオは、今にも泣きそうな表情で唇を噛んでいたが、やがて、一つうなずくと、顔をくしゃくしゃにして、吹っ切れたような、心からの笑みを浮かべた。

「分かった、約束する」

吹き抜ける風が、少年の楓葉《ふうよう》色の髪を揺らしていた。フランチェスカがそっと寄り添って、二人の手の上に自らの手を重ねた。やがて、もう一度、墓前に祈りを捧げてから、三人は森の小道を村へと戻り始めた。

「思えば、この森でお前に助けられたのが、すべての始まりだった」アルフォンソは、遠い昔を思い返すように、コルネーリオに向かって言った。「だが、不思議だな。なぜ、おれに、お前の母親と同じ混じりけのない色が見えたのだろう？」

「きっと、大切な人だからだと思う」コルネーリオが少し考えて答えた。「だから、ほかの人とは違う特別な色が見えるんだ」

「だが、おれを助けたときも、フランチェスカを救ったときも、どちらも初対面だっただろう？　なのに、どうして大切な人だと？」

「そんなこと、おれにも分からないよ」コルネーリオは笑った。「でも、一目見た瞬間に、分かったんだと思う。きっと、大切な人になるに違いないって」

フランチェスカの父親の農場にたどり着いたときには、すでに夕空は壮麗《そうれい》な茜《あかね》の輝きに染まり始めていた。緩やかに起伏した丘に広がる葡萄《ぶどう》畑とオリーブ園を、夕暮れの光が照らしている。アルフォンソたちは下草を踏みながら、美しい光景の中をゆっくりと歩いていった。

農園の小屋の近くを通り過ぎ、裏手へと回る。厩舎《きゅうしゃ》のそばを通って、アルフォンソたちは、なだらかに広がる草地に出た。瑞々《みずみず》しい新芽の香りが鼻孔をくすぐった。だが、深く息を吸い込もうとした、そのとき、別の匂いに気づいた。

「何かが、燃えているようだ」アルフォンソは顔をしかめた。

なだらかな坂を越えて向こうの牧草地へと出たとき、その正体が分かった。広大な敷地の上で、何か巨大な布地のようなものが燃えている。地面いっぱいに広げられたその布地には、幾筋もの縄が結びつけられて、人が乗れるほど大きな籠《かご》のようなものにつながっている。それらが炎を上げて燃えていた。さらに奇妙なことに、その炎の周りを何羽ものガチョウがけたたましい鳴き声を上げて走り回っていた。

「早く、火を消すんだ！」グリエルモの声が負けじと響いた。「ああ、わたしのガチョウたちが！　こら、待て、逃げるな！」

グリエルモが鳥たちを追うその傍《かたわ》らでは、エミーリオと農場の使用人たちが、燃え上がる布地に水をかけて、火を消そうとしている。アルフォンソは、コルネーリオとフランチェスカと目を見交わしてから、そちらに近づいていった。

「やあ、グリエルモ」

アルフォンソの呼びかけに、グリエルモが身動きを止め、ゆっくりと振り返った。その顔に、まずいところを見られた、という表情が浮かぶ。だが、グリエルモはすぐに立ち直ると、開き直ったように胸を張った。

「誰かと思えば、アルフォンソじゃないか。それに、コルネーリオとフランチェスカも。森に墓参りに行ったんじゃなかったのか?」

「今、戻ってきたところだ」アルフォンソは周囲を見渡して言った。「どうやら、実験はきわめて順調、とは言いがたいようだ」

グリエルモは、少し傷ついたような表情をした。「もちろん、わたしだって全力を尽くしているさ。だが、お前さんみたいな無粋な男には、理解できぬだろうな。本物の設計図は『最後の晩餐』の下なんだから、細かなところは推測で埋めていくしかない。いくら、わたしがマエストロの手稿収集家だからといって、空白を埋めるのは容易ではない」

「もちろん、分かってるさ」

アルフォンソは、もう一度、炎を上げる巨大な布地を見た。それから、布地から伸びる幾筋もの縄と、それに結びつけられた籠を。その失敗に終わった残骸から、レオナルド・ダ・ヴィンチが設計したものの姿を想像しようとする。

それは、ミラノでの最後の戦いの前、フランチェスカが手稿の束について考えていたときに、気づいたことだった。燃焼鏡や蒸気砲、それから籠城《ろうじょう》した敵を煙で燻《いぶ》し出す戦術といった内容の中に、一つだけ異質な手稿が交ざっていることに、フランチェスカは気づいた。

自動回転串焼き機の図面――

一見、脈絡がないように見える手稿の束は、木を森の中に隠すように、真の意図に気づかれないようにするためだ。だが、気づいてしまえば、レオナルド・ダ・ヴィンチの思考を正確にたどれるように、おのずと道が現れてくる。

この料理場の暖炉に取りつけて使う装置について、かつてグリエルモはこう説明した。〝火で熱せられた空気が上昇すると、その気流の力が煙突の内側に設置された回転翼を回す。それが、軸棒を動かして、歯車とギアで連結された焼き串を自動で回すのだ〟

それが、鍵だった。〝火で熱せられた空気が上昇する――〟

ずっと〝万能の天才〟は翼を使って飛ぶ研究をしているのだと思っていた。膨大な数の手稿が鳥や蝙蝠《こうもり》の翼や筋肉の構造を分析し、スケッチしていたからだ。チェチェリ山の頂《いただき》から飛ぶ実験まで行って、飛翔のメカニズムを解明しようとしているのだと思っていた。けれども、それが間違っていたことに、フランチェスカは気づいた。

〝万能の天才〟は飛ぶ方法など、とっくに分かっていた。分かっていて、それをダイダロスの迷宮の奥に隠したのだ。

そのことに気づいてしまえば、手稿に残された数々の書き込みの断片が、互いに連関し、明瞭な意味を持って立ち上がってくる。

レオナルド・ダ・ヴィンチは、手稿にこう書き残した。〝強度を増すためには、軽い葦《あし》の骨組みにタフタの布を張り、牛の筋を縒《よ》ってつくった綱で補強する。十分に軽くて丈夫な材料なら、空気を孕んで膨らんでも、破れることはない〟これを、グリエルモもフランチェスカも翼の材料についての記述だと思っていた。だが、違っていた。

マエストロは、さらに空気の性質について、こうも書き記した。〝空気はじぶんを暖める熱に近づくほど稀薄になる〟〝熱せられれば熱せられたものほど軽くなり、冷たくされれば冷たくされたものほど重さを身につける〟〝空気は自然の位置というものをもたず、いつもじぶんより濃密な物体の上にとまっている〟これについても、グリエルモたちは空気が上空に行けば行くほど薄くなり、そのために鳥や蝙蝠がある程度の高さまでしか飛べないという理由を記したものだと思っていた。けれども、今ならその意味が分かる。

〝火で熱せられた空気が上昇する——〟

つまりは、空気は暖めるほど稀薄になり、上に行こうとする。この暖められて軽くなった空気を、十分な強度を持たせた材料を使って、破れることのない布地で閉じ込めて、空に放てばどうなるか。

人は大空を飛べるだろう。それは人が見続けてきた夢だ。だが、それが戦争に奉仕する死の道具として利用されるとき、〝万能の天才〟が嫌悪した破壊と殺戮《さつりく》はさらに激しさを増すだろう。鳥の目からすべてを俯瞰《ふかん》して、敵の城塞の構造や兵力の布陣や補給線の状況を偵察して、空から攻撃する。地上からの弓矢も投石機の攻撃も届かない。天空からの神の雷《いかずち》を、誰にも防ぐすべはない——

「〝イカロスの熱気球〟だ」不意に響いたグリエルモの声が、アルフォンソを思考から引き戻した。「熱した空気の力で球体が浮かび上がる。いい命名だろう?」

「いかにも、墜落しそうな名前だな」アルフォンソは呆れた表情を浮かべた。「だから、成功しなかったのか」

アルフォンソは、炎を上げる装置の残骸を見つめた。コルネーリオとフランチェスカも、興味津々といった表情で眺めている。地面に広げられた巨大な布地が、熱した空気を入れる袋なのだろう。それが膨らんで浮き上がる仕組みに違いなかった。そして、幾筋もの縄で結びつけられた巨大な籠に人が乗り、空へと高く舞い上がる。

「わたしの命名のせいではないぞ」グリエルモが唇を尖《とが》らせて反論した。「正確な設計図がないために、巨大な浮力に耐え得るだけの頑丈さと、耐久性を備えた材料を軽量化するのが難しいのだ。しかも、出力を上げようとして強く火を焚くと、引火して、墜落してしまう」

「だが、なぜガチョウが?」アルフォンソは、炎のそばを走り回る鳥たちに視線をやって尋ねた。「まさか、焼き鳥にでもするつもりなのか?」

「おいおい、何という失礼な言い草だ。せっかく大空を飛ぶ貴重な機会だから、人間の代わりに名誉な役目を務めてもらおうと思っただけだ」

「わざわざそれに乗せてやらなくても、ガチョウは飛べるのでは?」

「ガチョウは飛べぬぞ。もしかして、そんなことも知らぬのか?」

アルフォンソは一瞬、答えに詰まって押し黙った。グリエルモは気を取り直したように、樽《たる》のような腹を叩いて、顔をほころばせた。

「まあいいさ」そうつぶやいて、まだ火の残る布地の向こうに敷き詰めた何かの装置を指し示した。「誰にでも、失敗はつき物だからな。今のわたしにできるのは、まあ、これくらいだ」

グリエルモが火種を取り出して、仕掛けに火をつけると、その火は導火線を伝い、枝分かれした線の上を走っていった。やがて、終端に到達した火が、一斉に無数の明かりを灯した。その熱で膨張《ぼうちょう》した空気が、幾つもの小さな紙で作ったランタンを膨らませた。それらはやがて地を離れ、ゆっくりと夕暮れの空へと舞い上がった。

宵闇《よいやみ》の前の最後の輝きを背景に、揺らめく無数のランタンが昇った。遠くに映るアペニン山脈の深紫色の稜線の上を、春の風に乗り、きらめく川面のように天を渡っていく。

「何が見える？」アルフォンソは、隣りに並んだコルネーリオに尋ねた。

「魔法が見える」少年は目を輝かせて答えた。

そっと手を伸ばせば、届きそうにすら感じられた。このとき、フランチェスカがコルネーリオのそばへと歩み寄って、ささやいた。

「最後に、踊ってくれる？」

コルネーリオは、振り向いて、顔を赤くした。「もちろん、喜んで」

二人が手をつなぐ。リュートが奏でる音楽も、宴に響く手拍子もない。それでも、二人は光の川の下で、静かにステップを踏んで踊った。夕暮れの風に髪が揺れる。踊り終えたとき、フランチェスカはかすかに上気した頰のまま、空にきらめくランタンを見上げた。

「綺麗《きれい》な火。この光景を、わたし、一生忘れない」

やがて、西に傾いた日が丘陵の背に落ちて、灯火の川が残照の名残りに溶け込んで消えるまで、アルフォンソはコルネーリオとフランチェスカと並んで、ただ果てしない空を見上げて立ち尽くした。

一五二九年十一月　フィレンツェ

　フィレンツェの赤褐色の屋根の街並みを望むサン・ミニアートの丘で、コルネーリオは、防衛のための城塞を築く大がかりな工事の光景を眺めていた。久しぶりに見るトスカーナの空は灰色の雲に覆われて、その下を、男たちが黙々と木材や石を運んでいく。風が砂塵を巻き上げて吹き抜ける中、槌音だけが響いていた。戦争が近づいているのだ、という実感が、ひしひしと伝わってくる。

「あそこの塔に大砲を据えつけて、敵に砲弾を浴びせるのだそうよ」隣りに立ったヴィオレッタが、丘の頂《いただき》のほうを指差して言った。「でも、思ったように、工事は進んでいない。厳しい戦いになるでしょうね」

　季節は春から夏を巡り、秋が深まっていた。ヴァチカンとハプスブルクの軍勢は、もう目の前に迫っていた。すでに先月からは散発的な砲撃が始まっている。さらに、今月には神聖ローマ皇帝カール五世がボローニャに入り、教皇クレメンス七世と和解の仕上げとなる戴冠式に向けた最終的な詰めの協議に入っていた。それが終われば、フィレンツェ攻略を阻《はば》むものはもう何もない。攻城戦が本格化するのも時間の問題だった。

　なのに、城塞の工事はまだ続いている。

ヴィオレッタの話によると、レオナルド・ダ・ヴィンチの秘密を断念した後、ミケランジェロはすべての精力をこのサン・ミニアートの丘の防衛力の強化に注ごうとしたという。けれども、フィレンツェはこの期に及んでも一枚岩になれなかった。メディチ家との妥協を模索する勢力と、徹底抗戦を主張する勢力の溝は深く、不可解な命令や〝手違い〟によって必要な資金が滞ったり、人員が撤収させられたり、別の工事に回されたりした。総司令官のマラテスタも、ミケランジェロ以外の軍事九人委員会の委員も、補強工事に関心を示さず、メディチ家との全面衝突を避けようと裏で画策する動きが相次いだ。

フィレンツェの有力組合である絹織物と毛織物の組合も、資金を出し渋った。こうした高貴な上流階級の市民にとっては、勝ち目のない戦に向かって気勢を上げる急進的な共和主義者たちの声は、思慮分別を欠いた〝下層民たちの狂気の戯言《たわごと》〟でしかなかった。心ない者たちは、城塞の建造のためにメディチ家の別荘と庭園を取り壊して更地にしようとしたミケランジェロを狂人呼ばわりして、工事に抵抗した。

わざわざヴァチカンの使者がミケランジェロを訪れて、警告したという。共和国政府の要人たちは、誰もがフィレンツェが陥落した後のメディチ家による報復を怖れているために、サン・ミニアートの城塞は決して完成しないだろう、と。

このとき、不意に背後で弾んだ足音がして、声が聞こえた。

「コルネーリオ！」

振り返ると、フランチェスカが、なだらかな緑の丘の下から駆け寄ってくるところだった。

その向こうから、アルフォンソやグリエルモ、それからエミーリオも歩いてくる。ヴェネツィアからコルネーリオとヴィオレッタが到着すると聞いて、会いに来てくれたのだ。フランチェスカは息を弾ませて、すぐ目の前まで来ると、ちょっと迷うような仕種を見せた後、コルネーリオの手を握った。

「本当に、久しぶり」フランチェスカは真っすぐにコルネーリオの目を見つめて、息を整えながらも、溢れるような笑顔を見せた。「でも、元気そうで良かった」

「フランチェスカも」コルネーリオも手を握り返して言った。「そんなに走って、坂を上ってこなくても良かったのに」

「ううん、大丈夫。最近は、ずっと調子がいいの。お父さまも、外に出るのを許してくれて、わたし、馬にも一人で乗れるようになったのよ。このごろは、お父さまについて、作物の育て方や、農場の管理や帳簿のつけ方も学んでる」

「ほんと？　そいつはすごいや」

「コルネーリオは？　ヴェネツィアでは、どうしてた？」

「少しずつだけど、魔術を学んでる。この前は、火の呪文も教えてもらった。火種がなくても、蠟燭《ろうそく》に火をつけられるんだ」

フランチェスカがくすくすと笑う。コルネーリオは、心が軽くなるのを感じた。

「でも、呪文書を読むために、まずは読み書きを覚えなきゃならないんだ」コルネーリオは、少しおどけて、げっそりとやつれた表情を浮かべてみせた。「でも、手紙も書けるようになった。今度、フランチェスカにも書くよ」

「本当に？　嬉しい。楽しみにしてる」

フランチェスカの頬が上気して、ほんのりと赤く染まっていた。その高揚した気分と呼応して、フランチェスカの身体を包むいつもの混じりけのない色と戯《たわむ》れるように、春の若葉を思わせる緑色の光が優しく舞っている。

それが、あまりに眩《まぶ》しくて、コルネーリオは思わず目をそらした。丘を上ってきたアルフォンソが、ようやくフランチェスカに追いついて、すぐ目の前に立った。

「背が伸びたな」

アルフォンソが目を細めて言った。それから、不意に悪戯《いたずら》っぽい笑みを浮かべて、ごつごつとした武人の手で、コルネーリオの髪をくしゃくしゃにかき回した。

「ああ、もう、ちくしょう」コルネーリオは、必死にその手から逃れようと、身をよじって言った。「もう子供じゃないって、何度も言ってるのに！」

その光景を見て、グリエルモが樽《たる》のような腹を抱えて笑った。エミーリオも表情を弛ませて、その様子を見守っている。

このとき、ふと気配を感じて、コルネーリオは振り向いた。いつの間にか、ミケランジェロがすぐそばに来ていた。アルフォンソたちが居ずまいを正し、ヴィオレッタが恭《うやうや》しく一揖《いちゆう》した。コルネーリオも慌《あわ》てて、表情を引き締めて頭を垂れた。

「そのように、かしこまらなくても構わぬのに」ミケランジェロが、手振りで楽にするようにと伝えながら、鷹揚《おうよう》に言った。「わざわざ、ヴェネツィアから来てもらうよう頼んだのは、わたしのほうなのだ。硬くなられては困る」

「わたしたちこそ、お力になれて光栄です」ヴィオレッタが低頭して応じた。

ミケランジェロは、かすかに目を細めて、うなずいた。それから、ふと思い出したように、眉をひそめた険しい表情に戻って、サン・ミニアートの丘の頂を見上げた。

「先ほど、城塞の工事の様子を眺めていたな。これを、どう思う?」

コルネーリオは、咄嗟《とっさ》にどう答えて良いか分からず、沈黙した。ミケランジェロは、分かっている、というように、小さくかぶりを振って続けた。

「わたしと同じ懸念を、感じているのだろう? すでにヴァチカンとハプスブルクの軍靴の音は迫っている。われわれの工事は間に合わず、城壁はたやすく破られると」

「あなたは、最善を尽くしました」ヴィオレッタが、低くささやいた。「だから、これだけの妨害を受けても、まだ工事は続いている」

「そうだな」ミケランジェロはそっとうなずいた。「確かに、ヴァチカンとハプスブルクは裏から手を回し、フィレンツェの内通者たちを動かして、わたしの翼をもぎ取ろうとした。けれども、故郷を愛する民衆の力までは、やつらには奪えない」

ミケランジェロは、黙々と木材や石を運ぶ男たちを見た。かれらは金で雇われた作業員ではなかった。そのことを、コルネーリオも知っていた。かれらは農民や商店主や職人であり、利益のためではなく、自分たちが愛する街を守ろうと集まってきた者たちだった。そうした男たちが、権力者の脅しにも屈せず城塞を築き続けている。

その光景を眺めながら、ミケランジェロが静かにつぶやいた。

「かつて、わたしはシスティーナ礼拝堂の天井に天地創造の物語を描いたとき、荘厳な神や天使や預言者や巫女の代わりに、名もなき者たちの姿を描いた。光輪や翼ではなく、生身の肉体を持つ者を、な。そうした名もなき者たちこそが、世界を創造し、支えているのだと、そう考えたからだ。われわれを支配するのは神でも、教皇を通じて神から王権を授かった君主でもない、われわれ自身なのだと、わたしはそう示そうとした」

ミケランジェロは一瞬、言葉を切り、それから、声に力を込めて続けた。

「それが間違いであったとは、今でも思っていない。わたしは民衆の力を信じている」

そう、だからなのだ、とコルネーリオは思った。フィレンツェの共和国政府の要人たちが次次とヴァチカンとハプスブルクの脅しと甘言によって籠絡《ろうらく》され、櫛《くし》の歯が抜けるように裏切りへと転じていってもなお、ミケランジェロが運命に抗い続けるのは。

コルネーリオは、黙々と木材や石を運ぶ男たちを見た。かれらこそ、ミケランジェロがシスティーナの天井に描いた名もなき者たちだ。

そして今、コルネーリオとヴィオレッタが、このサン・ミニアートの丘に立っているのも、そうした名もなき者たちを、治癒の力によって手助けするためだった。

ミケランジェロが突然、ヴェネツィアに姿を現したのは、今から二カ月前の九月のことだった。十人委員会は騒然として、噂が駆け巡った。フィレンツェで相次ぐ裏切りと妨害工作に、生命の危険を感じたミケランジェロは怯えて逃げ出したのだ、と。

けれども、それは間違っていた。ミケランジェロは、サン・マルコ広場から運河を隔てたジユデッカ島の屋敷を滞在先に定めると、何よりもまずコルネーリオとヴィオレッタに会おうとした。アルフォンソから、ヴィオレッタもまた優れた治癒の魔術の使い手だと聞いていたらしい。ドゥカーレ宮殿の上階に位置する魔術顧問官のセラフィーニの執務室で、会談に臨《のぞ》んだミケランジェロは、開口一番、こう要請した。

城塞の工事に携わる者たちを、負傷から守って欲しい、と。

ミケランジェロはこれが難工事になることを知っていた。専門の作業員ではなく農民や商店主や職人たちの力で工事を進めることになるからだ。事故による負傷は避けられない。だから、治癒の魔力によって、かれらの生命を守って欲しいのだ、と。

「ですが、そんなことをしたら——」ヴィオレッタが答えようとして、一瞬、口ごもった。

「わたしたちは魔術師で、教会からは〝悪魔の忌《い》み子〟と見做《みな》されています。そのような者が、癒《いや》しの技を使えば、何と言われるか」

「もちろん、秘密裏に、だ」ミケランジェロは、すでに十分に考え抜いた口ぶりで答えた。

「治療は天幕の中だけで行い、厳重に箝口令《かんこうれい》を敷く。内通者には近づかせない」

そのようなことが可能なのだろうか、とコルネーリオは思った。けれども、ミケランジェロの目的は理解できた。それに、コルネーリオ自身、力になりたかった。

「まあ、好都合なことに、わたしは生命の危険に怯えてフィレンツェを逃げ出したことになっているからな」ミケランジェロがかすかに相好を崩して、ヴィオレッタに向かって続けた。

「こうしてヴェネツィアを訪れた真の目的は、誰にも知られていない」

「でも、あなたが〝逃亡〟の真意を釈明しないなら、後世の歴史家が何と書くか」

「好きに書かせておけばいいさ」

ミケランジェロは笑った。いつもの眉をしかめた険しい表情が消える。そのようなミケランジェロの顔を見たのは初めてだった。

「分かりました」ヴィオレッタが言った。

「おれも、力になりたいと思います」コルネーリオは答えた。

そうして、コルネーリオたちは、今ここにいる。

コルネーリオは、もう一度、サン・ミニアートの丘で黙々と木材や石を運ぶ男たちを見つめた。絶え間のない槌音が風に乗って運ばれていく。

「マエストロの秘密のことは、残念でした」コルネーリオは、ミケランジェロにそっと声をかけた。「もし手に入っていたら、状況は違っていたでしょう」

「それで、わたしに世紀の傑作を破壊した悪魔になれと？」ミケランジェロは穏やかに目を細めた。「それこそ、後世の歴史家にどう書かれるか」

コルネーリオもつられて微笑《びしょう》した。ミケランジェロは丘の頂を見つめたまま、物柔らかな声で続けた。

「フィレンツェの東の城壁の外に、サン・サルヴィ修道院があるのは知っているかね？　そこには、食堂の壁にアンドレア・デル・サルトのフレスコ画の傑作が描かれている。奇しくも、レオナルド・ダ・ヴィンチが描いたのと同じ『最後の晩餐《ばんさん》』だ」

ミケランジェロは丘の頂からそっと視線を外して、コルネーリオを見つめた。

「わたしは、フィレンツェ防衛の築城総司令官として、城壁を強化する責任を負っている。それは、城壁を補強して、敵の砲弾に耐えられるようにすることだけではない。防衛の障害になりそうな建物を取り払い、破壊する仕事も含まれる。わたしは築城の責任者として、本当はサン・サルヴィ修道院をすべて取り壊さねばならなかった。だが、どうしてもできなかった。わたしは破壊された建物のただ中に、この美しい絵画の描かれた壁だけを残して保存した。それは、今でも城壁の上に立つ女王のように建っている」

咄嗟には、返す言葉が見つからなかった。コルネーリオは息を止めて立ち尽くす。

「矛盾していると思うかね？」ミケランジェロが真剣な表情をして尋ねた。「美しい絵画を描いた壁は、敵を阻むのに役には立たないし、むしろフィレンツェの防衛を困難にして、われわれの民衆を危険にさらすかも知れない。だが、それでも破壊してはならぬと思うことは、矛盾しているだろうか？」

「いいえ」コルネーリオは迷わず答えた。「それは、マエストロが戦争のための死の技術を考案しながら、一方で、それをダイダロスの迷宮の奥に隠したのと同じ。そうした理想が、矛盾した夢だとは、思いません」

レオナルド・ダ・ヴィンチには飛ぶ方法が分かっていた。飛べると分かっていれば、かれにはそれで十分だったのだ。

本当は、純粋に大空を目指しただけだったのだと思う。けれども、それが戦争の道具として利用され得ると気づいたとき、偉大なる〝万能の天才〟は自らの魂を込めた絵画の下に隠すことを選んだ。本当は、それが兵器として利用されることのない時代が訪れて、人々が自由に大空を飛翔する新しい世界を夢見ていたに違いない。

ミケランジェロは静かに微笑して、サン・ミニアートの丘をゆっくりと上り始めた。工事の進捗を確かめて、名もなき者たちを激励しに行くのだろう。その後ろを、アルフォンソやヴィオレッタたちがついていく。その背中を見つめながら、コルネーリオは一瞬、かれらを見守るように寄り添うレオナルド・ダ・ヴィンチの姿を見たような気がした。

ミケランジェロとレオナルド・ダ・ヴィンチの奇妙な関係のことを、コルネーリオは思った。二人の関係は、決して良好とは言えないはずだった。歳の離れた好敵手であり、若き日のミケランジェロにとっては巨大な壁だっただろう。性格もまるで違っていた。けれども、本当は似た者同士なのではなかったかと、コルネーリオは感じた。

視線を上げると、陽光が丘の頂の鐘楼《しょうろう》と塔を照らしていた。いつの間にか、灰色の雲を風が払っていた。フランチェスカが隣りで、歩き出すのを待っている。

コルネーリオは微笑を返すと、光に目を細めて、ミケランジェロたちの後を追って丘を上り始めた。

【参考文献】

『イタリア史Ⅸ』F・グイッチァルディーニ著　川本英明訳　太陽出版
『フィレンツェ　上・下』クリストファー・ヒバート著　横山徳爾訳　原書房
『カール5世とハプスブルク帝国』ジョセフ・ペレ著　塚本哲也監修　遠藤ゆかり訳　創元社
『君主論』マキアヴェリ著　池田廉訳　中公クラシックス
『フィレンツェ：比類なき文化都市の歴史』池上俊一著　岩波新書
『わが友マキアヴェッリ：フィレンツェ存亡　1～3』塩野七生著　新潮文庫
『皇帝カール五世とその時代』瀬原義生著　文理閣
『図説 フィレンツェ：「花の都」二〇〇〇年の物語』中嶋浩郎著、中嶋しのぶ写真　河出書房新社
『フィレンツェ』若桑みどり著　講談社学術文庫
『ミケランジェロと政治：メディチに抵抗した《市民＝芸術家》』ジョルジョ・スピーニ著　森田義之、松本典昭訳　刀水書房
『ミケランジェロの生涯　上・下』ローズマリー・シューダー著　鈴木久仁子、相沢和子、佐藤真知子訳　クインテッセンス出版
『ミケランジェロの生涯』ロマン・ロラン著　高田博厚訳　岩波文庫
『もっと知りたいミケランジェロ：生涯と作品』池上英洋著　東京芸術

『ミケルアンヂェロ』羽仁五郎著　岩波新書
『万能の天才 レオナルド・ダ・ヴィンチ』アレッサンドラ・フレゴレント著　張あさ子訳　ランダムハウス講談社
『レオナルド・ダ・ヴィンチ　上・下』ウォルター・アイザックソン著　土方奈美訳　文藝春秋
『レオナルド・ダ・ヴィンチの秘密：天才の挫折と輝き』コンスタンティーノ・ドラッツィオ著　上野真弓訳　河出書房新社
『芸術家列伝3：レオナルド・ダ・ヴィンチ、ミケランジェロ』ジョルジョ・ヴァザーリ著　田中英道、森雅彦訳　白水社
『レオナルド・ダ・ヴィンチを探して』ジョルジョ・ヴァザーリ他著　林卓行監訳　神田由布子訳　東京書籍
『メディチ家の紋章　上・下』テリーザ・ブレスリン著　金原瑞人、秋川久美子訳　小峰書店
『レオナルド・ダ・ヴィンチ：神々の復活　上・下』ドミートリイ・セルゲーエヴィチ・メレシコーフスキイ著　米川正夫訳　河出書房新社
『レオナルド・ダ・ヴィンチ　藝術と発明《機械篇》』カルロ・ペドレッティ著　田中久美子、小倉康之、森田学訳　東洋書林
『レオナルド・ダ・ヴィンチ　藝術と発明《飛翔篇》』ドメニコ・ラウレンツァ著　加藤磨珠枝、長友瑞絵、池上英洋訳　東洋書林
『レオナルド　最後の晩餐』ピエトロ・C・マラーニ、ピニン・ブランビッラ・バルチーロン著

村上能成訳　ニュートンプレス
『ルネサンス 天才の素顔：ダ・ヴィンチ、ミケランジェロ、ラファエッロ 三巨匠の生涯』池上英洋著　美術出版社
『レオナルド・ダ・ヴィンチを旅する：没後500年』池上英洋監修　別冊太陽
『よみがえる最後の晩餐』片桐頼継、アメリア・アレナス著　日本放送出版協会
『レオナルド・ダ・ヴィンチ 失われた大壁画の記憶：《ダヴォラ・ドーリア》徹底研究』越川倫明監修　東京富士美術館編　東京芸術
『誰も知らないレオナルド・ダ・ヴィンチ』斎藤泰弘著　NHK出版新書
『レオナルド・ダ・ヴィンチの手記　上・下』杉浦明平訳　岩波文庫
『ダ・ヴィンチの「最後の晩餐」はなぜ傑作か？：聖書の物語と美術』高階秀爾著　小学館
『建築家レオナルド・ダ・ヴィンチ』長尾重武著　中公新書
『ヴェネツィア歴史図鑑：都市・共和国・帝国：697〜1797年』アルヴィーゼ・ゾルジ著　金原由紀子、松下真記、米倉立子訳　東洋書林
『ゴンドラの文化史：運河をとおして見るヴェネツィア』アレッサンドロ・マルツォ・マーニョ著　和栗珠里訳　白水社
『ヴェネツィア　上・下』クリストファー・ヒバート著　横山徳爾訳　原書房
『海の都の物語：ヴェネツィア共和国の一千年　1〜6』塩野七生著　新潮文庫
『ルネサンスとは何であったのか』塩野七生著　新潮文庫

『音楽の都ルッカとオペラの天才プッチーニ』レンツォ・クレスティ著　吉田友香子、金光真理子編訳　一藝社

『旅名人ブックス28　トスカーナ・都市紀行：イタリアルネサンスの舞台』邸景一文　武田和秀写真　日経BP企画

『ギリシア神話と英雄伝説　上』T・ブルフィンチ著　佐渡谷重信訳　講談社学術文庫

『「悪魔学」入門：「デビルマン」を解剖する』南條竹則著　講談社

『フレスコ画の技法：知識と制作のすすめ』三野哲二著　日貿出版社

『共感覚という神秘的な世界：言葉に色を見る人、音楽に虹を見る人』モリーン・シーバーグ著　和田美樹訳　エクスナレッジ

『脳のなかの万華鏡：「共感覚」のめくるめく世界』リチャード・E・サイトウィック、デイヴィッド・M・イーグルマン著　山下篤子訳　河出書房新社

『ドレミファソラシは虹の七色？：知られざる「共感覚」の世界』伊藤浩介著　光文社新書

『中世ヨーロッパの武術』長田龍太著　新紀元社

『使える武術』長野峻也著　ちくま新書

本書に登場するオウィディウス『変身物語』の日本語訳は、中村善也訳（岩波文庫）から引用しています。八一～八二頁の童話は『レオナルド・ダ・ヴィンチの童話』（西村暢夫・渡辺和雄共訳　裾分一弘監修　小学館）から、二四三頁と三二九頁のイザヤ書十四章十二節、ヨハネの黙

示録二十二章十六節は日本聖書協会の新共同訳聖書から引用しました。

二四九頁以下のレオナルドの手稿の記述（〝翼が空気を押すのは～〟〝空気は圧縮されないかぎり～〟〝空気そのものは無限に圧縮できるし～〟〝空気はじぶんを暖める熱に近づくほど～〟〝熱せられれば熱せられたものほど～〟〝空気は自然の位置というものをもたず～〟）は『レオナルド・ダ・ヴィンチの手記　下』から引用しています。一部、送り仮名を改めています。

一〇六～一〇七頁、二四六～二四七頁に登場するレオナルドの発明の数々（自動回転串焼き機、水面歩行器、敵を薙《な》ぎ倒す戦車、難攻不落な武装戦車、燃焼鏡、蒸気砲、敵を炙《あぶ》り出す煙）は、『レオナルド・ダ・ヴィンチの秘密：天才の挫折と輝き』、『レオナルド・ダ・ヴィンチ　上』（ウォルター・アイザックソン著）、『レオナルド・ダ・ヴィンチ　藝術と発明《機械篇》』、『レオナルド・ダ・ヴィンチの手記　下』を参照しました。ただし、三五七頁以下でグリエルモが再現するレオナルドの発明品はフィクションです。

あとがき

ミケランジェロの密偵が故国フィレンツェを敵の侵攻から守るために、レオナルド・ダ・ヴィンチの残した兵器の設計図を探す――。そんな物語の中心となるアイデアが浮かんだのは、デビュー作となった前作『ヴェネツィアの陰の末裔』の刊行に向けて、改稿の作業をしているときでした。物語の舞台の一つであるフィレンツェについて調べていたとき、ふと目についた資料の一節がきっかけでした。

武力衝突の避けられない状況のなか、市民軍が召集され、市の要塞化が進められた。このときミケランジェロは軍事委員に任命され、要塞化工事の指揮にあたっている。

（『図説 フィレンツェ：「花の都」二〇〇〇年の物語』中嶋浩郎著、中嶋しのぶ写真 河出書房新社）

教皇クレメンス七世と、神聖ローマ皇帝カール五世という当時のヨーロッパの二大勢力が手を組んで、フィレンツェに戦争を仕掛けてくる。そして、防衛戦のために奔走するミケランジェロ。そうした光景を脳裏に思い描いたとき、ミケランジェロとは犬猿の仲だった万能の天才、レオナルド・ダ・ヴィンチの発明した兵器で強大な軍勢に対抗しようとする、という物語が浮かび上がってきたのです。

　万能の天才がどのような兵器を構想し、その設計図をどこに隠したか、というアイデアも、レオナルド・ダ・ヴィンチの残した膨大な手記や、ジョルジョ・ヴァザーリといった同時代人の記録を読み込んでいく中で、ごく自然に、もうこれしかない、といった感じで浮かんできました。これは、本当に自分でも不思議な感覚でした。


　もちろん、執筆がずっとそのように順調だったわけではありません。実は、当初の構想では『ヴェネツィアの陰の末裔』の純粋な続編とするつもりで、主人公も前作と同じベネデットとリザベッタという魔術師と護衛剣士のコンビにしていました。兵器の手がかりを求めてヴェネツィアに潜入したフィレンツェの密偵を捕まえて、そこから探索行が始まる、という筋書きです。

　しかし、実際に書いてみると、これが、いまひとつしっくり来ません。そこで、書き上げた原稿を一度ボツにして、今度は本作にも登場する魔術師のヴィオレッタを主人公にして書き直してみたのですが、やはりしっくり来ません。結局、再び原稿をボツにして、三度目のバージョンでコルネーリオとフランチェスカという少年少女と、フィレンツェの密偵であるアルフォンソを登場させて、ようやくでき上がったのが本書です。

　そのようにした理由は幾つかあるのですが、最も大きかったのは、魔力の持ち主には世界がどう見えるのか、ということを、きちんと描きたいという思いでした。主人公は魔力を持つ異能者である以上、普通の人とは感覚が違いますし、世界の見え方や感じ方も違うはずですが、前作ではそこまで丁寧に描くことができませんでした。そうした点では、すでに訓練を終えて諜報の世界にどっぷりと浸かってしまったヴェネツィアの魔術師よりも、成長途中の少年少女の視点から描いたほうが、世界の豊饒さや、その中における魔力を持つ自分と世界との関係を、瑞々しく読者に伝えることができるのではないかと考えたのが、大きな理由でした。そして、そのことは、コルネーリオたちが物語の中で下す決断にも大きく関わってきます。

とは言え、結果的に遠回りをしてしまったために、執筆には長い時間がかかりました。何度も書き直す中で、本当に自分が正しい目的地に向かって進んでいるのかどうか、なかなか確信が持てず、少し書き進んでは、考えて、修正する、ということの繰り返しで、本当に完成するのだろうかと、われながら心配になったことも、たびたびでした。

そうした中、支えになってくれたのは、前作をお読みくださった読者の方からいただいたお手紙でした。温かい励ましの言葉を読むたびに力が湧き、そのおかげで、何とか乗り切ることができました。

それから、もう一つ、前作で思いがけず細谷正充賞という栄誉ある賞をいただいたことも、励みになりました。細谷先生には、わたしのような無名の新人に目を留めてくださったことに感謝しつつ、ようやく二作目をお届けできることが、少しでも恩返しになればと思います。

最後になりますが、第五回創元ファンタジイ新人賞で『ヴェネツィアの陰の末裔』を佳作として、デビューの機会を与えてくださった選考委員の先生方に改めて感謝申し上げます。前作に続き素敵なカバーイラストを描いてくださいました斎賀時人先生、デザインを担当していただきました next door design の長﨑綾先生、歴史の考証や文章表現について数々の誤りを指摘してくださった校正の皆様、改稿から刊行まで多大なご尽力をいただきました担当編集者の小林甘奈様および東京創元社の皆様にも御礼申し上げます。

とりわけ小林様には、執筆が行き詰まっていたときに「主人公を替えてみたら?」とご助言をいただきました。それがなければ、この作品は完成しなかったでしょう。本当に多くの方々の助けに恵まれて、今があると感謝しています。

この本を手に取っていただいた読者の皆様にも、この物語が、ミケランジェロやレオナルド・ダ・ヴィンチといった偉大な巨人たちの生きたルネサンスの時代へと、しばし時を超えて思いを馳せるきっかけとなれば、作者として望外の喜びです。

二〇二三年夏

上田朔也

検印
廃止

著者紹介　大阪府出身。京都大学文学部卒業。2020年『ヴェネツィアの陰の末裔』が第5回創元ファンタジイ新人賞佳作に入選。2022年に刊行された同作で、第5回細谷正充賞を受賞。

ダ・ヴィンチの翼

2023年9月15日　初版

著　者　上《うえ》　田《だ》　朔《さく》　也《や》

発行所　(株)東京創元社
代表者　渋谷健太郎

162-0814/東京都新宿区新小川町1-5
電　話　03・3268・8231-営業部
　　　　03・3268・8204-編集部
URL　http://www.tsogen.co.jp
DTP　工友会印刷
晩印刷・本間製本

乱丁・落丁本は、ご面倒ですが小社までご送付ください。送料小社負担にてお取替えいたします。

ISBN978-4-488-55407-1　C0193